B.R.P.

SASHA MORANGE

FILLES INVISIBLES

HARDCORE

ÉDITIONS FRANCE LOISIRS

Édition du Club France Loisirs,
avec l'autorisation des Éditions SW Télémaque.

Éditions France Loisirs,
123, boulevard de Grenelle, Paris.
www.franceloisirs.com

ISBN : 978-2-298-08932-5

B.R.P, une collection de romans policiers du réel... ou presque !

Il est une police dont on parle peu, et sur laquelle on fantasme beaucoup. Une police qui a fait couler beaucoup d'encre sans être particulièrement médiatique. Une police fière de son passé, mais tournée vers l'avenir… Née en 1747, sous l'impulsion du lieutenant général Nicolas René Berryer, le Bureau de la discipline des mœurs prendra au cours des siècles plusieurs noms : Brigade des mœurs, Brigade des stupéfiants et du proxénétisme, Brigade de répression du proxénétisme, BRP ! Cet acronyme contemporain sert aujourd'hui d'ancrage à une collection résolument moderne sans renier l'héritage légué par une littérature populaire qui déjà, à la fin du XXe siècle, rendait une forme d'hommage à cette police pas comme les autres, cette police des mœurs…

Dans les années 1970, la littérature de gare retrouve ses lettres de noblesse, disparues depuis que la Comtesse de Ségur ne publie plus dans la « Bibliothèque bleue », cette collection qui créa au sens strict la littérature de gare avec ses volumes vendus... dans les gares (!) avec une série lancée par Gérard de Villiers, auteur bien connu des aventures de Son Altesse Sérénissime, le Prince Malko Linge, sous une couverture colorées et sexy , mais qui devait dépasser les 330 numéros et les millions de lecteurs. La Brigade mondaine était née, avec ses héros Boris Corentin et Aimé Brichot, le premier dom juan émérite (aucune femme ne lui résiste), le second père de famille modèle qui ne trompera que deux fois sa légitime... Plus tard une jeune femme viendra renforcer l'équipe, heureusement lesbienne (elle préfère se dire féminophile) pour ne pas céder aux attraits de Corentin... Les personnages sont attachants, les scénarios bien ficelés, les scènes érotiques explicites, le mythe peut s'installer. Michel Brice, auteur officiel de la série, n'existe pas, mais on recense sous ce pseudonyme de prestigieux auteurs de polars, qui préféreront garder à jamais l'anonymat, mais auront vendu parfois (souvent !) plus de volumes de leur « Mondaine » que de romans sous leur nom propre.

Un peu plus tard, vient « Police des mœurs » inaugurée en 1978 aux Presses de la cité. C'est le journaliste André Burnat (1921-2001), épaulé par Serge Vincent (existe-t-il un rapport avec le Maurice Vincent, officier de Police principal honoraire mis en exergue par Gérard de Villiers dès 1972 sur la couverture de « Brigade mondaine, dossiers secrets » ?), qui signe les trois premiers opus de cette nouvelle aventure éditoriale : *Ces Dames au casse-pipe*, *Jeux de dames à Copenhague* et *La Chasse aux femmes*.

André Burnat n'était pas novice en la matière. Dès 1975, il avait déjà publié aux Presses de la cité : *Des inspecteurs racontent... la Brigade des mœurs*. Une compilation d'histoires « vraies » ! Lorsqu'il part diriger

la collection « Dossiers mœurs » aux éditions Média 1000, c'est le collectif « Pierre Lucas » qui prend les rênes et cosigne les titres suivants...
À partir du quatrième titre de la collection, *Les Madonnes de Barcelone*, ce sont donc de nombreux romanciers d'espionnage et de romans policiers reconnus qui tiendront la barre, pour ne pas la lâcher jusqu'en 2012, 233 numéros plus tard. Brigade mondaine ou Police des mœurs, peu de collections, en France ou ailleurs, peuvent se targuer d'une telle longévité !

B.R.P. se veut plus sérieuse, plus documentée encore que ses « aînées ». Surtout, cette collection entend mettre en lumière une part de ce combat de l'ombre que mènent une cinquantaine d'hommes et de femmes contre les nouvelles formes de criminalités liées à l'industrie du sexe : trafic d'êtres humains, réseaux pédophiles, proxénétisme sur le Net, cybersexe… Ce travail d'écriture nécessitait la formation d'un collectif chevronné, rompu à l'exercice exigeant du storytelling. Ce collectif existe désormais, il a été baptisé Sasha Morange. Informés, experts en polar, conseillés par des policiers, les écrivains de B.R.P. entendent bien refonder la littérature de gare pour en livrer une version 2.0 ! Une version en phase avec les codes du thriller et des séries télévisées actuelles (Banshee, The Shield…), où action, violence et sexe ne l'emportent jamais sur l'histoire et les personnages.

Bonne lecture...
Guillaume Lebeau

Avertissement de l'éditeur

Les enquêtes menées dans ces pages sont issues de l'imagination de l'auteur, mais en prise sur l'actualité et les faits réels. Relues par un officier de la BRP, elles reflètent le monde actuel et ses dérives, mais également le souci de raconter une histoire et de divertir le lecteur sans l'épargner.

FILLES INVISIBLES

« La grandeur d'un métier est peut-être avant tout d'unir les hommes. »

Saint-Exupéry

En 1747, première mention d'un département consacré à la police des mœurs lors de la création du Bureau de la discipline des mœurs par le lieutenant général de police Nicolas René Berryer.

En 1914, la brigade mondaine est transférée à la police judiciaire nouvellement créée, et nommée Brigade des mœurs. Ses fonctions sont alors définies pour longtemps : prostitution et délits annexes, moralité et répression du trafic de stupéfiants.

En 1975, Michel Poniatowski transforme la Mondaine en Brigade des stupéfiants et du proxénétisme. Et limite ses attributions à la lutte contre le proxénétisme, la traite des blanches et le trafic de stupéfiants.

En 1989, la brigade est scindée en Brigade des stupéfiants et Brigade de répression du proxénétisme.

En 2014, sa tâche est immense et l'acronyme BRP est devenu le dernier rempart entre des millions de victimes et leurs bourreaux.

1

La tête octogonale en acier trempé du bélier cogna le battant usé. Qui vibra, mais résista. Un second coup, plus violent, vint à bout de sa résistance dans un craquement sec qui dévala la cage d'escalier envahie de policiers. L'officier s'écarta de la porte palière, brise-porte plaqué contre son gilet pare-balles, et laissa trois de ses collègues de la BRI-PP1[1] harnachés dans leurs combinaisons noires franchir le seuil fracturé. Cette unité d'élite intervenait suite à une fusillade qui avait ensanglanté l'avenue de Choisy. Son principal auteur avait tué trois personnes lors du braquage raté d'un fourgon blindé, avant de prendre la fuite sur la dalle des Olympiades et de se retrancher dans l'une des tours du Chinatown parisien. Alors que ses complices avaient réussi à s'échapper à bord d'un véhicule tout terrain surpuissant.

Casques à visière balistique rivés sur la tête, canon de fusil d'assaut HK G36C pointé vers la pénombre, deux hommes avançaient désormais dans un couloir

1. Brigade de Recherche et d'Intervention de la Préfecture de Police de Paris. Appelée aussi Brigade Antigang.

encombré de cartons éventrés et de bouteilles d'alcool vides. Un troisième appuyait leur progression, couvrant dans le même temps leur arrière. Mouvement tactique et gestes silencieux ponctuaient cet assaut ordonné quelques minutes plus tôt par « Top 1 », nom de code du commissaire divisionnaire Michel Faury, chef de la BRI.

Les visages anonymes, cagoulés, étaient crispés. L'atmosphère lourde, électrique, semblait cependant se soumettre au contrôle rigoureux de cette petite troupe qui investissait et sécurisait les lieux, pièce par pièce. D'abord une salle de bain crasseuse, qu'un des membres du groupe « visita », sans y trouver autre chose que des bonbonnes empilées dans une cabine de douche d'un autre âge.

– RAS, annonça-t-il via le système radio intégré aux casques de ses équipiers.

Fort de cette information, le commando se remit en marche, tel un trio de fantômes noirs. Ses membres se déployèrent et traversèrent une cuisine dévastée où un sachet d'héroïne entouré de reliefs moisis traînait sur une table. Puis ils débouchèrent dans un salon à la moquette couverte de préservatifs et de seringues usagés et dont les baies versaient sur les anciennes usines Panhard. Quelques rais lumineux perçaient les vitres sales. Renforçant leur allure spectrale, les policiers d'élite fendirent ces faisceaux dans lesquels virevoltait une poussière dense. Les particules suspendues saturaient l'air d'une nébulosité inquiétante. Les trois hommes redoublèrent de vigilance.

Soudain, le commandant Pierre Sairi, leader de l'unité d'intervention, leva la main et serra le poing. Ses équipiers s'immobilisèrent instantanément. Une porte s'ouvrit de l'autre côté de la pièce, laissant apparaître une silhouette qui se découpa en contrejour dans l'encadrement. Sans avertissement préalable, l'ombre menaçante épaula une arme de guerre et visa les policiers.

– Contact hostile armé ! cria l'un des membres du commando.

En réponse, trois détonations claquèrent. Les projectiles fusèrent des bouches, traversèrent l'air renfermé et impactèrent leur cible. L'agresseur s'écroula avant d'avoir tiré un seul coup de feu. Pierre avança prudemment jusqu'au corps ratatiné contre le chambranle maculé de sang, estima sa dangerosité, et conclut rapidement à sa mort, tandis que les deux autres achevaient de sécuriser l'appartement.

D'un coup de pied assuré, Pierre éloigna le M16 de la victime, songeant que lui et ses hommes l'avaient échappé belle aujourd'hui. Pas sûr que la douzaine de kilos de leur GPB ait résisté à une rafale de cartouche 7,62... Une fugace pensée pour Léo, son fils âgé de quatre ans traversa son esprit. Il l'avait quitté en urgence, ce mercredi, l'abandonnant à sa grand-mère. Comme ses collègues, Pierre devait être disponible à tout moment, mobilisable en moins d'une heure : quinze minutes pour se rendre sur l'île de la Cité, vingt pour s'équiper et être briefé, le solde pour se rendre sur le lieu d'intervention. Il ne savait jamais où il allait et s'il en reviendrait... C'était ça, le métier... Mais cinq années dans les paras et trois au Raid[1] l'avaient façonné.

1. Unité d'élite de la police nationale dont l'acronyme signifie : Recherche, assistance, intervention, dissuasion.

Le stress était toujours là, impossible à évacuer. Alors, il avait appris à travailler avec, comme la vie collabore avec la mort...

Sur ces pensées, Pierre enjamba le cadavre et pénétra dans une chambre aux fenêtres opacifiées par des journaux scotchés. Une puissante fragrance de mort traversa la fibre synthétique de sa cagoule et s'empara de ses narines. Malgré la nausée naissante, il poursuivit son investigation. Et ne tarda pas à découvrir un râtelier où reposaient quatre fusils de calibre 12.7. À côté duquel s'empilait un impressionnant arsenal composé de cartouches, de grenades et d'armes de poing.

– Appartement sécurisé, résonna une voix dans son casque.

Pierre hocha la tête de satisfaction, avec l'étrange sentiment que l'opération n'était pas encore totalement finie.

– La planque des braqueurs ? interrogea dans son dos un de ses collègues, qui venait de le rejoindre.

– Entre autres, répondit mystérieusement Pierre en s'approchant d'un amoncèlement de sacs plastiques entassés près d'un dressing.

– Putain, le mec qu'on a descendu était super jeune ! s'exclama son équipier en dévisageant le cadavre qui encombrait l'entrée de la chambre. Faut être désespéré...

– Ils ne font plus ça pour se nourrir ou survivre, précisa Pierre tout en dénouant d'une main gantée l'un des sacs-poubelles. Ils font ça pour l'argent. Pour se payer des voyages, des voitures, des habits. Pour faire la fête et pouvoir flamber avec leurs potes...

Soudain, le contenu morbide du sac en polyéthylène gris se déversa sur le sol.

– Oh, merde ! s'exclama son collègue en observant les morceaux de corps humains rouler sur la moquette.

Pris d'un haut-le-cœur, il souleva sa cagoule pour vomir. Pierre ne recula pas malgré l'horreur mise au jour et la puissante odeur de charogne associée, qui s'ajoutait à la pestilence ambiante. Il détailla les mains et les pieds tranchés nets. Manucurés, pédicurés, certains membres amputés arboraient du vernis à ongles qui concurrençait le sang séché des zones sectionnées... Un jour, ces morceaux de chair avaient incontestablement appartenu à des femmes entières ! Pierre imaginait désormais aisément ce que renfermait la dizaine d'autres sacs-poubelle...

– Saloperie de psychopathe, murmura son collègue en s'essuyant la bouche d'un revers de manche.

Pierre, silencieux, avisa un paquet de photographies qui reposait sur une étagère du dressing. Il en attrapa quelques-unes et les détailla. Toutes mettaient en scène sur fond neutre, dans des positions suggestives, des jeunes filles nues, d'origine asiatique. Au verso des clichés, il remarqua des séries de numéros et quelques idéogrammes qu'il était incapable de déchiffrer.

– Je dirais plutôt, saloperie de maquereaux ! corrigea-t-il, en grimaçant.

– Tu crois que ces malheureuses étaient des prostituées ?

– Oui, et ces photos, une sorte de catalogue ! Un truc dans le genre...

– C'est plus notre boulot, donc, soupira son collègue en faisant mine de quitter la pièce.

– Non, confirma Pierre. Nous, au lieu de partir du crime pour arriver au criminel, on part du criminel pour aller au crime ! ajouta-t-il en tournant le dos à l'effroyable scène. Alors ce taf de merde, c'est celui des gars de la BRP…

2

Situé non loin de l'Hôtel Dieu, l'immeuble faisait quasiment face au palais de justice de Paris dont il était séparé par un boulevard. Pochette en cuir argenté siglé Burberry sous le bras, le commandant Julien Shrapnel ne prit pas la peine d'en détailler la façade et accéléra le pas vers le numéro trois de la rue de Lutèce. Qui abritait, pour quelques années encore[1], la Brigade de répression du banditisme, mais également deux autres unités de la police judiciaire : un service de formation et la brigade de répression du proxénétisme. La BRP, ex-Mondaine.

L'entrée était sécurisée et placée sous la surveillance de fonctionnaires en tenue d'uniforme relevant de la DOPC[2]. Shrapnel salua l'un d'eux d'un sourire entendu et s'engouffra dans le hall d'accueil. Il franchit un portique détecteur de métal et avisa un tunnel d'inspection

1. En 2017, la BRP rejoindra la « Cité judiciaire », lors du transfert du TGI aux Batignolles dans le XVIIe arrondissement qui s'accompagnera d'une relocalisation des services de la police judiciaire dépendants de la Préfecture de police de Paris.

2. Direction de l'ordre public et de la circulation de la préfecture de police.

par rayons X. De sept heures à vingt heures, il s'agissait du seul accès autorisé. En dehors de ce créneau horaire, il fallait emprunter une autre voie, située rue de la Cité, via la cour du 19 août de la Préfecture de police.

Emportée par son élan, la silhouette athlétique et élégante appartenant au chef du groupe Cabaret disparut dans une cabine d'ascenseur sécurisée. Pour réapparaître au sixième étage, où elle percuta de plein fouet celle plus empâtée du capitaine Mathieu Le Deuff, en charge de l'ensemble des établissements gays de la capitale. Une spécialisation récente qui s'expliquait non par une quelconque discrimination, mais par un souci d'équité. Longtemps, la BRP ne s'était occupée que des bars à hôtesses, des clubs échangistes, des établissements « avec de la fesse » comme disait Julien. C'était précisément pour éviter la discrimination dont certains cabarets pouvaient faire l'objet quand ils dépendaient du commissariat local, que l'ensemble de ces établissements avaient été confiés à la BRP. Deux de ses membres étaient présents sur le terrain toutes les nuits, procédant à une tournée et en cas de plainte particulière se rendant dans les lieux concernés. Mathieu était l'un d'eux.

– Merde, mon café ! s'exclama ce dernier au contact de son supérieur, retenant *in extremis* son gobelet en plastique qui manqua verser.

– Pardon, s'excusa mollement Shrapnel sans relever la tête.

– Mal dormi ? interrogea Le Deuff.

– Pas beaucoup dormi, grogna Julien.

– Elle était bonne ? demanda Mathieu en essayant d'adopter un ton graveleux qui ne lui allait guère.

Shrapnel ne répondit pas et fila dans le couloir. Son

silence éloquent fit sourire Le Deuff comme on s'amuse des frasques d'un enfant. On ne surnommait pas son chef « Scud » par hasard. Certes, il pulvérisait le grand banditisme à la manière d'un missile de croisière et ses résultats sur le terrain parlaient pour lui. En 2012, plus d'une cinquantaine de réseaux avaient été démantelés et six cents proxénètes arrêtés par la BRP. Plus du tiers était imputable à Julien et à ses équipes. Mais au-delà des statistiques, c'était surtout la taille présumée hors norme de son sexe et son besoin pathologique de s'en servir qui justifiait l'étonnant sobriquet dont il se trouvait affublé malgré lui. Même si personne dans le service n'osait le reconnaître.

Shrapnel entra dans son bureau, à peine dix mètres carrés où s'entassaient des piles de dossiers. Il s'écrasa dans son fauteuil qui couina sous son poids et bâilla bruyamment. Fatigue de la veille, fatigue tout court... Il aimait son métier, mais parfois celui-ci pesait sur son âme de façon insupportable. La « brigade mondaine » avait suivi l'évolution des mœurs de la société et s'était adaptée. Aujourd'hui son rôle n'était plus de surveiller les élites mais de réprimer le proxénétisme et toutes les formes d'exploitations des êtres humains. Lutter contre les nouvelles formes de prostitution qui ne cessaient de se transformer et de se mondialiser, notamment par le biais d'Internet, telle était désormais la tâche immense de la cinquantaine de fonctionnaires œuvrant à la BRP. Une brigade sous-divisée en six groupes, dont les deux groupes « Cabaret », responsables de la surveillance des établissements de nuit à Paris, que Julien pilotait avec la conviction d'être en première ligne d'un combat important. Celui de la dignité contre la monstruosité... Une guerre éternelle, déséquilibrée où rien n'était jamais joué tant l'ennemi semblait infini !

Heureusement, la BRP n'officiait pas que dans la répression et jouait aussi un rôle de proposition auprès du préfet, et d'accompagnement auprès des exploitants. En cas de problème, la BRP était là pour aider les responsables des établissements de nuit à trouver des solutions, dans un souci constant de prévention. Cette partie du job apaisait Shrapnel, lui permettait de quitter momentanément son uniforme de croisé et d'endosser celui d'un être humain à l'écoute de son prochain. Ces temps de pause étaient rares, mais ils existaient, heureusement...

Comme à chaque fois qu'il se sentait accablé, Julien décida de se soulager à sa manière. Il extirpa une tablette numérique de sa pochette argentée et la posa sur un sous-main en cuir élimé. Son index effleura l'écran tactile qui s'alluma, puis son doigt pressa l'icône d'un player vidéo. Deux corps nus, imbriqués, apparurent dans une petite fenêtre. Il s'agissait de Shrapnel en compagnie d'une barmaid d'origine norvégienne. Soirée plutôt réussie, ma foi, se dit Julien qui se détendit instantanément.

La scène avait été enregistrée la veille par une webcam dissimulée dans la chambre de son appartement de l'avenue du Maine. Julien aimait filmer ses ébats et les visionner *a posteriori*, comme un sportif étudie l'enregistrement d'un match afin d'améliorer son jeu. À l'image, la Scandinave chevauchait un Shrapnel étendu sur le dos, bras en croix, poignets menottés aux barreaux d'une tête de lit en fer forgé. Ses seins ondulaient sous le coup des va-et-vient verticaux qu'elle impulsait. Sa tête jetée en arrière signifiait l'intense plaisir qu'elle volait à son partenaire masculin. Soudain, face caméra, son visage angélique exprima un orgasme aussi puissant que silencieux.

3

À ce moment précis, la porte du bureau de Julien s'ouvrit sans sommation, laissant filtrer la silhouette élancée et gracile d'une jeune femme aux cheveux blonds platine coupés courts, aux yeux verts et à la peau laiteuse.

– Merde, Lor, combien de fois je t'ai dit de frapper avant d'entrer ! protesta Shrapnel en éteignant sa tablette numérique.

– Tu étais occupé ? interrogea Lor Feuerbach, vingt-neuf ans, ancienne escort-girl, devenue une informatrice de la BRP en échange de la possibilité de passer le concours d'officier de Police.

– En quelque sorte, bredouilla Julien.

Lor s'amusa de sa gêne évidente.

Elle n'était pas née de la dernière pluie et se doutait que son interlocuteur était tout à son vice avant qu'elle ne fasse irruption dans son bureau.

– J'ai une cliente pour toi, annonça-t-elle.

– Une cliente ?

– De la part de Tigerlily.

Lor servait parfois d'intermédiaire entre les indics

potentiels et le groupe Cabaret. Il était plus discret d'utiliser une ancienne escort pour recruter et « sécuriser » des informateurs que d'envoyer des fonctionnaires de police sur le terrain.

– C'est grave, alors, soupira Shrapnel. Tigerlily n'est pas du genre à nous refiler des plans foireux.

– Tigerlily est presque aussi précieuse que moi, plaisanta Lor en poussant d'une main parfaitement manucurée une jeune femme d'origine asiatique. Je vous laisse, ajouta-t-elle en s'éclipsant.

– La porte ! clama Julien.

– Désolée, grimaça Feuerbach en revenant sur ses pas et en la refermant.

– Asseyez-vous, invita Shrapnel à l'adresse de la délicate personne vêtue d'une jupe courte et d'un chemisier à fleurs qui venait de pénétrer dans son antre.

La jeune Asiatique s'exécuta. Ses mains se joignirent sur ses cuisses nues. Son regard bridé inspecta fébrilement la pièce, à la manière d'un animal pris au piège. Elle semblait terrorisée.

– Vous parlez Français ? interrogea Julien en articulant avec précaution.

– Je suis étudiante en lettres modernes à la Sorbonne, répondit son interlocutrice dans une langue impeccable.

Un profond sentiment de stupidité envahit Shrapnel.

– Comment connaissez-vous Tigerlily ? embraya-t-il aussitôt, pour tenter d'effacer sa maladresse.

Reprends-toi, bonhomme, tu es contre tous les préjugés, rappelle-toi.

– Je m'appelle Liwei Lin. Je suis serveuse au Blue

Moon, pour payer mes études, répondit-elle en baissant les yeux, visiblement gênée.

Le Blue Moon était un club privé de strip-tease, table dance, pole dance et lap dance situé non loin des Champs Élysées. Il attirait une clientèle aisée et était tenu par Tigerlily, une ancienne star du porno qui rencardait la BRP en échange de sa « bienveillance ». Évidemment, Tigerlily était un pseudonyme. Catherine Rouchand de sa véritable identité, c'était moins glamour pour faire carrière dans le cinéma X et dans le monde de la nuit.

– Juste serveuse ? questionna Julien.

– Oui, confirma Liwei.

– Bien, admettons, pourquoi vouliez-vous me voir ?

– Ma sœur a disparu.

– Disparu ?

– Elle devait me rejoindre à Paris, il y a trois semaines...

– Vous rejoindre ?

– Son avion a bien décollé de Shanghai, mais elle n'a jamais débarqué.

– C'est inquiétant, effectivement. Mais cela concerne plutôt mes collègues de la PJ, objecta Shrapnel qui imaginait difficilement le physique sage de la jeune femme dans une tenue de serveuse.

– Oh non, surtout pas ! s'exclama Liwei, le regard suppliant.

– Il me manque des informations ? interroge Julien, surpris de cette réaction.

Son interlocutrice hésita à répondre. Elle semblait en pleine confusion, luttant contre des forces aussi contraires qu'invisibles.

– Vous pouvez me faire confiance, assura Shrapnel sur un ton bienveillant.

Cela ne suffit pas à rétablir le dialogue.

– Si vous ne me donnez pas toutes les informations dont vous disposez, il me sera difficile de faire mon métier et de vous aider…

Cette seconde saillie toucha plus juste.

– Ma sœur voulait rejoindre l'Angleterre, mais de façon illégale…

– C'est-à-dire ?

Liwei sonda le regard de Julien, y cherchant une marque d'assurance. Puis, au bout de quelques secondes, comme si elle l'avait trouvée, elle se lança.

– En zone internationale de l'aéroport de Roissy, ma sœur devait prendre possession d'un faux passeport d'un pays non soumis à visa auprès d'un passeur. Grâce à ce document, elle devait passer les contrôles à la frontière française. La filière devait ensuite la prendre en charge en l'hébergeant, puis la faire passer en en Angleterre à partir d'un aéroport provincial. Et…

– Désolée, mademoiselle, la coupa Shrapnel, mais ce dossier est pour l'Ocriest[1].

Julien s'apprêtait à expliquer pour quelles raisons, mais son interlocutrice ne lui en laissa pas le temps.

– Aidez-moi ! supplia-t-elle. Je ferai tout ce que vous voudrez…

Shrapnel se redressa. Combien de fois avait-il entendu cela ? Des filles prêtes à tout pour échapper à leur destin, il en avait malheureusement rencontrées

1. L'Office central pour la répression de l'immigration irrégulière et de l'emploi d'étrangers sans titre.

des dizaines. Il aurait pu profiter de leur détresse, facilement… Mais Julien n'était pas fait du bois tordu de l'humanité. Il avait sa part d'ombre, mais elle ne regardait que lui et il n'y avait jamais embarqué personne qui n'y soit consentant.

– Croyez-moi, je ne suis pas l'homme de la situation, de votre situation, précisa-t-il.

– Alors pourquoi ai-je reçu ça par la poste ?

Liwei tendit une enveloppe. Shrapnel s'en saisit et l'ouvrit. Elle contenait une clé USB noire et un mot sur un carton.

– C'est du Chinois ?

– Du Mandarin, corrigea Liwei. Ça veut dire, en cas de problème contacte le Scud…

4

Le bureau du capitaine Le Deuff jouxtait celui de son supérieur et contrastait par son austérité avec celui de Julien. Ici, tout n'était qu'ordre, rigueur et propreté. Une photo de sa famille nombreuse encadrée et posée sur une étagère et une bouilloire constituaient les seuls signes d'une vie privée assurément moins chaotique que celle de Shrapnel.

– Je ne capte rien à ce charabia, grogna Mathieu en reposant devant lui le carton sur lequel étaient inscrits des idéogrammes. C'est du Chinois ?

– Du Mandarin, corrigea Julien qui avait retenu la leçon.

– Comme le canard ?

– Quoi ? s'étonna son supérieur.

– Une espèce appartenant à la famille des anatidés, symbole de la fidélité en Asie... J'en ai croisé quelques représentants en me baladant dans le parc Montsouris avec mes gosses... Le plumage de ces palmipèdes est absolument magnifique !

Shrapnel haussa les épaules mécaniquement et grimaça. Parfois, les remarques de celui qu'il considérait comme son bras droit le laissaient sans voix. Plus encore, lorsqu'il évoquait la fidélité. Une notion très abstraite pour le Scud, qui n'avait jamais envisagé d'être attaché à autre chose qu'à ses convictions.

– Elle prétend que c'est sa sœur qui a écrit ça et qui lui a envoyé cette clé USB, poursuivit-il.

– Et cette frangine qui voulait s'introduire illégalement sur le territoire anglais s'est volatilisée, compléta Mathieu en se frottant les yeux.

– Tu as tout pigé, confirma Julien.

– Pourquoi tu ne refiles pas le dossier à l'Ocriest ?

– Parce que manifestement la fille en question connaissait mon nom... Enfin, mon surnom... Et que ce détail me perturbe...

Le Deuff écarquilla ses yeux lourds.

– Tu as ensemencé jusque dans l'Empire du Milieu ? plaisanta-t-il à moitié.

Shrapnel avait prouvé à plus d'une reprise qu'il était capable de performances particulièrement surprenantes.

– Je n'ai jamais foutu les pieds là-bas, répondit Julien. Ni autre chose, d'ailleurs...

– Tu me rassures.

– J'ai parfois l'impression que l'on me voit comme une caricature !

Mathieu se retint de lui dire que c'était normal, compte tenu de certains de ses comportements pour le moins stéréotypés. Ce n'était ni le lieu, ni le moment. Il préféra recentrer sur le travail.

– Faudrait faire traduire ça par un spécialiste, proposa-t-il en pointant le carton de l'index. Rien ne dit que cette Liwei Lin ne ment pas ! Même si c'est Tigerlily qui nous l'envoie...

Julien opina et observa les traits tirés de son adjoint.

– Tu peux trouver une traductrice ?

Le Deuff attrapa le carton, le photographia à l'aide de son téléphone portable et expédia par MMS le cliché numérique.

– Qu'est-ce que tu fiches ? demanda Julien.

– Je gère la traduction en direct live.

– Avec qui ?

– L'avocate qui nous a aidés sur l'affaire des salons de massage, répondit Mathieu.

– Elle est compétente ?

– Elle est surtout chinoise.

– OK.

Une petite sonnerie attira l'attention de Le Deuff, qui consulta l'écran de son smartphone.

– Elle confirme la traduction...

– Sur ce point, notre cliente ne ment donc pas, en conclut Shrapnel.

– Reste à vérifier les autres points de son récit... Et le contenu de la clé USB...

– Tu peux t'en occuper ? esquissa le chef du groupe Cabaret.

– Fait chier, j'allais rentrer chez moi, soupira Mathieu. Je dois emmener Melchior à l'école... Et Charlotte est malade... Les deux autres, c'est Marie qui les gère ce matin, mais elle n'en peut plus... C'est compliqué pour elle en ce moment... Son boulot...

– Désolé, s'excusa Julien sans vraiment comprendre les problèmes de vie de famille de Le Deuff. J'ai plus d'ordi pour connecter ce truc. Et il n'y a pas de port USB sur ma tablette...

– Il serait temps que tu t'équipes !

– Ma dernière bécane a grillé, rétorqua Julien. À croire que je les sollicite trop !

– Tu télécharges trop de cochonneries, oui ! Le service informatique veut plus entendre parler de toi ! s'exclama Mathieu en fourrant la clé dans un des ports USB de son ordinateur. C'est elle ? demanda-t-il en désignant Liwei d'un mouvement de tête qui patientait dans le couloir.

– Oui, répondit laconiquement Julien.

– Elle est mignonne... Sûr que tu la trouves à ton goût !

– Tu crois que j'ai eu le temps de la cuisiner ? répliqua Shrapnel.

Le Deuff esquissa un sourire. Son patron était un rapide en matière de sexe, mais quand il s'agissait du boulot, il se montrait d'un sérieux à toute épreuve. Sauf cas exceptionnel...

– Alors ? s'impatienta le chef du groupe Cabaret.

Les doigts de Mathieu s'activèrent sur le clavier, puis soudain suspendirent leur course frénétique.

– Crypté ! annonça-t-il, presque avec joie.

Il allait pouvoir rentrer chez lui.

– Comment ça crypté ? interrogea Julien en contournant le bureau de son adjoint et en se plantant devant le petit écran plat.

– On ne peut accéder au contenu sans un mot de passe, expliqua Le Deuff en se levant.

– Et donc ?

– Orchidoclaste, soupira Mathieu qui vouait une véritable passion aux insultes désuètes.

– Pardon ? s'étonna Julien tout en fixant la fenêtre réclamant silencieusement le mot de passe.

– Littéralement, casse-couille, traduisit Le Deuff.

Julien ne releva pas. Le clignotement hypnotique de

l'underscore le fascinait. De toute façon, il tolérait sans problème la franchise abrupte de son adjoint, la préférait même à l'hypocrisie d'une relation de subordination guindée qui ne ferait que freiner la progression des enquêtes. En tout, Shrapnel réclamait de la stimulation.

– On fait quoi, maintenant ? demanda-t-il en quittant du regard le tiret-bas qui lui adressait des clins d'œil virtuels.

– Tu te démerdes, moi je rentre à la maison, répondit Mathieu avant de bâiller sans retenue.

– Tu peux pas essayer d'entrer un truc au hasard ?

– Je peux essayer dix milliards de combinaisons sans jamais trouver la bonne, rétorqua Le Deuff. C'est pas comme si tu avais oublié tes identifiants de connexion à l'intranet. C'est du boulot de pro...

– On ne demande pas son avis à Liwei ?

– Tu peux toujours essayer, dit Mathieu en enfilant une veste légère. Mais si tu veux un résultat rapide, adresse-toi au service informatique !

– Pas question que je demande quoi que ce soit à ces connards... La dernière fois que j'ai eu affaire à eux, ils m'ont expliqué que j'avais téléchargé trois cents gigas d'images pornographiques...

– Et c'était faux ?

– Non. Mais quand je leur ai expliqué que toutes étaient en lien avec des affaires en cours, ils m'ont ri au nez !

– Pas étonnant.

– Bref, je ne veux plus entendre parler de ces connards de geeks qui puent la transpiration !

– Alors, contacte Feuerbach! s'exclama Le Deuff, pressé de partir.

Soudain, la porte du bureau de Mathieu s'ouvrit à la volée. Le battant cogna contre une armoire à archives et l'imposante silhouette du capitaine Bertrand Pasquali apparut dans l'encadrement. Le visage de la nouvelle recrue fraîchement débarquée à la BRP était grave.

– Un braquage de fourgon raté dans le XIIIe arrondissement ! annonça-t-il avec des trémolos dans la voix.

– Je m'en contrebranle ! rétorqua Julien.

– La BRI affirme que ça nous concerne, insista Pasquali.

– En rien, ça ne nous concerne en rien ! affirma Julien. À moins que ce putain de fourgon ne transporte des putes albanaises !

Pasquali insista, avec précaution.

– Votre présence est requise, et ça vient de la direction de la BRI...

Le Deuff lança un regard désespéré à Julien.

– J'ai pas besoin de toi sur ce coup, lâcha ce dernier.

– Merci, fit Mathieu en filant au pas de course.

– De rien, conclut Shrapnel en sortant dans le couloir. Pasquali, occupez-vous de la demoiselle, ajouta-t-il sur un ton sec qui trahissait son énervement.

– Que dois-je faire, exactement ? demanda le jeune capitaine.

– Offrez-lui un café ou un putain de thé, demandez-lui si elle veut s'asseoir, enfin bref, soyez serviable ! s'emporta-t-il.

– Vous partez ? demanda Liwei, un téléphone portable à la main.

– Une urgence, répondit Julien. Mais je m'occupe de vous dès mon retour...

Le visage de la jeune femme se crispa.

– Promis, la rassura Julien avant de filer.

5

Julien entra dans la chambre aux fenêtres occultées et dans laquelle planait une puissante fragrance de viande froide macérée. Il salua l'équipe scientifique, composée d'ASPTS[1], qui s'affairait. Un homme vêtu d'un blouson de cuir noir l'accueillit, main tendue. Shrapnel hocha simplement la tête, en signe de politesse.

– Commandant Quentin Savariou, se présenta le policier au visage bronzé en mâchant discrètement un chewing-gum.

– BRI ?

– Oui, et vous le légendaire chef du groupe Cabaret de la BRP !

– Perspicace, railla Julien, incommodé par l'odeur qui régnait sur la scène de crime.

Savariou esquissa un sourire qu'il empêcha de se réaliser pleinement.

– Pas habitué ? demanda-t-il, moqueur.

– Qui peut s'habituer à ça ? rétorqua Julien.

– Une pâte à mâcher mentholée ? proposa l'autre.

1. Agents spécialisés de la police technique et scientifique.

– Non, merci, refusa poliment Julien. Pas besoin.

– J'oubliais que vous étiez confronté aux pires expériences déviantes, s'excusa Savariou.

– Coprophilie, scatologie, ondinisme, zoophilie, nécrophilie, égrena Shrapnel. Acrotomophilie, aussi…

– Pardon ?

– Certaines personnes sont excitées à l'idée d'avoir des relations sexuelles avec une personne amputée, expliqua Julien sur un ton monocorde.

Le flic pourtant aguerri grimaça de dégoût.

– Un chewing-gum ? proposa Julien avec malice.

L'officier de la BRI secoua négativement la tête.

– On parle beaucoup de vous, à la BRI et ailleurs, reprit-il pour changer de registre. On prétend qu'il n'y a que des dépravés à la BRP. Il se dit aussi que vous êtes une sorte d'électron libre…

– La vraie liberté, c'est n'avoir rien à perdre : ni objet, ni affection, ni réputation ! Quant aux coulisses de la boîte, ma foi, le sexe est partout, des deux côtés du miroir…

Savariou hocha la tête comme s'il avait compris.

Ce qui n'était pas le cas.

– Je vous imaginais plus grand.

– Et moi, j'imaginais votre brigade plus efficace, répliqua Julien. Pourquoi m'a-t-on demandé de venir ? Pour vous aider à recoller les morceaux ?

Savariou encaissa, impassible. Puis expliqua :

– Ce matin, mes hommes sont intervenus sur le braquage d'un fourgon blindé. On filait depuis trois mois un groupe d'individus d'origine chinoise… Un gang suspecté d'avoir participé à plusieurs arrachages de DAB[1]…

1. Distributeur automatique de billets.

– Laissez-moi deviner la suite. Vous avez voulu les prendre en flag et ça a dérapé, compléta Shrapnel.

– On les a sous-estimés, admit Savariou. Ils n'ont pas hésité à sortir l'artillerie lourde, laissant deux des nôtres et une mère de famille sur le carreau…

Julien compatit d'un plissement imperceptible de paupières. Si la mort d'un collègue en service lui serrait toujours le cœur, celle d'un civil lui était totalement intolérable. Il avait choisi ce métier pour aider, pour sauver… Pas pour compter les morts. Chaque échec dans cette mission qu'il s'était imposé entamait sa vocation et oxydait son sens du devoir.

– Le lien entre le braquo et ce bordel ? interrogea-t-il en désignant l'équipe technique.

Les membres de celle-ci analysaient des restes humains contenus dans des sacs poubelles et recherchait des traces, des indices.

– Après la fusillade, le cerveau du groupe, un certain Yang Shen, s'est réfugié ici. Mes hommes ont donné l'assaut et l'ont abattu. En sécurisant l'appartement, ils sont tombés sur un véritable charnier, plusieurs corps de femmes, découpés et ensachés. On pense qu'il s'agissait de prostituées d'origine chinoise…

Julien embraya :

– Les Chinois suscitent moins de fantasmes que leurs collègues italiens ou russes. Leur mafia n'en reste pas moins…

– S'agissant des Russes, l'implantation des *Vory v Zakone*[1], une organisation criminelle ultra-hiérarchisée venue de l'ex-URSS, est malheureusement une réalité

1. Voleurs dans la loi.

d'actualité, l'interrompit l'officier de la BRI. Ils sont spécialisés dans la délinquance sérielle de masse, les cambriolages, les petits vols... Une délinquance à bas bruit, mais à un niveau industriel et au rendement loin d'être anodin, même s'il est difficilement chiffrable.

– Mais la mafia chinoise, ses triades et autres organisations, sont bien présentes et actives en France, insista Julien.

L'officier de la BRI abonda dans son sens.

– Contrairement à d'autres organisations étrangères qui utilisent la France comme un refuge ou une simple zone de blanchiment, les réseaux chinois mènent plusieurs business de front sur notre territoire, de la prostitution au trafic de drogue, en passant par la contrefaçon ou les faux papiers et, bien sûr, l'acheminement d'immigrés clandestins.

– Leur fonctionnement autarcique est une donnée du problème, confirma Shrapnel que cette dernière information renvoyait à sa rencontre avec Liwei Lin. La mafia chinoise délègue le moins possible. Je l'ai constaté plus d'une fois sur le terrain qui est le mien. C'est ce qui vous fait penser que nous sommes face à un réseau de prostitution adossé à un gang ?

– Ce qui me laisse augurer une affaire de proxénétisme aggravé, c'est ça, répondit Savariou en tendant un sachet plastique à son homologue de la BRP.

– Des photos ?

– Un gros paquet, oui.

Julien les observa à travers le film translucide. Les quelques instantanés figeaient de la joie contrainte et feinte. Les filles, très jeunes, affichaient un maquillage outrancier et des poses vulgaires.

– Après les jouets, le textile, les pièces détachées, les cuirs et les fourrures, ces putains de Jaunes se mettent à exporter des putes, maintenant ! s'exclama Savariou. Tu m'étonnes que leur balance commerciale soit excédentaire !

Julien ne releva pas. Il avait l'habitude des remarques racistes et de l'humour bas de plafond, destiné le plus souvent à contrebalancer un stress mal géré. Ce n'était pas monnaie courante, mais ça existait. Pas la peine de le nier, la Police était un microcosme assez représentatif de la société. Avec ses bons éléments, mais aussi sa part raisonnable de connards.

– À l'ère du numérique et de l'Internet, c'est étrange, murmura-t-il, plus pour lui-même que pour l'officier de la BRI.

– Oui, ça m'a choqué aussi. Je m'attendais plutôt à tomber sur des batteries de serveurs... Mais on a rien trouvé, pas d'ordi, ni même de smartphone...

– Manifestement, nous ne sommes donc pas face à du cybersexe, marmonna Julien.

– Vous avez de la chance à la BRP !

– Première nouvelle...

– Vous saviez qu'à Hong Kong, afin de débusquer les prostituées ou les salons clandestins, la police effectue des descentes inopinées ou missionne des enquêteurs qui se font passer pour des clients avec la permission de recevoir des prestations sexuelles limitées ? Qui vont jusqu'à la masturbation...

– Cette disposition légale doit indigner quelques associations locales, soupira Shrapnel, consterné par les insinuations de son homologue. C'était quoi cet appartement ?

– À vous de me le dire ! Un bordel clandestin ?

– Ça n'y ressemble pas. Et encore moins à un salon de massage à finition sexuelle...

– Vous êtes bien affirmatif! Prenez le temps de visiter...

– J'en ai fait fermer quelques-uns, asséna Julien. Ce ne sont pas quelques capotes usagées traînant par terre qui prouvent quoi que ce soit en la matière. Soit les passes ont lieu dans une boutique ayant pignon sur rue, soit dans un appartement clean, au pire dans des caves aménagées... Là, c'est autre chose, pas de matelas, pas de godemichets, de lubrifiants... Trop sale, trop glauque... Des shoots d'héro peut-être...

– Mes gars pensent qu'il s'agissait d'une planque du gang qui a braqué le fourgon. Les armes qu'on y a trouvées accréditent en partie cette thèse.

– Ouais, peut-être... De toute façon, cette affaire n'est pas pour moi! Le groupe Cabaret ne gère que ce qui se passe à l'intérieur des établissements parisiens...

– Justement, souffla l'officier de la BRI comme dans une sarbacane. On a trouvé ceci, aussi.

Il tendit une carte plastifiée à son homologue.

– Vous connaissez?

– Le Dragon rouge, murmura Julien en lisant les seuls mots imprimés sur le bristol, dans une police de caractère élégante.

– Certainement un des établissements dont vous avez la charge, risqua Savariou.

– Inconnu au bataillon, rétorqua Julien en rendant la carte.

– Vous trouverez, s'empressa de conclure l'officier de la BRI.

Shrapnel ne répliqua pas. Il venait de comprendre pourquoi il héritait de ce dossier.

– Je peux garder les clichés ? demanda-t-il par pure forme.

– Ils sont à vous, confirma l'officier de la BRI. Ainsi, que nos dossiers concernant Yang Shen... Et si je peux vous être utile, j'assurerai la liaison...

– Trop aimable !

– C'est fini le temps de la guerre interservices, Julien.

– Mais la bataille continue...

– Ne soyez pas aussi cynique, on est tous dans la même galère, aujourd'hui !

– Bien sûr, confirma le chef du groupe Cabaret, pas dupe. Et ça n'a évidemment rien à voir avec la visite du président chinois dans deux semaines ?

Le regard embarrassé de Savariou se détourna de celui, inquisiteur, de Julien.

– J'avoue que nous sommes sous pression...

– Merci donc de nous refiler le bébé, avec l'eau du bain, grogna Julien.

Savariou se racla la gorge, machinalement.

– En parlant de baignoire, on a trouvé des bonbonnes d'acide dans la salle de bain, stockées dans une cabine de douche. Manifestement, l'étape suivante, c'était de dissoudre les morceaux...

Un éclair de lucidité traversa les yeux marron de Shrapnel.

– Voilà donc la destination de cet appartement, dit-il en sortant de la chambre.

Savariou lui emboîta le pas.

– À savoir ? interrogea l'officier de la BRI, intrigué.

– Ni un bordel, ni une planque, énuméra Julien.

– Quoi, alors ?

– Un abattoir.

6

Énervé, Julien atterrit comme une boule de pure énergie au sixième étage de la rue de Lutèce. La BRI s'était délestée sur lui d'une affaire qu'il ne sentait pas, ou plus exactement qui sentait fortement la merde. Son intuition lui laissait entendre que cette dernière n'allait pas tarder à se transformer en bourbier. Et les sables mouvants, Julien préférait les éviter, habitué déjà qu'il était des marigots du milieu. De méchante humeur, il alpagua Pasquali occupé près d'une photocopieuse.

– Où est-elle ? interrogea-t-il sèchement.

– Qui ?

– La Chinoise ! précisa Julien qui ne se souvenait plus du nom de son témoin matinal.

– Eh bien, en fait, bredouilla le jeune capitaine en chargeant une ramette de papier dans un tiroir.

– Accouche ! s'impatienta Shrapnel.

– Je voulais lui servir un déca, à sa demande, mais il n'y avait que des capsules normales à disposition. Alors, je suis allé demander à la BRB s'ils pouvaient me dépanner… Quand je suis remonté, elle n'était plus là…

– Comment ça, elle n'était plus là ? s'emporta le chef du groupe Cabaret.

– Elle a quitté le bâtiment... Il y a deux heures maintenant, selon la sécurité...

– Fais chier, jura Julien.

– Je suis vraiment désolé, chef, s'excusa Pasquali, confit. Je peux faire quelque chose pour réparer ?

À défaut de répondre, Julien balança un violent coup de pied dans la photocopieuse qui vomit un paquet de feuilles identiques.

– Ça ne se reproduira plus, assura Pasquali, impressionné par ce débordement inhabituel.

Julien se calma, l'abandonna en silence et rejoignit son bureau. Il y découvrit Lor Feuerbach, assise à sa place et en train de pianoter sur le clavier d'un ordinateur portable dernier cri.

– Qu'est-ce que tu fiches ? interrogea-t-il, surpris.

– Le Deuff m'a téléphoné et demandé de m'occuper de la clé USB, répondit la jeune femme. Il avait l'air complètement claqué...

Mathieu a anticipé, comme toujours, songea Shrapnel.

– Tu n'as pas cours aujourd'hui ?

– Le concours se profile, répondit Lor, ses yeux verts rivés sur l'écran de son MacBook Air.

– J'espère que tu l'auras... Et que tu pourras intégrer l'île aux corbeaux...

– C'est déjà inespéré de pouvoir présenter l'épreuve d'entrée à l'ENSOP[1] !

– Tu as le droit d'essayer ! Je trouve que c'est plus

1. École Nationale Supérieure des Officiers de Police, située à Cannes-Ecluse, en Seine-et-Marne.

honorable que ce parcours de sortie de la prostitution proposé aux femmes qui en font la demande auprès d'associations agréées.

– Tu es injuste avec ce dispositif. Il permet à ses bénéficiaires de profiter d'une remise totale ou partielle d'impôts, de places en centres d'hébergement... Ça concerne plusieurs milliers de personnes par an. Et c'est une bonne chose... Et ce fonds pour la prévention de la prostitution et l'accompagnement social et professionnel des personnes prostituées sera alimenté pour partie par les recettes provenant d'affaires de proxénétisme démantelées et d'un prélèvement sur les amendes prévues pour les clients ! Le mal financera le bien, enfin !

– Vous avez toutes droit à une nouvelle vie...

Lor releva la tête et planta un regard vert émeraude incisif dans celui de Julien.

– Tu dois être un des rares à penser qu'une pute peut vraiment avoir une seconde chance

– Avant d'être une pute, tu es d'abord une bonne candidate à ce foutu concours, objecta Julien.

– Objectivement, je ne remplis pas la moitié des conditions pour le présenter.

– Tu es de bonne moralité, tu as un casier judiciaire vierge et tu es agréée par le préfet territorialement compétent, souligna Julien.

– Grâce à toi, murmura Lor.

– Grâce à notre deal, corrigea le chef du groupe Cabaret. Et s'agissant de tes aptitudes physiques, je n'y suis pour rien...

– Je crois qu'on ne peut mieux vivre qu'en cherchant à devenir meilleur, ni plus agréablement qu'en ayant la pleine conscience de son amélioration ! s'exclama Lor en adressant un clin d'œil malicieux à Shrapnel.

– Sympa ta devise !

– Ce n'est pas de moi, mais de Socrate, corrigea Lor.

– J'oubliais que tu étais une pute existentialiste, plaisanta Julien sans aucune méchanceté.

Feuerbach aimait la philosophie et pas seulement celle du boudoir.

– L'existentialisme, c'est Sartre, précisa-t-elle.

Ancienne escort-girl de luxe spécialisée dans le SM, Lor avait rencontré Julien lors du démantèlement d'un réseau espagnol international de prostitution haut de gamme. Son niveau d'instruction, peu commun dans ce métier, ses compétences informatiques, dignes de celles d'un hacker, ainsi qu'une farouche volonté de s'en sortir, avaient convaincu Julien de la recruter en tant qu'informatrice. En échange de son aide sur certains dossiers sensibles, le chef du groupe Cabaret avait accepté de tout mettre en œuvre pour lui permettre de réaliser son rêve, devenir officier de police. Quitte à prendre d'énormes risques avec sa hiérarchie qui, bien entendu, n'était pas informée des détails de cette transaction plus que borderline. Pour Lor, l'occasion était inespérée. Et c'était sous le pseudonyme d'« Angel », qu'elle s'acquittait avec la plus grande application de sa part de ce marché singulier.

– La Chinoise s'est évaporée, soupira Shrapnel. Tu la connaissais ?

– Merde, et non, répondit Feuerbach dont les doigts fins couraient sur le clavier. C'est Tigerlily qui me l'a présentée. Elle n'est pas du genre loquace, tu la connais...

– Ça va être long ?

– Cryptage compliqué, annonça Lor.

– Combien de temps ?

– J'ai lancé une attaque brute-force, le logiciel teste toutes les combinaisons possibles, répondit Lor sur un ton sérieux. Ça aboutit à chaque fois. Mais tester toutes les combinaisons prend beaucoup de temps. Pour six caractères, minuscules, majuscules et chiffres, il faut cinquante-six milliards d'essais ! Et manifestement, je suis face à un code qui en compte le double...

– OK, fit Julien sans bien comprendre ce qu'elle lui racontait.

Soudain, son smartphone vibra dans la poche intérieure de sa veste. Il l'en extirpa et porta le combiné à son oreille.

– *C'est Le Deuff, j'ai effectué des recherches sur ta Chinoise...*

– Je croyais que tu devais t'occuper de tes mômes !

– *C'est ce que je fais. Mais ça ne m'empêche pas de consulter des bases de données entre deux câlins et une cuillère de sirop contre la toux.*

– OK.

– *Une Liwei Lin est bien inscrite à la Sorbonne, en maîtrise. De ce côté-là, elle ne t'a pas pipeauté...*

– C'est déjà ça.

– *En revanche, ce n'est pas celle que nous avons rencontrée !*

– Comment ça ?

– *Bah, la photo du trombinoscope ne correspond pas au minois de la jeune femme de ce matin. Enfin pas exactement... Les deux se ressemblent, mais certains détails ne sont pas raccords...*

Julien digéra l'information.

– *Je pense qu'une visite à Tigerlily s'impose*, ajouta Mathieu.

– C'est ce que j'étais en train de me dire.

– *Je m'occupe de la vraie Liwei Lin ?*

– Fais donc ça. Et au passage, documente-toi sur un établissement baptisé « Le Dragon rouge »...

– *Le Dragon rouge ? Connais pas...*

– Moi non plus...

– *Ça m'aide vachement ! Au fait, que s'est-il passé dans le XIIIe ?*

– Une boucherie, répondit Julien avant d'interrompre abruptement la conversation.

– Un problème ? interrogea Lor.

– Plusieurs, je le crains...

7

Cage dorée, piano à queue, canapés de velours rouge capitonnés, orgue à parfums contenant des flacons illuminés, bougies et lumières tamisées instillaient au lieu un esprit boudoir, réminiscence du Shanghai des années 20. Shrapnel aimait tous ces détails signifiants du plaisir, cette ambiance lounge, hors du monde... Le Blue Moon n'avait rien à voir avec ces clubs de strip-tease bas de gamme, à l'américaine ou version usine comme il en ouvrait tant à Paris depuis quelques années. Le Blue Moon était un club très sélect, VIP, que les médias qualifiaient généralement d'érotico-chic. Un endroit où s'encanaillaient les noctambules arty, les riches touristes étrangers, les people, quelques politiciens aussi... Un endroit que la BRP tolérait depuis sa création en 2003, pour de bonnes raisons...

Le chef du groupe Cabaret salua l'un des vigiles en charge de la sécurité des lieux, déserts à cette heure de la journée, traversa un dance floor pavé de lumières et se planta devant le comptoir du bar, sur le zinc duquel il s'accouda. En face de lui, se découvrait une scène ovale hachée par des éclairs stroboscopiques. En son centre exact, une rousse plantureuse en shorty, top et talons haut s'enroulait telle une liane vivante autour d'une barre chromée, tandis que les enceintes de la sonorisation diffusaient un refrain entêtant.

Fever, where'd you run to ?
Fever, where'd you run to ?
Acting right is so routine.
Fever, let me live a dream.

– Sois un peu plus sexy ! Détache tes cheveux *baby* ! l'encouragea une quinquagénaire brune surmaquillée et surliftée, sur le gimmick synthétique du *Fever* des Black Keys. Épaules et jambes dégagées ! C'est la texture de la peau qui permet d'accrocher à la barre, ajouta l'entraîneuse, vêtue d'un survêtement gris qui avait connu des jours meilleurs.

Attentive aux conseils, la rousse ôta lascivement son petit haut rose à bretelles, virevolta gracieusement, et s'arcbouta en une cambrure concave, tendant sa poitrine ferme en direction de Julien.

– Oui, Nadia ! C'est bien, ça ! félicita sa coach. Allez, c'est bon, tu peux te reposer, ajouta-t-elle en tapant dans ses mains.

La rousse se rhabilla en souriant, tandis que la quinquagénaire se dirigeait vers le bar. Parvenue à la hauteur de Julien, elle l'embrassa sur la joue, y laissant une marque de rouge à lèvre violet.

– Elle te plaît la nouvelle ?

– Cathy, je ne suis pas venu pour tester les nouveautés, répondit Julien, l'air grave.

– Houlà, t'as besoin d'un remontant, toi !

Catherine Rouchand, alias Tigerlily, était la propriétaire du Blue Moon. Un établissement qu'elle avait acheté grâce à l'argent gagné durant sa carrière internationale de pornstar. Une carrière pendant laquelle elle s'était notamment illustrée en devenant la première actrice à offrir à l'écran la performance de la triple pénétration simultanée.

– Pas d'alcool, refusa Shrapnel.

– Même pas un mojito ?

Julien hésita, c'était son péché mignon. Mais face à la tentation, il recula d'une pirouette :

– Franchement, tu as vu l'heure ?

– C'est vrai, que je n'ai pas l'habitude de te voir si tôt ! s'exclama la tenancière du Blue Moon, en levant la main.

Aussitôt, un barman dont le torse musclé était moulé dans un tee-shirt gris siglé du logo de l'établissement s'empara d'un shaker.

– Tu as appris que Kitty Blair a été renvoyée de ce parti de nostalgiques du Troisième Reich dans lequel elle militait ?

– J'ai appris ça, confirma Julien qui avait rangé depuis longtemps la star allemande du X dans son panthéon sensuel.

Aux côtés de Linda Lovelace, Marylin Chambers ou Jenna Jameson...

– Ces connards d'extrême-droite lui reprochent d'avoir couché avec un Noir dans un de ses films ! *Minette découvre le sperme*, je crois... Vu le nombre de blacks qui m'ont enfilée, je ne risque pas de faire carrière chez les nazis !

Catherine éclata de rire, puis se concentra sur la mine inquiète de son interlocuteur.

– Tu as l'air préoccupé.
– Je le suis, confirma Julien.
– Tu partages ou tu es juste venu pour te détendre ?
– La Chinoise que tu m'as envoyée...
– Qu'est-ce que tu veux savoir sur cette niaquouée ?
– Tout.

Le barman posa un mojito devant Catherine, qui attrapa la tranche de citron enchâssée dans le rebord du verre à cocktail.

– Tu ne veux rien ? Tu es sûr ? demanda-t-elle en suçant langoureusement la rondelle d'agrume.
– La Chinoise, répéta Shrapnel.
– Disons qu'elle a déposé une candidature spontanée.
– Quand ?
– Il y a trois semaines, environ. Je l'ai engagée comme serveuse...
– Comme bouchonneuse, tu veux dire, corrigea Julien.

Il faisait référence à ces jeunes femmes payées au nombre de bouchons de champagne facturés. Et qui parvenues à un certain seuil de vente, avaient l'autorisation, parfois même l'obligation de coucher avec leurs clients.

– On n'est pas à Pigalle, Julien ! protesta Catherine. Mes serveuses aguichent, mais ne vont pas plus loin... Ici, on mise sur le haut de gamme. Tiens, ma nouvelle RP[1], Pamela, elle ne jure que par Internet ! Elle a organisé la soirée « Libertines et catins » exclusivement grâce à Twitter. Un tabac ! Ce qui fait la différence pour un club sélect, c'est son interactivité et son rapport de proximité avec la clientèle !

1. Relation publique.

– Pitié, épargne-moi ton discours marketing, soupira Julien.

– Quoi ? protesta la patronne du Blue Moon. Dans un club ordinaire, tu bois ta coupe de champagne en regardant danser les couples et en les imaginant faire l'amour. Ici, tu bois ta coupe en regardant les couples faire l'amour de leur plein gré...

Julien savait très bien qu'à une certaine heure, le Blue Moon se transformait en club échangiste. Il connaissait les pièces aménagées du sous-sol, ces backrooms où la clientèle trouvait différents espaces aménagés selon l'expérience souhaitée, donjon, salle de consultation, chambres aux grands lits ronds...

– Cette Chinoise, elle faisait des extras ? reprit Shrapnel, peu réceptif au discours promotionnel de la patronne.

– Bien sûr que non ! protesta Catherine. Tu sais que je ne propose des bonus qu'aux filles expérimentées et volontaires...

Julien savait qu'elle disait vrai. Catherine n'avait rien d'une mère maquerelle violente. Elle avait trop souffert dans l'industrie du porno, avant de s'y faire un nom et une place à part, pour ne pas respecter ses filles. Aux yeux de la loi, ça ne changeait rien. Elle restait coupable de proxénétisme. Aux yeux de Julien, ça justifiait un comportement policier adapté. Une tolérance qui lui permettait, sans mettre des filles en danger, de récolter de précieuses informations et de faire tomber des réseaux bien plus dangereux que la petite entreprise de Catherine. Celle-ci tapota nerveusement le zinc.

Aussitôt, le barman vint la resservir.

– Cette Chinetoque n'était pas bavarde, reprit-elle.

Elle m'a simplement dit qu'elle avait besoin d'un boulot pour payer ses études à la fac.

– Rien d'autre ?

– Contrairement à toi, mes interrogatoires sont succincts... La dernière fois que je l'ai vue, elle m'a dit qu'elle voulait parler à un certain Scud. Évidemment, ça a fait tilt tout de suite, j'ai appelé Feuerbach pour qu'elle la prenne en main et te l'amène illico...

– Quand elle t'a dit ça, elle était en mode panique ?

– Non, pas vraiment... Elle semblait préoccupée, c'est tout. Au fait, on a eu un problème avec un client hier soir.

– Nom et prénom.

Cathy fit glissa un petit papier plié en quatre sur le zinc. Julien l'attrapa et le rangea dans une poche de pantalon.

– Ce type a violenté une fille...

– Tes videurs ne s'en sont pas occupés ?

– Le problème, c'est que c'est un de tes collègues...

– BRP ? s'inquiéta Shrapnel.

– Non, BAC...

– Ah merde. Je verrai ce que je peux faire...

– Le respect et la confiance n'existent plus, soupira Cathy. Il y a dix ou quinze ans, on refusait quelqu'un à la porte, il partait. Aujourd'hui, il fait un scandale et un procès ! J'espère que ce type va pas faire trop de vagues...

– Je m'en occupe.

– Merci.

– Une adresse, pour la Chinoise ? interrogea Julien.

– Ce n'est pas le genre d'informations que je demande à l'embauche... Faudrait plutôt demander à Nadia. Elles s'entendaient bien toutes les deux...

– Nadia ?

– La rouquine aux gros nibards, précisa Catherine en s'envoyant un deuxième mojito. Celle que tu reluquais en arrivant, espèce de cochon !

– Je ne reluquais rien du tout, protesta mollement Julien.

– Pas à moi ! s'exclama Cathy. T'es un drogué du sexe, et puis c'est tout... Allez, va, elle est dans sa loge...

8

La loge était capitonnée de pourpre. L'ambiance y était feutrée, et baignée par la lumière douce des ampoules qui encadraient un grand miroir. La danseuse, assise sur un tabouret, se maquillait, poitrine nue, en culotte. En silence, Julien observait son image spéculaire et dénudée. Elle lui évoquait à la fois l'ultraféminité d'une marquise de Merteuil et l'ambiguïté d'une Christine de Suède[1]... Le projetait dans la dimension parallèle du libertinage... La couverture de l'ultime volume de la série SAS, posé négligemment sur une banquette, lui rappela soudain dans quel univers il se trouvait.

– Tu es un flic ? demanda soudain la rousse au reflet de Shrapnel, sans se retourner.

– Oui.

– Des Cabs ?

Julien hocha positivement la tête.

La rousse esquissa un sourire naturel et avenant.

1. Rebutée par les liens du mariage, on prête à celle qui régna sur la Suède de 1632 à 1654 plusieurs amants, et des expériences homosexuelles.

– Pour moi, les Cabs de la BRP, ce n'est pas un souci, dit-elle. Mais plutôt un gage de sécurité...

– C'est comme ça qu'il faut le prendre, acquiesça Julien, qui ne parvenait pas à détacher son regard des seins lourds de Nadia.

– Je peux vous aider ?

– Peut-être...

– Faut que je donne de ma personne ?

– Non, non, objecta Julien.

– Ça me gêne pas, précisa Nadia. Tu es vraiment beau mec... Enfin je te trouve à mon goût, quoi.

– C'est gentil.

– J'ai connu tellement pire, soupira la rousse.

Shrapnel sourit de cette maladresse, mais ne s'en offusqua pas

– C'est au sujet de Liwei Lin, expliqua-t-il.

– Il lui est arrivé quelque chose ? demanda la plantureuse rousse en se retournant.

Ses imposants seins veloutés occupaient désormais tout le champ de vision de Julien, qui redoubla d'effort pour rester concentré.

– Savez-vous où elle habite ?

– Place d'Italie, pourquoi ?

– Rien de plus précis ?

– Je ne suis jamais allée chez elle, s'excusa Nadia. On prenait le métro ensemble de temps en temps, c'est tout.

– Elle faisait des extras ?

– Non. Je crois qu'elle ne voulait plus...

– Elle en avait fait ?

– Tu sais entre professionnelles, on n'a pas besoin de se dire certains trucs, répondit la rousse d'un air entendu.

Elle ne m'en a jamais parlé, mais je suis certaine qu'elle s'est déjà vendue ou qu'elle a déjà été vendue, si tu vois ce que je veux dire...

– Je vois, souffla Julien.

– Chez les étudiants, c'est assez courant... Les diplômes, il paraît que ça coûte cher ! Et ce qui coûte cher, faut le payer. D'une manière ou d'un autre...

Julien haussa les épaules et grimaça. Il était conscient de l'énormité du problème. Le seul chiffre qui circulait était celui, estimé par le syndicat universitaire SUD-Étudiants, sans confirmation officielle. Selon cette organisation, environ quarante mille étudiants se prostitueraient en France de manière occasionnelle. Soit un étudiant sur cinquante-sept ! Des données statistiques dont Shrapnel ne pouvait s'accommoder.

– Et toi ? interrogea-t-il.

– Quoi, moi ?

– Tu te commercialises ?

– Question piège ?

– Non.

– Tigerlily m'a proposé, et j'avoue que je suis assez ouverte, même si j'envisage plutôt de me réorienter vers la danse... Tu sais, avant je bossais en Allemagne. Les clubs là-bas, c'est vraiment trash... Uro, piercing, scato, SM... Alors ici, c'est le paradis ! Et puis, les Chinois qui découvrent le sexe à la française, ils adorent ça et payent bien...

– Je ne peux pas t'encourager dans cette voie, l'interrompit Julien.

– Mais moi, je peux t'encourager dans celle-ci, rétorqua Nadia en pressant ses seins à pleines mains.

Julien se crispa et tenta de réguler la tension qui montait en lui.

– Qu'est-ce que tu peux me dire d'autre sur elle ?

– Je ne sais pas, soupira Nadia, déçue de ne pas obtenir le résultat escompté.

– Fait un effort.

Nadia plissa les yeux, aux cils soulignés d'un mascara grossier.

– C'était une fille gentille, mais triste. Du genre à rester des plombes les yeux dans le vide… Un jour, elle s'est mise à pleurer sans raison. Et quand je lui ai demandé pourquoi, elle m'a dit que c'était à cause de sa sœur…

– De sa sœur ?

– Elle ne m'en a pas dit plus.

– Réfléchis bien, c'est important.

Nadia passa les mains dans ses cheveux de feu, échauffant encore un peu plus l'atmosphère déjà brûlante.

– Je me souviens qu'elle a dit qu'elle ne voulait pas ressembler à sa sœur… Qu'elle n'était pas comme elle, qu'elle ne le serait jamais.

– Qu'entendait-elle par-là ?

– Je l'ignore. Je te l'ai dit, cette fille respirait le malaise. Et puis, il y a un truc qui me chiffonnait chez elle.

– Quoi donc ?

– Je ne sais pas comment t'expliquer. Parfois, j'avais l'impression qu'elle n'était pas ce qu'elle prétendait être. C'était bizarre…

– Tu peux préciser ta pensée ?

Nadia semblait en être incapable. Elle soupira et planta son regard dans celui de Julien. Celui-ci lut instantanément dans ses yeux qu'un incendie y faisait rage.

– Merde, t'es trop mignon, murmura-t-elle en saisissant Shrapnel par la taille et en l'attirant vers elle.

– Qu'est-ce que tu fabriques ? protesta ce dernier.

– Chut...

Avec dextérité, elle baissa son pantalon, puis son caleçon, libérant l'obscur et impressionnant objet qui valait son surnom au chef du groupe Cabaret. Ce dernier ne résista pas et laissa son sexe durci emprunter le chemin soyeux de la gorge, tant désirée.

9

Un vigile referma la porte noire derrière lui. Ébloui par le soleil, Julien chaussa ses lunettes de soleil, une antique paire de Ray Ban Aviator aux verres rayés dont il ne parvenait pas à se défaire. Cet afflux de lumière sonnait comme un avertissement, lui signifiait qu'il avait franchi la frontière invisible séparant les deux mondes, celui du fantasme et celui du réel. Songeur, l'esprit encore accaparé par le souvenir de la peau de Nadia, il monta dans son véhicule, garé non loin du Blue Moon, dans une rue parallèle.

Julien supportait de plus en plus difficilement ces allées et venues régulières entre Éros et Thanatos. Et il commençait à comprendre les recommandations de son mentor, le commissaire Jean-Louis Trauma. « Ne reste pas trop longtemps dans le groupe Cabaret », l'avait prévenu ce dernier avant de mourir d'un cancer des poumons. « Car pour ne pas déraper, il faut s'y révéler d'une pugnacité et d'une ténacité aussi féroces que celles des prédateurs que tu pourchasses. »

Il était exact que ce job demandait une force de caractère exceptionnelle. En 2009, l'IGS[1] avait fait tomber un des collègues de Julien. Un officier qui avait été accusé de collusion et de corruption. Sa trop grande proximité avec des gérants de boîtes de nuits parisiens lui avait été fatale. Il fallait maintenir une distance de sécurité, établir un no man's land entre l'illusion d'un plaisir facile et la réalité sordide. Car l'univers de la BRP était singulier. Tout ce qui existait dans les autres services policiers n'existait pas ici. Pas de chef, juste un binôme… Aucune limite. Aucune norme.

– Aucun dieu, murmura Shrapnel en s'apprêtant à démarrer. Et si Dieu n'existe pas, alors…

Les vibrations de son smartphone l'empêchèrent d'achever sa phrase.

– *C'est Le Deuff, j'ai retrouvé la sœur de ta Chinoise !*

– Super.

– *Pas vraiment…*

– Pourquoi donc ?

– *Elle est morte…*

– Pardon ?

– *Trop compliqué de t'expliquer au téléphone ! On se retrouve Chez Alphonse…*

Julien consulta sa montre Breitling, un de ses péchés mignons. Il avait d'abord un rendez-vous important à honorer, même si ça ne l'emballait guère.

– Je te rejoins dans une heure.

– Je n'ai pas faim, grogna Shrapnel en prenant place à la table d'un restaurant du VIe arrondissement.

1. Inspection générale des services, ou police des polices.

– Barbouillé ? interrogea une femme, assise en face de lui.

– Cloé, je ne comprends pas pourquoi tu t'obstines à vouloir que je te remette la pension alimentaire en main propre !

Cloé était son ex. La seule femme avec qui le Scud avait tenté de construire quelque chose qui ressemble à une vie commune.

Un mariage.

Une année en couple.

Un enfant.

Un divorce.

– Histoire d'échanger pour de vrai une fois de temps en temps, rétorqua Cloé.

– Par virement bancaire, ça marche aussi et c'est plus rapide. Quant à nos échanges...

– Tu ne réponds jamais aux courriels...

– J'ai du boulot.

– Et quelqu'un ?

– Non, personne en particulier.

Cloé esquissa un vague sourire. Elle savait que Shrapnel ne s'attachait pas, qu'il en était incapable. Elle savait aussi qu'il n'avait jamais autant aimé une femme qu'elle. Mais que malgré ça, il n'avait pas réussi à consolider leur relation. Son naturel avait fini par reprendre le dessus. Et il l'avait trompée. Elle ne lui en voulait pas pour ça. Elle lui voulait parce qu'il ne s'était jamais occupé de sa fille.

– Julien, il faut qu'on parle de Lilas.

– Comme à chaque fois, souffla Shrapnel.

– Cette fois, c'est sérieux.

– Il s'agit de quoi ? Elle t'a insultée ? Elle a fait une fugue ? Tu as retrouvé du shit dans sa chambre ?

Lilas était une adolescente difficile. Shrapnel ne lui avait pas facilité les choses. Père catastrophique, il avait brillé par son absence aux grandes étapes de sa vie, ne se manifestant qu'à l'aide de cadeaux maladroits. Il ne se voyait pas dans la peau d'un père. Immaturité affective globale, avait diagnostiqué un psy. Comment incarner l'autorité quand on était soi-même incapable de s'y conformer ? Julien n'avait jamais su comment dialoguer avec celle qu'il appelait « le gremlin ».

– Je vais partir, soupira Cloé.

– Changer d'air, vous fera du bien.

– Je pars seule.

– Comment ça ?

– J'ai rencontré quelqu'un.

– Un nouveau ? Tu les collectionnes ! s'exclama Shrapnel.

Depuis leur séparation, Cloé s'était montrée versatile, multipliant les aventures. Une façon, pensait-il, de lui rendre la monnaie de sa pièce.

– Ça fait presque un an et c'est solide.

– Tu ne m'en as jamais parlé, s'étonna Shrapnel.

– Je voulais être sûre, avant de te l'annoncer.

– OK, fit Shrapnel, un peu sonné. Vous partez où ?

– Rien n'est fixé encore.

– Et Lilas, elle en pense quoi ?

Cloé détourna le regard.

– Qu'elle ne viendra pas avec moi, murmura-t-elle. Elle me fait une vie d'enfer pour vivre avec toi.

– Pardon ?

– D'un autre côté, j'ai envie de vivre ma vie.

– Moi, aussi, figure-toi, répondit Julien un peu trop vite.

– Toi, ça fait treize ans que tu fais ce que tu veux, objecta Cloé. Tu ne t'es jamais occupé de Lilas. Tu n'as assisté à aucun de ses anniversaires...

– J'ai toujours envoyé des cadeaux.

– La belle affaire ! Et quand elle s'est cassée le bras, en tombant de cheval, tu étais où ?

– Sur une enquête, comme d'habitude, et tu le sais parfaitement !

– Ah oui, tes enquêtes, tes conquêtes, et toujours tes putains d'enquêtes ! Et ta fille ?

Shrapnel ne répondit pas et se mura dans ce silence qu'il affectait à chaque fois qu'il était en tort. Un jour peut-être, il affronterait la réalité. Mais encore aujourd'hui, il n'y parvenait pas. Pas le courage. Pas la force.

– Donc tu te barres, en laissant tout derrière toi ? résuma-t-il pour reprendre l'initiative.

– Eh oui, comme toi, il y a treize ans, répliqua Cloé. J'en ai marre de n'être qu'une mère. J'ai envie d'être autre chose, figure-toi !

Excédé et dépassé par la situation, Julien lâcha :

– Une salope ?

Cloé le regarda méchamment. Sa main partit à la vitesse de l'éclair, frappa la joue de Shrapnel qui encaissa sans broncher.

– Je l'ai mérité, reconnut-il.

– Ça t'écorcherait la gueule de dire pardon ?

– Pardon, murmura Julien.

– Tu vois, c'est ça le problème avec toi. Tu ne sais pas te comporter. Tu ne sais pas dialoguer. Ou plus exactement, tu refuses le dialogue.

– Quel dialogue ? objecta Shrapnel en se frottant la

joue marquée par la gifle. Tu m'annonces que tu pars et que tu me refiles Lilas ! On ne peut pas vraiment dire que tu me laisses une voie au chapitre dans cette histoire-là !

Cloé planta un regard décidé dans celui, un peu défait, de son ex. Elle sortit un carnet de son sac et le tendit à Julien.

– J'ai tout noté là-dedans. Les adresses, ses amis, ses habitudes. Toutes les questions scolaires. Pour le collège, Lilas en a changé. Tu te souviens ?

– Oui, mentit Shrapnel.

– Pour son traitement contre l'acné, elle a rendez-vous chez le dermatologue le mois prochain. Il faudra l'honorer.

– Elle a des boutons ? demanda Shrapnel pour la forme.

Il trouvait que le dialogue prenait des allures déjà trop personnelles.

– Pas beaucoup, mais...

– Alors pourquoi voir un dermato ?

– C'est une fille, répondit Cloé comme si cela était suffisant pour expliquer la démarche thérapeutique.

– Et donc ? demanda Shrapnel, sans comprendre.

– Aucune ado n'a envie d'être défigurée à cet âge, répliqua Cloé. Pour le reste, je te ferai un planning précis sur un agenda. Je n'ai pas eu le temps de l'acheter.

Julien tourna entre ses doigts le carnet Moleskine orange. S'il était le premier à réagir sur les questions professionnelles et à ne jamais laisser de place à l'expectative, cette situation-là le plongeait dans l'inconnu, dans le flou, dans l'affectif. Tout ce qu'il détestait, en somme. Il ne parvint qu'à sortir un minable :

– Ah, ce n'est pas une blague, alors ?

– J'ai l'air de blaguer ?

Shrapnel la dévisagea et répondit mentalement par la négative.

– Julien, j'ai muri cette décision. Je ne la prends pas à la légère. Et oui, pour une fois, je ne te demande pas ton avis. Je t'appelle pour la passation dès que j'ai le rendez-vous avec le proprio pour rendre les clés. Il faudra venir chercher ses affaires…

– Je ne peux pas, pas maintenant, l'interrompit Shrapnel, paniqué. Je suis sur une enquête, plutôt compliquée… J'en chie… Laisse-moi un peu de temps…

– Tu sais quoi, Julien ? Ton enquête, tu peux te la carrer où je pense…

Cloé se leva et quitta le restaurant au moment où le serveur arrivait pour prendre la commande.

– Monsieur ?

– J'ai pas faim, soupira Shrapnel.

10

Attablé, Mathieu attendait en se frottant le front devant un verre rempli d'eau gazeuse. Julien l'aperçut à travers la vitre de la petite brasserie, sise au croisement de la rue des Grands Augustins et de la rue du Pont de Lodi. Il poussa la porte de l'établissement tenu par un gaillard répondant au prénom de Firmin et son épouse Lotte, cuisinière émérite.

– Salut monsieur le commandant des Mœurs ! lança cette dernière sur un ton amical en apercevant le chef du groupe Cabaret. Vous ne prenez pas la table du fond, aujourd'hui ?

– Réunion de crise, répondit Julien en fonçant vers son adjoint.

Lotte, qui avait l'habitude de nourrir plus de la moitié des policiers de la BRP, comprit immédiatement que le temps était à l'orage et n'insista pas. Elle savait se faire discrète quand il le fallait et familière le reste du temps. Son époux était à l'avenant. On ne devenait pas sans raison la cantine des flics du 3, rue de Lutèce.

– Alors ? interrogea Shrapnel, à peine assis.

Le Deuff semblait totalement absorbé par le spectacle

des bulles qui remontaient le long des parois de son verre.

– J'ai refilé les gosses à Patience, la nourrice ghanéenne de mes voisins… Ça m'a rappelé le démantèlement du gang des « mamas » nigérianes dans ce squat du XIIe. La prostitution à l'abattage… Ces filles obligées de se vendre par leur propre famille pour payer les coûts de leur voyage en France… Elles avaient été recrutées par des proches qui avant leur départ les avaient fait assister à un rituel vaudou… Tu te rappelles ?

– Le *juju*, répondit Julien.

– Oui, c'est ça. On avait fait jurer à ces malheureuses qu'elles ne dénonceraient personne et on avait confisqué l'amulette magique censée les protéger.

– Avec la promesse de leur rendre après remboursement de la dette de passage !

– Tant de crédulité est affligeante…

– Ce n'est pas un hasard si une grande majorité des femmes présentes sur le trottoir sont d'origine nigériane, roumaine et chinoise. Ce sont des pays où la plupart des populations ne croient plus en rien… Et quand on ne croit plus en rien, le paradoxe c'est qu'on est prêt à croire en n'importe quoi !

– Vu comme ça, conclut Mathieu en réfléchissant aux paroles de son supérieur.

– On peut parler de la sœur de Liwei Lin ? demanda celui-ci, sentant que son adjoint partait à la dérive.

Le Deuff ne répondit pas, cligna des paupières, extirpa un tube d'aspirine d'une poche de sa veste, constata qu'il était vide et le posa sur la table.

– Lotte ! héla-t-il sous le regard interloqué de son supérieur.

– Qu'est-ce que tu veux ? répondit-elle depuis le comptoir.

– Du paracétamol !

– Tu ne préfères pas un verre de Morgon ?

– Oh, puis laisse tomber, conclut Mathieu.

– Mal au crâne ? demanda Julien.

– Non, j'envisage d'ouvrir une pharmacie, balança Le Deuff avant de s'emparer de son verre et de boire une gorgée d'une eau qui avait perdu une bonne partie de son pétillant.

– OK, excuse-moi, battit en retraite le chef du groupe Cabaret.

– Non, c'est moi. Je suis à bout, là... Les gosses, le boulot... Bon bref, passons aux choses sérieuses. Liwei Lin est décédée.

– Tu m'as annoncé que c'était sa sœur qui était morte ! s'étonna Julien.

– Liwei, c'était la sœur. Celle qu'on a vue ce matin, c'est Chuang-Mu. Elles se ressemblent énormément, mais ce ne sont pas des jumelles...

– Ah, fit Shrapnel sans vraiment comprendre.

– Sur la photo du trombinoscope de la fac, malgré des traits communs, la coiffure ne correspondait pas. Ce détail m'a mis la puce à l'oreille, selon l'expression consacrée. J'ai appelé le secrétariat de la Sorbonne. L'assistante du président de Paris IV m'a appris que Liwei était morte renversée par une voiture, il y a trois semaines. Elle a également eu l'amabilité de me livrer quelques éléments de son dossier. Dans lequel, entre autres choses, j'ai appris qu'elle avait une sœur...

– Chuang-Mu, compléta Julien dont le cerveau cherchait à assembler les morceaux épars du puzzle complexe qui se présentait à lui. Il y a trois semaines, tu es sûr ?

– Un ami à l'état civil a numérisé l'acte de décès et me l'a envoyé par courriel. Pourquoi ?

– Parce que d'après Tigerlily, c'est à ce moment que Chuang-Mu a postulé pour un job de serveuse au Blue Moon. Le lien de parenté est fondé ?

– Tu me prends pour un nodocéphale ? s'énerva un Mathieu *touchy*, que la fatigue rendait irritable.

– Un quoi ?

– Une tête de nœud...

– Ah. Euh, non, bredouilla Julien en intégrant ce nouveau mot à son champ lexical.

Les insultes rares, élégantes et joliment désuètes employées par son adjoint ne lassaient pas de le surprendre. Leur anachronisme insufflait toujours une fraîcheur relative aux situations les plus tendues.

– Elles sont toutes les deux nées en France, à Fontainebleau ! Leurs parents sont arrivés en France en 1971 ! Le père est décédé. La mère était avocate. Elle coule sa retraite à Menton. Ce n'est pas le profil type d'une famille de clandestins...

Le visage de Julien se referma.

– Pourquoi a-t-elle menti à tous les étages ? s'interrogea-t-il.

– Elle s'est prostituée pour payer ses études via un réseau. Ça a mal tourné et elle ne savait plus comment s'en sortir...

– Pas cohérent, marmonna Shrapnel. Pourquoi prendre le risque de venir nous voir, nous donner un indice et ensuite disparaître ? Il eut été plus logique de demander notre protection, pas de la fuir...

– À cause d'un éventuel souteneur qu'elle voulait dénoncer, risqua Le Deuff. Elle se sentait de taille à tout balancer, puis la peur a repris le dessus ! Ce ne serait pas la première fois qu'on serait confrontés à ce genre de situation...

Julien afficha une mine incrédule.

– Tu sais que les prostituées chinoises auxquelles on a affaire sont souvent des mères de famille quadragénaires. Elles travaillent pour envoyer à leur famille restée en Chine de quoi vivre dignement. La plupart ne travaillent pour aucun souteneur... Il faut chercher ailleurs la raison de sa disparition et de ses mensonges...

11

La silhouette se matérialisa devant eux comme par magie.

– Dans le contenu de la clé USB qu'elle t'a remise ? proposa Lor, campée devant les deux policiers dans une pose guerrière.

Ni Mathieu, ni Julien ne l'avait entendue arriver. Elle apportait un peu de sa lumière particulière à ce coin sombre de la brasserie. Elle était comme ça, Lor, elle glissait sur les choses avec grâce et légèreté, n'imposant jamais rien d'autre que l'évidence de sa présence. Peut-être une réminiscence physique de son « métier » d'avant, qui l'avait habituée à concrétiser du fantasme.

– Tu as réussi ? interrogea Julien.

– En partie, répondit Lor en s'asseyant. J'ai cracké le code, mais les informations contenues dans la mémoire de masse sont inutilisables en l'état.

– Quel est le problème ? demanda Le Deuff.

– Un problème, genre XXL, répondit Feuerbach en baissant la voix.

Mathieu et Shrapnel se penchèrent vers elle, tout ouïes.

– Ce sont des dossiers diplomatiques...

– Oh putain ! s'exclama Le Deuff. Manquait plus que ça...

– Quelle provenance ? demanda Julien.

– L'ambassade de Chine à Paris, murmura Lor.

– Merde, soupira le chef du groupe Cabaret. Les dominos tombent les uns après les autres...

– J'ai quand même jeté un rapide coup d'œil, expliqua Lor. Tous les mémos sont rédigés en Mandarin.

– On doit trouver un traducteur, intervint Julien.

– Pas besoin, assura Lor. La traduction en ligne est en cours... Ça va prendre un peu de temps et ce ne sera pas parfait, mais ça nous permettra d'y voir plus clair.

– Il y a autre chose dans cette clé ? demanda Mathieu.

– Des photos, des centaines de photos, confirma Lor.

– Genre ? interrogea Julien.

– Très jeunes filles, répondit Lor

– Un réseau ? demanda Le Deuff.

– Les premières prostituées chinoises sont apparues dans le quartier de Belleville en 2003, expliqua Lor de mémoire. À l'époque, elles n'étaient pas plus d'une centaine. Ces prostituées étaient discrètes. Elles avaient peur d'être reconnues par la police, mais surtout par leurs compatriotes. Elles ne se montraient pas publiquement et travaillaient dans des salons de massage. Ces dernières années, leur nombre a explosé. Les proxénètes chinois ont industrialisé le système... Elles n'en demeurent pas moins invisibles...

– Tu as l'air de bien connaître le sujet ! remarqua Mathieu. Tu ne nous apprends rien, mais ce qui m'étonne, c'est que tu puisses avoir accès aussi facilement à ces informations.

– Relis mon dossier, tu comprendras, lui conseilla Lor.

– Je préfère lire un bon Maigret, rétorqua Le Deuff.

La jeune femme le dévisagea, peu désireuse de s'aplatir devant tant de mauvaise humeur.

– Tu savais que Simenon se faisait une gloire de ses prouesses sexuelles, jurant avoir connu dix mille femmes dont huit mille prostituées ? demanda Lor, avec la volonté de détruire l'idole littéraire de Mathieu. Lui, il a assumé complètement son obsession sexuelle, et même sa bigamie ! Il a partagé sa vie entre sa cuisinière et sa seconde épouse.

– Tu insinues quoi par « lui, il a assumé complètement son obsession sexuelle » ? interrogea Le Deuff sur un ton outragé.

– Rien du tout, lâcha Lor qui aimait taquiner celui qu'elle surnommait « le Catho ».

– C'est fini, tous les deux ? On peut se concentrer ? grogna Shrapnel.

– Un nom et un prénom ressortent fréquemment dans les mémos, reprit Feuerbach sur un ton sérieux. Wen Keqiang. Ainsi qu'une mention, en Français celle-là...

– Laquelle ? demanda Julien.

– Merde, tu as vraiment envie de te faire des cheveux blancs façon Julian Assange ? intervint Mathieu. Les câbles diplomatiques, c'est pour WikiLeaks, pas pour nous ! Lor, faut se débarrasser de cette clé avant que la foudre ne s'abatte sur nous !

– Tu paniques ? demanda celle-ci, amusée.

– Non, mademoiselle, j'essaye de me montrer raisonnable, rétorqua Le Deuff. Enfin, je suis le seul à comprendre ce qui se passe ? J'ai deux blondes en face de moi, ou quoi ?

– Je n'aime pas ce ton ! répliqua Lor.

– Je m'en branle, rétorqua Mathieu.

– Écoute, fit Julien à l'attention de son adjoint. La BRI m'a refilé une affaire ce matin. Des corps de femmes découpés dans un appartement qui a servi de refuge à un braqueur de fourgon. Un certain Yang Shen... Il y avait des photos sur place, des polaroïds, genre catalogue.

– Tu crois qu'il y a un lien avec celles que j'ai trouvé dans la clé USB ? demanda Lor.

– Je n'en sais rien, mais je ne crois pas aux coïncidences, répondit Julien.

– Un coup de dé n'abolit jamais le hasard, cita Lor.

– Moi, je ne joue pas ma carrière au craps, grogna Le Deuff, qui n'avait pas compris l'allusion au poète Mallarmé.

– Il faut les comparer, conclut Shrapnel.

– Il faut surtout alerter Volochenko, asséna Mathieu en tapant du poing sur la table. Point barre !

Vlad Volochenko était le chef administratif de la BRP, un flic réglo, mais procédurier.

– On laisse l'Empaleur de côté, annonça Julien, usant du surnom donné au commissaire principal.

Un surnom en lien direct avec l'identité de celui qui avait inspiré le personnage de Dracula au romancier Bram Stoker, Vlad Basarab. Un voïvode, ou chef de guerre roumain du XVe siècle, qui avait empalé les corps de nombreux officiers turcs prisonniers ! Dans les couloirs du service, il se murmurait que Volochenko empalait tout autre chose, et que sa rivalité avec Scud avait plusieurs fois failli tourner au pugilat…

– On prévient au moins Dechartres ? insista Le Deuff, inquiet de la tournure des événements.

– Pas pour l'instant.

La commissaire Alice Dechartres, l'autre chef de la BRP, en charge de la logistique, était une sexagénaire revêche, autoritaire et surtout, selon l'analyse de Julien, une psycho-rigide, comprendre mal baisée. Ce qui, toujours selon ses critères, la rendait particulièrement agressive, donc dangereuse. Cependant, et sans que Julien ait jamais compris pourquoi, Dechartres l'appréciait, voire le défendait quand le besoin s'en faisait sentir.

– Euh, excusez-moi, risqua soudain Lor. Ça vous intéresse finalement cette mention en Français qui apparaît dans tous les dossiers que j'ai compulsés ?

Shrapnel hocha positivement la tête. Mathieu se renfrogna, mécontent de voir son supérieur franchir les limites de la légalité avec autant de désinvolture.

– Le Dragon rouge…

12

Lotte avait servi des cafés, sans que personne ne les lui commande. Un geste salvateur qui avait évité un puissant clash au sein du trio de choc de la BRP. Tous avaient bu leur expresso avec plaisir, pause pacifique et conviviale dans un tourbillon de tourments. Désormais, Julien tentait de se concentrer sur les derniers mots de Lor.

« Le Dragon rouge »

Celle-ci tapotait le clavier tactile d'un de ses smartphones. En escort professionnelle, elle en possédait trois. Quant à Le Deuff, il s'était retranché dans une perplexité agressive.

– J'en étais sûre ! s'exclama soudain Lor, en décrochant son regard du petit écran lumineux.

– De quoi ? bougonna Mathieu.

– Chuang-Mu, c'est la déesse de la chambre à coucher et des plaisirs sexuels ! s'exclama Lor, en synthétisant l'article qu'elle venait de trouver sur Internet.

– Ça ne s'invente pas, constata Le Deuff.

– Dragon rouge ? interrogea Julien à la cantonade, sans donner son avis sur la symbolique du prénom décryptée par Lor.

– Je n'ai rien trouvé concernant un établissement répondant à cette enseigne, répondit Lor. Rien sur le Net, ni sur le *deep web*…

– Le fameux deep web ? interrogea Mathieu.

– Ne te moque pas. Le web profond, ou web invisible, ou encore web caché est la partie du web accessible en ligne, mais non indexée par des moteurs de recherche traditionnels, expliqua Lor sur un ton docte.

– Moi, je connais depuis *Gorge profonde*, s'amusa Shrapnel.

– Très drôle, souffla Lor. Je te rappelle que Linda Lovelace s'est exécutée sous la menace d'une arme à feu…

– Certaines sources infirment cette thèse, la coupa Julien, qui s'était auto-érigé grand spécialiste du film culte réalisé par Gérard Damiano en 1972.

– Qu'est-ce que ça peut être, ce Dragon rouge ? questionna Le Deuff, gêné qu'on parle de films pornographiques.

– Un club clandestin, esquissa Lor. Je n'en ai jamais fréquentés, mais quand je travaillais plus assidument, j'ai entendu parler d'établissements occultes qui changeaient d'adresse régulièrement pour ne pas se faire repérer et qui proposaient des services interdits…

– Légende urbaine, l'interrompit Mathieu, incrédule.

– Il n'y a jamais de fumée sans feu, opposa Lor.

– Quoi que ce soit, on doit se rencarder au plus vite sur le sujet, préconisa Julien.

– Je peux faire jouer mes relations, proposa Feuerbach

sur un ton empreint de mystère. Et poser quelques questions concernant Wen Keqiang sur l'oreiller...

Julien marqua un temps d'arrêt. Il comprenait parfaitement à quel type de relations, elle faisait allusion. Elle avait conservé quelques clients, très influents...

– Je n'aime pas ça, dit-il.

– Tu as une autre solution ? répliqua Lor.

– Je peux activer mon réseau d'indics, répondit Le Deuff.

– Trop long, soupira Shrapnel. Si tu tapes aujourd'hui dans la fourmilière, il faudra des jours avant qu'une information viable ne retombe.

– Le timing est serré ? demanda Mathieu.

– Le président chinois sera en visite en France dans deux semaines, répondit Julien.

– Xi Jinping, précisa Lor qui venait de googler en temps réel une recherche sur le plus haut dignitaire de la République populaire.

– Soit on bouge maintenant, soit après ! poursuivit Julien en intégrant l'information.

Le Deuff hocha la tête.

– J'imagine que personne ne va vouloir faire de vagues, avant...

– Vu les enjeux économiques avec ce pays et à la veille d'une visite officielle, c'est clair qu'il ne faut pas s'attendre à ce qu'on nous aide à fabriquer de la publicité contre-productive, ajouta Lor.

Mathieu enfonça le clou dans le bois de la croix de Julien.

– Seuls des cinglés se lanceraient dans une affaire impliquant potentiellement l'ambassade chinoise en France !

– Ou des kamikazes, plaisanta Shrapnel, qui commençait déjà à élaborer une stratégie.

– Je ne me sens pas l'âme d'un sacrifié, rétorqua son adjoint.

– La meilleure défense, c'est l'attaque, formula Lor.

Mathieu secoua la tête, tandis que la jeune femme reléguait son téléphone portable habituel dans son sac et s'emparait d'un smartphone de marque Vertu. Le modèle Constellation alliait nouvelle technologie et matériaux de luxe. Dalle en cristal de saphir, châssis en titane, habillage en cuir de veau, le tout assemblé à la main dans les ateliers de l'Hampshire en Angleterre.

Ce smartphone, aux allures de bijou, avait été offert à Lor par l'un de ses meilleurs clients. En dehors des fonctions classiques, il donnait accès à un service de conciergerie et à de nombreux avantages mis à disposition 24 heures sur 24 et 7 jours sur 7. L'utilisateur pouvait également accéder au service Vertu Certainty qui protégeait aussi bien l'appareil et ses données que le client, et ce n'importe où dans le monde.

Vertu avait aussi passé un certain nombre d'accords avec les maisons les plus prestigieuses aux quatre coins du monde. Sa clientèle se voyait ainsi ouvrir les portes des clubs privés, Home House à Londres, Saint-James Club à Paris, Core Club à New York... Mais aussi du plus vieux marchand de vins et spiritueux de Londres, Berry Brother & Rudd, du musée de l'Ermitage à Saint-Pétersbourg les jours de fermeture au public. Elle pouvait également bénéficier d'une séance de stylisme personnalisée chez Stella McCartney, voire d'un accès VIP aux fashion weeks, d'une partie de tennis avec Martina Hingis ou Anna Kournikova !

– Qu'est-ce que tu fabriques ? s'inquiéta Julien.

– Tu ne veux pas le savoir, répondit Feuerbach en envoyant un SMS.

– Sois prudente ! lança Julien, qui effectivement préférait rester dans l'ignorance.

Lor se leva, rajusta son chemisier et fixa Julien.

– Ne t'inquiète pas, je domine la situation, le rassura la jeune femme en soufflant un baiser dans sa direction.

13

La claquette souple et large frappa le postérieur d'un homme nu qui se tenait à quatre pattes sur un lit king size. Ce dernier gémit sous le coup, emplissant de sa plainte l'atmosphère feutrée de la suite du Mandarin Oriental qu'il avait réservée pour cette rencontre particulière. Lor, intégralement moulée dans une combinaison de latex noir, brandit à nouveau l'instrument de punition et l'observa en suspension dans l'air chargé de stupre. Une bonne cravache devait être équilibrée, munie d'une poignée antidérapante qui tenait bien en main, avec une tige flexible et dynamique. Et une bonne maîtresse SM devait savoir la manier…

– Encore ! supplia l'homme.

– Encore, qui ?

– Encore, maîtresse !

– C'est moi qui décide quand on joue, chien ! s'exclama Lor avant de frapper une nouvelle fois son soumis. Compte à voix haute ! ordonna-t-elle.

– Treize, maîtresse. Quatorze… Quinze… Seize… Châtiez-moi, maîtresse !

Lor obtempéra et accéléra la cadence, marquant à

chaque fois un plus les fesses de son client qui commençaient à s'enflammer sous le feu du cuir. La scène était aussi décadente qu'impudique. Elle aurait fait rougir jusqu'à Shrapnel. Pas Lor, qui savait que les chambres du palace niché rue Saint-Honoré en avaient vu d'autres, bien plus corsées encore... Pas Lor, qui s'était fait une spécialité de ces rapports BDSM[1]. Car du talent, elle en avait à revendre. Elle savait jouer de sa voix, de son corps et de son regard pour inspirer crainte et adoration. C'était un don inné, peaufiné par l'expérience. Feuerbach aimait ces séances, elle s'y imaginait figure de femme libre piétinant les vieux diktats patriarcaux...

– Par terre ! intima-t-elle soudain. Sur le dos !

Le quinquagénaire, légèrement bedonnant, s'exécuta aussitôt et s'allongea sur la moquette rase. Lor s'avança vers lui, posa un talon de ses *platform shoes* sur son sexe mou et l'enfonça lentement.

– Tu es un vilain garçon, annonça-t-elle.

Le talon aiguille glissa vers les testicules, les écrasa l'une après l'autre, provoquant aussitôt une érection en bonne et due forme. Le scénario était rodé.

– Oui, mère...

– Maman est obligée de te faire du mal !

Les dialogues, aussi.

– Je comprends, mère...

– Tais-toi ! Tu es gros, moche, ton pénis est ridiculement petit ! l'interrompit Lor.

Quand Julien avait proposé de l'aider à sortir du réseau d'escort girls qui l'exploitait, Feuerbach avait tenu à conserver quelques clients. Dont celui-ci, un

1. Bondage et Discipline, Sadisme et Masochisme.

peu particulier, qu'elle rencontrait depuis six ans. À chaque séance, il voulait qu'elle endosse le rôle d'une mère autoritaire et humiliante. Il ne la touchait, ne la pénétrait pas. Son fantasme se limitait à cette relation maternelle déviante

– Tourne-toi !

– Oui, mère.

L'homme se cambra.

Lor positionna l'aiguille de son talon entre ses fesses meurtries et l'enfonça.

– Oh oui maman ! cria son client en jouissant.

Lor relâcha la pression et s'écarta. L'homme se releva, lui adressa un sourire et partit vers la salle de bain.

Feuerbach jeta la cravache sur le lit et se déchaussa. Elle dézippa sa combinaison et attrapa une bouteille d'eau posée sur une table de chevet. Assoiffée, elle en vida un bon quart, puis expira profondément, comme pour chasser un démon qui se serait emparé de son âme.

– Merci, fit l'homme en sortant de la salle de bain.

Vêtu d'un peignoir, il avait repris forme humaine. Son visage semblait apaisé, soulagé…

– Tu connais un certain Wen Keqiang ? interrogea Lor en lui tendant la bouteille.

Il s'en saisit et but à son tour.

– Qui ne connait pas Wen Keqiang au Quai d'Orsay, confirma-t-il après deux longues gorgées.

– Tu peux m'en dire plus ?

– C'est l'un des conseillers occultes de l'ambassadeur de Chine en France. L'homme est ancien du Parti, réputé pour ses appétits particuliers… Un proche ami de Sylvio Berlusconi, si tu vois ce que je veux dire…

Lor acquiesça d'un hochement de tête.
– Genre Bunga bunga...
– Tu le connais personnellement ?
– Non. Pourquoi t'intéresses-tu à lui ? C'est un client ?
Lor regarda son client se rhabiller, enfiler son pantalon, sa chemise... Redevenir un autre lui-même. Cet adulte mal assumé qui travaillait comme haut-fonctionnaire au ministère des Affaires étrangères.
– Presque, mentit-elle.
– Fais attention, alors.
– Pourquoi ?
– Le Renseignement pense que Wen Keqiang est lié aux « têtes de serpent ».
– Têtes de serpent ?
– C'est ainsi qu'on surnomme les mafieux des triades qui contrôlent les réseaux d'émigration clandestine. Wen Keqiang serait connecté à une mafia en provenance de Wenzhou, une ville portuaire de la province du Zhejiang, en Chine du Sud. Les « Wenzhou » ont remis au goût du jour une certaine pratique du racket et de l'enlèvement. Ces triades, implantées à Belleville, font preuve d'une violence singulière. Il semble que ces mafieux ne reculent devant rien. En ça, on pourrait aisément les rapprocher de ces chinois du Mainland traversant à l'époque de l'empire Britannique la frontière avec Hong Kong pour aller y réaliser des braquages et revenir plus riches dans leur modeste campagne.
– Wen Keqiang serait donc un criminel déguisé en diplomate ? conclut Lor.
Son client prit le temps de boucler sa ceinture et de passer sa veste avant de s'attaquer à cette épineuse question.

– La DCRI a récemment lancé une enquête officieuse sur le bonhomme. Mais leur travail est rendu difficile par la visite prochaine du président chinois à Paris. Ah oui, et il se murmure également que Keqiang aurait détourné des fonds nationaux alloués à l'ambassade par le Parti communiste chinois... Bref, tout ce qui touche à Keqiang est très brûlant ! Alors, attention de ne pas y laisser des plumes, d'accord ?

Lor acquiesça d'une légère inclinaison de la tête.

– Rien d'autre ?

– Je ne peux malheureusement pas t'en dire plus, s'excusa son client.

– Je comprends et je te remercie pour ces informations précieuses.

– Au regard de ce que tu m'offres, ça me semble peu de chose.

– Je ne t'offre rien, rétorqua Feuerbach en douceur.

– Façon de parler, s'excusa son client en déposant un petit sachet en papier sur le fauteuil.

– À la prochaine, souffla Lor en le raccompagnant.

– Tu sais comment me joindre...

– Oui, fit Feuerbach en jetant un regard en direction du smartphone Vertu qu'elle avait abandonné sur un fauteuil et près duquel reposait désormais une enveloppe gonflée par une bonne épaisseur de billets.

14

Julien sortit du 3, rue de Lutèce, un peu las. Il avait travaillé tard sur « L'affaire des morceaux » comme il l'avait nommée. Le Deuff l'avait aidé, malgré ses réticences et abandonné une demi-heure plus tôt. Les avancées étaient maigres, voire insignifiantes. Il espérait donc beaucoup de Lor, même si au fond de lui, il ne pouvait accepter cette part d'ombre qu'elle avait voulue à tout prix préserver et qu'elle utilisait parfois pour obtenir des renseignements.

En fait, ce qui le perturbait, c'est qu'il ignorait les raisons réelles qui poussaient Lor à continuer de se prostituer. Même s'il défendait la jeune femme devant Mathieu. Sa vision n'était pas misérabiliste. Pour Lor, se prostituer ce n'était pas seulement ouvrir les cuisses et se laisser faire. Elle prétendait même que ses clients n'étaient pas des monstres, ni des bêtes enragées, mais juste des hommes ou des femmes qui, à un moment donné ou régulièrement, pour des raisons aussi diverses que variées, avaient besoin de ses talents. « Ce pourrait être ton père, ton frère, ton fils si tu en avais un… ou ta mère ! lui avait-elle confié une fois. Il y a des cons, aussi. Mais les règles, c'est moi qui les fixe. » s'était-elle empressée d'ajouter.

Ces explications n'avaient que renforcé la profonde incompréhension de Julien, ainsi qu'un sentiment diffus de hargne envers ceux qui s'arrogeaient le droit de profiter de ses charmes.

Même pas jaloux… Mais Feuerbach serait-elle en train de prendre plus de place que prévu ? se demanda-t-il, avant de chasser rapidement cette pensée d'un rire solitaire.

Non, Lor était un élément important de son équipe et il l'estimait beaucoup, ce qui était déjà pas mal. Un élément en marge, mais essentiel. Les activités illicites sur Internet que combattait aujourd'hui la BRP étaient extrêmement difficiles à entraver, car les sites d'escorting se trouvaient très souvent implantés à l'étranger. Si certains se contentaient de facturer un forfait pour la publication d'une annonce vénale, d'autres s'apparentaient à de véritables centrales de réservation. Ils géraient l'agenda des prostituées et trouvaient éventuellement des lieux où exercer leur métier, en échange de la moitié des gains récoltés. Les prostituées du Net étaient originaires d'Europe de l'Est, de Russie mais aussi d'Amérique latine. Elles pratiquaient des tournées, changeant souvent de pays et de villes. Car la nouveauté était très prisée par les clients.

Cette rotation géographique rendait encore plus difficile leur identification, et celle d'éventuels proxénètes. Feuerbach connaissait par cœur ce système, dont elle avait été la victime pendant de nombreuses années. Elle maîtrisait également l'outil informatique comme personne. Ces atouts faisaient d'elle une arme redoutable, fatale, dans la lutte acharnée que livrait la BRP contre le cybersexe. Il n'avait eu aucun scrupule à favoriser sa future ascension.

Dehors, la nuit était tombée comme un couperet, tranchant sans prévenir la luminosité. Shrapnel goûta cette obscurité légère. La nuit éveillait en lui des sens et des pulsions inactivés le jour, le métamorphosait pour ainsi dire. Un peu à la manière d'un lycanthrope sous l'action de la pleine lune. Et ça commençait toujours de la même façon... Tripoter son smartphone à la recherche du numéro de celle *qui voudra bien*, consulter des sites de rencontres, effectuer des requêtes sur les moteurs de recherches pornographiques...

Plus de libre-arbitre, plus de morale, de valeurs, de principes, de vertus, n'être plus que l'instrument, le prolongement de son organe sexuel. Pour les psychanalystes, l'affaire était entendue, Julien était victime d'une sévère addiction sexuelle, associée à un trouble de la personnalité narcissique. Toujours selon eux, il en avait consultés quatre, il était en recherche perpétuelle d'un apaisement équivalent au shoot du drogué via l'orgasme. Cette quête sensuelle le poussait donc à recommencer l'acte sexuel le plus souvent possible ou à multiplier tous types de comportements liés au sexe. Car une fois la sensation du shoot évanouie, une phase de désespoir s'installait, fermant la boucle de l'addiction et en ouvrant une autre, dans un cycle sans fin. Ouroboros tragique...

Au début, Julien avait essayé de se soigner. Il avait même participé à des séjours de « désintoxication » en Angleterre et intégré des groupes de parole thérapeutiques. Sans jamais obtenir de résultats autres que temporaires… Et il avait fini par admettre l'évidence, sans plus la combattre. Le sexe *drivait* son existence, tout comme son travail.

Une vibration indiquant qu'un SMS venait de tomber l'extirpa de ses pensées bourbeuses. Il s'empara de son smartphone. Son visage entra dans le petit halo lumineux projeté par l'écran.

Wen Keqiang est un gros poisson.

La réponse fusa sous les doigts de Shrapnel.

J'aime la pêche sportive !

Numéro deux de l'ambassade de Chine !

Difficile à ferrer !

Faut juste trouver le bon appât.

OK.

Tu fais quoi, là ?

Je profite d'une suite au Mandarin oriental.
Tu veux venir ?

Non merci.

C'était une blague !

J'avais compris.

Mais je suis vraiment dans une suite au Mandarin.

J'avais compris aussi.

Bonne nuit. À demain.

Julien hésita à répondre à cet ultime message. La pulpe de son index plana quelques secondes au-dessus de l'écran tactile, puis s'écarta, laissant l'écran du smartphone se mettre en veille. Ses rapports avec Lor étaient compliqués et il n'avait jamais rien fait pour les améliorer. Bien sûr, elle l'attirait. Bien sûr, il ne la laissait pas indifférente. Pourtant, un magnétisme contraire s'ingéniait à les éloigner l'un de l'autre à chaque fois qu'une occasion de rapprochement se présentait. Julien avait fini par conclure qu'il était le pôle négatif et elle le pôle positif d'aimants, d'amants incompatibles...

Tout à coup, alors qu'il s'apprêtait à traverser le boulevard du Palais, une camionnette grise ralentit à sa hauteur. Son instinct, éveillé par les vitres teintées du véhicule, l'invita à s'immobiliser à la hauteur d'un abribus. Au même moment, la porte latérale de la camionnette coulissa, laissant apparaître un homme cagoulé armé d'un fusil d'assaut. Julien se projeta sur le bitume du trottoir, s'y écrasa lourdement. Une première rafale cisailla l'air au-dessus de lui, impactant les parois de verre de l'abribus qui éclatèrent dans un bruit cristallin en centaines de bris. Pluie de diamants grossiers... Une seconde rafale, moins précise, perfora la carrosserie d'une berline en stationnement.

Son chargeur est vide..., songea Shrapnel en posant la main sur la crosse de son arme de service logée dans un holster ventral. Il se releva d'un bond, axe des épaules de biais par rapport à la ligne de visée, son épaule faible devant, la forte derrière. Son bras droit se tendit, le gauche se plia. Ses pieds s'écartèrent, le faible devant, le fort derrière, selon un angle d'environ 45 degrés. En position de Weaver, il fit feu. Bon tireur, il blessa du premier coup son agresseur à l'épaule. Celui-ci vacilla, se rattrapa et referma la porte latérale. La camionnette accéléra. Anonyme, elle n'arborait aucune plaque d'immatriculation...

Julien ne joua pas au flic à l'américaine et ne poursuivit pas le véhicule en tirant dessus. Il se préoccupa d'abord de vérifier si lors de la fusillade des passants avaient été blessés. Fort heureusement, le bus était passé cinq minutes avant et avait vidé l'abribus, évitant un carnage.

Un peu sonné, Julien regarda autour de lui. De l'autre côté du boulevard, une petite foule s'était agrégée et l'observait. Certains, au mépris du danger, avaient filmé la scène avec leur smartphone et continuaient d'enregistrer. Ce soir, Julien serait sans doute une star sur YouTube ! Entre deux *lolcats*. Il tituba jusqu'à un banc et s'assit. Vu la faible distance qui le séparait du 3, rue de Lutèce, ce n'était pas la peine de prévenir les secours. La cavalerie allait débouler toute seule... Il suffisait de l'attendre. En revanche, Shrapnel ne pouvait laisser son binôme dans l'ignorance de cet événement.

15

– Je viens de me faire canarder…

– *Tu plaisantes*, répondit la voix surprise de Mathieu.

– Ça prouve qu'on dérange. Mais je ne sais pas encore qui…

– *Tu penses que ça a lien avec notre affaire…*

– Faut que tu trouves où habitait Chuang-Mu ! Elle est notre seul point d'entrée dans ce dossier. Faut creuser, place d'Italie…

– *C'est vaste… J'ai déjà épluché le secteur toute la soirée…*

– Démerde-toi. On doit la retrouver avant ceux qui voulaient me dégommer !

– *Faut que je dorme.*

– Et moi, faut que je me coltine Vlad qui va pas tarder à rappliquer et que je lui explique pourquoi on vient de me mitrailler !

– *Chacun sa merde…*

– Raison de plus pour t'occuper sérieusement et rapidement de ta part…

– *Feuerbach a obtenu des infos concernant Wen Keqiang ?*

– Numéro 2 de l'ambassade…

– *Rien que ça…*

– On ne va pas se laisser impressionner par le corps diplomatique. Ce type chie comme tout le monde !

Le Deuff marqua un silence, avant de s'inquiéter :

– *Et sinon, ça va ? Je veux dire, t'es pas blessé ?*

– Ce n'étaient pas des pros… Le type tirait comme une merde…

– *Fait quand même un tour à l'hosto !*

– Je te laisse, voilà l'Empaleur.

La silhouette de Volochenko se découpa dans l'incessant clignotement orange d'un feu de signalisation, manifestement endommagé pendant la fusillade.

– Julien, j'aurai dû m'en douter ! constata-t-il, alors que les semelles de ses mocassins impeccablement cirés écrasaient des bris de verre.

Il était entouré de plusieurs hommes de la BRP et de la BRB.

– Un véhicule utilitaire type Mercedes Vito, précisa Julien. Carrosserie gris métallisé. Un homme armé d'un fusil militaire, peut-être une Kalach… Je l'ai blessé… Il était cagoulé…

– C'est quoi ce bordel ? s'énerva le commissaire principal.

– On a essayé de me tuer, je crois, répondit Julien en dégainant une cigarette électronique.

Il avait arrêté de fumer depuis deux semaines, grâce à ce substitut qui reproduisait le goût du tabac en moins nocif. C'était la première fois de sa vie qu'il parvenait à faire la peau à un des vices. Et ce n'était pas pour lui déplaire.

– Des blessés ? demanda Volochenko.

– Non.

– Des explications ?

– Est-ce qu'on demande au faisan pourquoi le chasseur lui tire dessus ? interrogea Shrapnel en tirant sur son e-cigarette.

– J'aime vous imaginer en faisan, s'amusa Volochenko.

En temps normal, le ton supérieur de Volochenko fatiguait Julien. Ce soir, il l'accablait. Volochenko se croyait intellectuellement au-dessus de la mêlée, chantre de cette nouvelle institution policière en phase avec la modernité. Dès sa prise de fonction, il avait rangé arbitrairement le chef du groupe Cabaret dans la catégorie des incultes et des créatures préhistoriques. Et lui avait collé l'étiquette : « homme à abattre ».

– Moi je n'aime pas vous imaginer, répliqua Julien dans un petit nuage de vapeur.

– Je ne sais pas ce qui me retient de vous...

– Mes résultats, peut-être ? l'interrompit Julien.

– Et Dechartres, compléta Volochenko. Sans sa bienveillante et incompréhensible protection, vous seriez à votre place depuis longtemps, en province...

– C'est fini ?

– Non, ce n'est pas fini ! gronda Volochenko en grimaçant. On vient de canarder un de mes hommes, en plein Paris, à même pas cent mètres de la Maison ! Va falloir clarifier la situation, Julien ! Je sens que vous êtes en train de manigancer un truc dans mon dos et ça ne me plaît pas !

Julien sourit devant tant d'hypocrisie.

– Ce n'est pas mon genre...

– Ne me chiez pas dans les bottes ! menaça Volochenko.

– Sinon ?

– Sinon, je vous ferai voler en éclats ! Comme ces putains d'obus à shrapnels dont vous portez le nom !

– C'est un barbarisme.

– Quoi ?

– Ce genre d'obus, inventé par Henry Shrapnel, un lointain parent, ne contient pas des shrapnels. Il est un shrapnel !

– Ne jouez pas au plus malin !

– Dommage, avec vous, c'est si facile…

Volochenko encaissa sans broncher et planta un regard d'acier dans celui du chef du groupe Cabaret.

– Je veux un rapport ! intima-t-il. C'est compris ?

– Merci de vous inquiéter mais je ne suis pas blessé.

Julien se leva, frôla le commissaire principal et s'éloigna avec l'intention d'aller rendre visite à un fantôme de sa connaissance. Quoi de plus normal pour celui qui venait de frôler la mort ?

– Demain matin à la première heure ! ajouta Volochenko.

16

L'appartement, situé au cinquième étage d'un immeuble haussmannien du XVe arrondissement, était silencieux. Dans un salon plongé dans la pénombre, le visage de Mathieu entra dans le halo de l'écran plat d'un ordinateur personnel. Ses traits tirés, ses yeux injectés de sang, laissaient transparaître un état avancé d'épuisement, tout autant physique que mental. Il bâilla sans retenue, s'étira et se mit à pianoter sur le clavier. Il consulta à nouveau plusieurs bases de données, à la recherche d'une adresse correspondant au profil de Chuang-Mu Lin. Sans succès.

Soudain, la silhouette menue de son épouse, vêtue d'un long tee-shirt blanc, apparut dans l'encadrement d'une porte.

– Tu ne viens pas te coucher ? demanda-t-elle.

– J'en rêve…

– Du travail ?

– Trop…

Mathieu évitait toujours d'entrer dans les détails. Et sa femme n'insistait jamais. Elle aussi évitait de noyer son mari sous les détails de sa vie professionnelle.

Directrice des ressources humaines dans une grande entreprise, elle gérait les égos et les humeurs de 300 personnes, et ce n'était pas de tout repos, étant donné le climat social du moment.

C'était selon eux la seule façon de se préserver. D'empêcher l'horreur véhiculée par un métier hors norme de déborder sur leur quotidien et de l'éprouver. Combien de couples, dont l'un des composants était flic, s'étaient séparés ? Selon Marie qui avait lu une enquête à ce sujet dans la presse féminine, les policiers avaient seize pour cents de chances de divorcer. Un taux identique à celui des agents de voyage et des romanciers. Mathieu ne s'était jamais intéressé à ses statistiques, mais il refusait de divorcer à cause de son travail. Il refusait de divorcer, tout court, d'ailleurs.

– Les enfants dorment, souffla Marie en repoussant une mèche de cheveux qui lui tombait sur le nez. J'ai l'impression que tout notre petit monde va mieux...

– Et toi ? interrogea Le Deuff.

– C'est dur, mais quand je vois ta tête, je n'ai plus envie de me plaindre. Et puis, en ce moment je crois que c'est compliqué pour tout le monde...

– La société se raidit, constata Mathieu. Les gens n'ont plus rien à quoi se raccrocher... Alors le sexe devient leur ultime illusion...

– Mais nous, nous avons Dieu, l'interrompit Marie.

– La foi nous aide, j'en suis certain, confirma Mathieu.

Elle s'approcha, pieds nus sur le parquet vitrifié.

– Tu galères ? demanda-t-elle en s'immobilisant près du bureau que le couple avait installé dans un angle de la pièce.

– Je cherche à résoudre une équation avec trop

d'inconnues, soupira Mathieu alors que les mains de son épouse lui massaient la nuque.

– Et Julien, il ne peut pas t'aider ?

– J'ai l'impression qu'il perd un peu pied en ce moment... On dirait qu'il n'y croit plus, qu'il a perdu le feu sacré...

– Ça t'arrive aussi de douter, rétorqua Marie.

– Notre lutte est impitoyable et rude. Elle met à l'épreuve notre foi...

– Mais vous disposez d'un arsenal juridique solide, argua Marie.

– La traite et le proxénétisme sont punis chacun de sept ans d'emprisonnement et de cent cinquante mille euros d'amende, récita Le Deuff comme un mantra.

– Et puis, la pénalisation des clients a été votée[1]...

– La plupart des filles ne trouvent pas que cette loi leur soit profitable. Elles prétendent que l'État n'a pas à légiférer sur le sujet. Que la vente d'un individu n'est pas comparable à la prostitution, qui est une mise à disposition de son corps à des fins sexuelles, que l'on peut accepter ou refuser dès lors que l'on n'est pas prisonnière d'un réseau.

– Et toi, tu en penses quoi ?

– Moi, je pense que les réseaux sont richissimes et qu'ils n'auront aucun problème pour payer des appartements et y cacher leur cheptel. Ce sont les indépendantes

1. Le 4 décembre 2013, l'Assemblée nationale a adopté par 268 voix contre 138, la proposition de loi de lutte contre le système prostitutionnel, qui instaure une contravention de 1500 euros contre les clients de prostituées, et une amende de 3 750 euros en cas de récidive.

qui vont faire les frais de cette loi hypocrite. Mais je l'appliquerai cette loi, avec Julien.

– Parce que vous êtes de bons flics ! Je me trompe ?

– Ce n'est pas à moi de le dire. Ce métier nous bouffe, lentement, mais sûrement. Au début de ma carrière, je n'avais aucun doute sur notre utilité. Aujourd'hui, je me demande parfois...

– Pourtant, vous avez de bons résultats.

– C'est vrai, mais la traque des acteurs est longue, et nos moyens ne sont pas extensibles. À Paris, la BRP est composée d'une cinquantaine de personnes. Ce qui en fait une brigade de taille moyenne pour affronter une criminalité surdéveloppée. Shrapnel semble se débattre dans les limites imposées par ce système... J'ai l'impression qu'il se noie, là où je l'avais toujours vu surnager jusqu'à présent...

– Tu lui as toujours fait confiance.

– Et je continue. C'est juste que je le trouve irrationnel depuis quelque temps... Il ne s'inscrit plus dans le collectif, mais la joue de plus en plus solitaire...

– La crise de la quarantaine ?

– Il vient d'avoir trente-trois ans !

– Alors c'est l'âge du Christ...

Mathieu étouffa un rire.

– Quoi ? interrogea Marie.

– Shrapnel prenant tous les péchés du monde sur ses épaules, l'image est saisissante !

– C'est vrai qu'il serait plutôt du genre à les commettre, confirma Marie en esquissant un sourire malicieux.

Elle avait rencontré Julien à plusieurs reprises et elle le trouvait très bel homme. Mais son versant satanique trop évident effrayait la catholique pratiquante qu'elle était. Trop libre, trop animal, bref *too much*, comme aurait dit leur fils aîné. En revanche, elle avait toujours senti chez lui une profonde humanité, ainsi qu'un sincère attachement à son mari, et pour cela elle le respectait énormément. Elle savait aussi que ses nombreux démons n'interféraient pas sur son travail.

– Tu butes sur quoi ? demanda-t-elle.

– Sur tout...

– Concentre-toi, sois cognitif, c'est ta force.

– Tu me surestimes, soupira Mathieu.

– Et c'est pour ça que nous sommes mariés depuis vingt ans et que nous avons quatre enfants...

– Ma vie de famille m'apparaît parfois bien plus facile à gérer que ce putain de job à la BRP !

– Tu es un bon père, un bon mari, mais aussi un bon policier et je t'aime comme tu es, le rassura Marie en l'embrassant dans le cou.

Ce doux baiser eut un effet clarificateur.

– Yang Shen ! expectora Mathieu, comme on vient à bout d'une fausse route.

17

La nuit était profonde et le souvenir de la fusillade prégnant. Se faire tirer dessus était presque aussi traumatisant que d'ouvrir le feu sur quelqu'un. Tout policier normalement constitué n'aimait ni l'un ni l'autre. Sur cette intime certitude, Shrapnel remonta une rue pavée, perpendiculaire au parc Montsouris et longea de jolies demeures à colombages.

Puis, il bifurqua dans une impasse privée et arborée, jusqu'à une maison d'architecte aux lignes épurées. Il avança jusque sur le seuil, abrité par un porche en béton brut, se planta devant l'œil d'un interphone vidéo et sonna. Une diode s'alluma sur le boîtier de contrôle, signifiant que quelqu'un l'observait. Après quelques secondes, la porte s'ouvrit. Shrapnel entra et se déchaussa, réflexe quasi pavlovien imposé par une éducation rigoureuse.

– Julien ? interrogea une voix dans la pénombre d'un hall.

– Lui-même, confirma Shrapnel en avançant vers la silhouette qui se tenait près d'un escalier.

Un claquement de mains induisit soudain l'illumination des lieux, révélant l'identité de son interlocuteur ou plus exactement de son interlocutrice. Une femme au physique martial, cheveux châtain coupés courts, visage dur mais non dénué de charme, âgée d'une cinquantaine d'année.

– Ça fait un bail ! s'exclama-t-elle.

Julien avait rencontré Patricia Rigo des années auparavant, lors d'une enquête mêlant des prostituées d'origine russe à une affaire d'espionnage industriel dans l'industrie aéronautique. Ils avaient sympathisé rapidement, car ils se trouvaient sur la même longueur d'onde professionnelle et personnelle... Et malgré leur différence d'âge, ils avaient couché plusieurs fois ensemble.

– Désolé de te déranger à cette heure, Pat. Tu es seule ?

– J'imagine que c'est important. Et oui.

– Tant mieux, fit Shrapnel en pénétrant dans un vaste salon meublé design.

Il observa les planches originales extraites de bandes dessinées qui agrémentaient les murs gris. Et reconnut un strip coloré de la série des aventures de Blake et Mortimer.

– Dis-donc, ça rapporte d'être consultante dans le privé !

– Plus qu'officier traitant, c'est certain, approuva Patricia.

En 2011, celle-ci avait été démissionnée de la DCRI, suite aux remous de l'affaire du Carlton à Lille. Elle avait commis l'imprudence d'établir un lien entre le directeur des relations publiques de l'hôtel mis en examen pour proxénétisme aggravé en bande organisée, et le numéro deux de la Direction centrale du renseignement intérieur. Elle travaillait aujourd'hui pour son compte, au sein d'une société baptisée Prism Security Force dont elle possédait la moitié des parts. Une entreprise spécialisée dans la protection des entreprises contre l'espionnage économique.

– Finalement, tu peux remercier DSK, plaisanta Shrapnel.

– Oui, grâce à ses frasques, j'ai multiplié mon salaire par cinq, confirma Patricia. Mais j'ai la nostalgie de mon vrai métier, ajouta-t-elle en passant un gilet sur sa nuisette.

– Toujours célibataire ?

– Et toi ? répliqua Patricia.

Ils partirent d'un éclat de rire, s'autorisant l'un et l'autre quelques secondes de légèreté. Puis la gravité s'inscrivit à nouveau sur le visage de Julien.

– J'ai besoin de tes conseils, soupira ce dernier.

– Tu veux un café, avant de commencer ? proposa Patricia.

– Non, merci.

– Alors, je t'écoute, assura l'ancienne de la DCRI en s'asseyant dans un canapé.

Shrapnel resta debout et regarda son amie.

– Tu as une sale gueule, constata celle-ci.

– Je viens de me faire tirer dessus.

– Ce n'est pas la première fois dans ta carrière, j'imagine.

– C'est exact, mais c'est la première fois que je ne comprends pas pourquoi…

Les yeux de Patricia se plissèrent et envoyèrent un signal de confiance couleur émeraude.

– La BRI m'a refilé une affaire de meurtre aggravé. Des corps découpés, un gang de braqueurs chinois…

– Si un service te refile une affaire, considère que ce n'est jamais un cadeau, l'interrompit Patricia.

– C'est bien ce que je me suis dit. Mais tu me connais, j'aime être là où on ne m'attend pas...

Patricia esquissa un sourire entendu. Julien était insaisissable. Elle n'avait jamais rencontré d'homme de sa trempe. Plus qu'un électron libre, il était un véritable homme libre. Et contrairement à ce que pensaient nombre de personnes, c'étaient ses pulsions sexuelles qui l'affranchissaient, le forçant à une honnêteté sentimentale quasi parfaite. Shrapnel ne promettait rien, n'attendait rien. Et baisait comme un dieu. Il était l'amant idéal.

– Qu'attends-tu de moi ?

– Wen Keqiang, ça te parle ?

– Si ça me parle ? Ce type est une ordure notoire. Il est blacklisté par la DCRI depuis des années...

– Mais encore ?

– Julien, Keqiang est extrêmement dangereux, prévint Patricia. On a essayé de le coincer à plusieurs reprises, sans succès. C'est une anguille croisée avec un requin...

– Raison de plus pour le mettre hors d'état de nuire !

– Tu es sérieux ?

Shrapnel ne répondit pas et vint s'asseoir à côté de son interlocutrice.

– Lorsqu'il s'agit de rendre justice, toujours, confirma Julien. Comment dois-je m'y prendre ? demanda-t-il en posant négligemment une main sur la cuisse nue de Patricia.

– Le champion de la BRP vient demander à l'ancienne de la DCRI comment gérer une situation de crise ? Ou bien, tu ne te rappelles plus comment me faire jouir ?

rétorqua celle-ci, pas du tout troublée par le geste de son ami.

– Un vieil ami vient demander un conseil, corrigea Shrapnel.

– Un vieil ami de vingt ans de moins que moi !

– Je ne m'en suis jamais rendu compte.

– Vil flatteur !

– Je ne mens jamais à une jolie femme... Comment tu procéderais ?

Patricia réfléchit quelques secondes, puisant dans ses souvenirs opérationnels.

– Le meilleur moyen d'attaquer, c'est toujours de prendre de biais. Agis seul. Tu as des équipiers de confiance ?

– Oui, confirma Julien.

– N'implique que ceux-ci dans un premier temps.

– Ma hiérarchie ?

– Tiens-la à l'écart le plus longtemps possible. Mais tout en intégrant le fait que tu devras composer avec elle le moment venu.

– Tu as un dossier sur Keqiang ?

– Secret-défense, souffla Patricia. Tout ce qui concerne la Chine est extrêmement sensible. Ce putain de pays est à la fois notre meilleur ami et notre meilleur ennemi... C'est complexe... Géostratégie, économie, tout ça...

– Je comprends.

– De plus, je n'ai plus d'accréditation.

– Mais tu as conservé certaines relations.

– Sans réseau, nous ne sommes rien, confirma Patricia. C'était déjà vrai, hier. Ça l'est encore plus, aujourd'hui...

– Alors, tu m'aides ?

En guise de réponse, Patricia posa une main sur celle de Shrapnel, la guidant lentement vers le haut de ses cuisses.

– Tu veux rester ici, ce soir ? demanda-t-elle.

– Volontiers, répondit Julien en l'enlaçant.

18

Les nuages s'amoncelaient au-dessus de la place d'Italie. Shrapnel et Le Deuff marchaient côte à côte sur un trottoir encombré de passants anonymes. Deux ombres décidées qui cheminaient dans la grisaille d'un jour maussade.

– Comment as-tu fait le lien ? interrogea le chef du groupe Cabaret.

– L'instinct, mentit Mathieu, omettant de préciser le rôle de son épouse. J'ai fouillé le dossier de ce braqueur tué dans l'assaut de la BRI-BAC et auquel la BRI t'a généreusement laissé accès...

– Tu es retourné au bureau dans la nuit ?

– J'avais le choix ?

– C'était la panique ?

– Disons que l'atmosphère était frénétique... Non, le mot juste serait plutôt électrique... Je ne comprends pas pourquoi tu t'obstines à ne pas mettre Vlad au jus ! Tu vas de toute façon y être tôt ou tard obligé.

– Parce qu'on marche déjà sur des œufs. Et que je n'ai pas envie qu'il me brise les noix, en plus ! Cette affaire, on me l'a refilée en pensant que j'allais l'enterrer. Eh bien, je vais mettre un point d'honneur à la faire exploser !

– Vlad n'est pas si mauvais que tu le penses. Psychorigide, ok. Il ne t'aime pas, c'est évident. Mais c'est un pro...

– Vlad est un bureaucrate, un politique ! Pas le genre à mouiller la chemise... Si je lui donne des infos, il les utilisera contre moi à la première occasion.

– Tu te trompes d'ennemi.

– Je n'y peux rien s'il ne peut pas me saquer.

– Mais tu pourrais arrêter de tout faire pour qu'il te déteste. Tu en rajoutes un max !

– Pas ma faute...

– Quand on commence à penser que c'est toujours la faute des autres, c'est le signe qu'il faut consulter un psy d'urgence, répliqua Mathieu.

– J'en ai déjà rencontrés plusieurs, figure-toi. Mais je crains d'être perdu pour la science, et toi ?

– Moi, j'ai le meilleur psy de la création.

– Je veux bien son adresse.

– Entre dans n'importe quelle église et tu le trouveras.

Julien haussa les épaules. La foi de Mathieu était un mystère pour lui. Comment pouvait-il croire en un dieu d'amour au milieu des horreurs excavées par la BRP chaque jour ? Si ce dieu était à l'image de l'Homme, ce ne devait être rien d'autre qu'un vieux pervers sadique et libidineux.

– Je préfère bénir les culs moi-même, plaisanta le chef du groupe Cabaret sur un ton volontairement sacrilège.

– Si tu crois me choquer ! soupira Mathieu en fronçant les sourcils.

– Je n'essaye même plus.
– Tant mieux.
– Comment tu as logé Chuang-Mu Lin ?
– Les rapports de filatures m'ont appris que Yang Shen s'est rendu plusieurs fois à cette adresse dans le mois qui a précédé le braquage du fourgon.
Il tendit la main vers un immeuble qui jouxtait un fast food.
– Vu qu'on savait que Chuang-Mu Lin créchait quelque part autour de la place d'Italie, j'ai immédiatement recoupé les deux infos. Mon esprit cognitif, comme dirait Marie !
– Les deux affaires sont donc bien reliées, conclut Shrapnel.
– C'est ce que tu pensais depuis le début, non ?
Julien répondit d'un sourire éloquent.
– Comment ça s'est passé avec Vlad ? demanda Mathieu.
– Je lui ai livré mon rapport, ce matin.
– Tu as bossé toute la nuit ?
– Pour écrire une seule ligne ?
– Comment ça, une seule ligne ?
– On m'a tiré dessus à 22 heures 30, répondit Shrapnel.
– Putain, il va s'étouffer de rage !
– Qu'il crève et...
– On est arrivés, l'interrompit Mathieu en s'immobilisant devant une porte cochère.
– La BRI n'a pas visité les lieux ? s'étonna Julien.
– Selon le dernier rapport, une perquisition a été effectuée, sans résultat.
Soudain, un coursier sortit de l'immeuble, Mathieu

retint le battant avant qu'il ne se referme et laissa son supérieur s'engouffrer dans un couloir mal éclairé.

– Quel étage ? demanda Shrapnel.

– Rez-de-chaussée, fond de cour, expliqua Mathieu en avançant vers l'entrée d'un atelier d'artiste envahi par une végétation anarchique.

– C'est habité ? demanda Julien en constatant que la porte était ouverte.

– Inoccupé... Enfin, selon la BRI, corrigea Mathieu en baissant la voix.

Un bruit en provenance du local laissait penser que ce n'était pas le cas. Shrapnel adressa un signe muet à son adjoint, puis main sur la crosse de son arme de service.

– Ce n'est peut-être pas utile, protesta à voix basse Mathieu qui détestait le recours aux armes, persuadé qu'il était que la violence appelait la violence.

– Je te rappelle qu'on a essayé de me tuer hier soir, rétorqua Julien en pénétrant dans l'atelier d'artiste.

Une lumière grise filtrait à travers de grandes baies vitrées, baignant d'une aura poussiéreuse la pièce encombrée de matelas empilés et de meubles. Une mezzanine dominait l'ensemble chaotique. Et sur celle-ci s'affairait une ombre. Shrapnel braqua le canon de son arme dans sa direction, tandis que Mathieu avançait prudemment vers l'escalier qui conduisait à l'étage. Dans sa progression, celui-ci heurta une caisse en plastique, provoquant la chute de la lampe posée dessus. Le bruit alerta immédiatement l'ombre qui se transforma aussitôt en tornade et dévala les marches en bois, en direction de Le Deuff.

– Police ! hurla Julien, l'index sur la queue de détente.

L'ombre percuta Mathieu, le déstabilisant et poursuivit sa course fulgurante vers le chef du groupe Cabaret. Le bras tendu de Shrapnel pointait toujours vers le météore qui fonçait désormais sur lui. Sa main armée était prête à frapper.

– Police ! cria-t-il à nouveau, sans que ce mot prononcé avec vigueur ne freine la course de l'inconnu.

– Arrête-le ! s'écria Mathieu.

L'instinct de Julien lui ordonna de baisser son arme. Il laissa son bras retomber, s'ancra fermement sur le parquet, banda ses muscles, prêt à recevoir l'impact. Ce dernier ne tarda pas. Sourd et violent. Shrapnel l'absorba, puis enserra le fuyard encapuchonné dans un sweat-shirt noir. Celui-ci se débattit violemment quelques secondes, puis céda face à la force constrictrice du policier. Mathieu rejoignit son supérieur, en boitant.

– Tu t'es blessé ? interrogea Julien en maintenant la pression autour du torse de son prisonnier.

– Je me suis cogné le tibia, ce n'est rien, éluda son adjoint. Alors, qu'est-ce qu'on a attrapé ? interrogea-t-il en relevant la capuche qui dissimulait le visage de leur prise.

Ce qu'ils découvrirent imprima une profonde expression de stupeur sur leurs visages.

19

– C'est une gamine ! s'exclama Le Deuff.

– Lâchez-moi ! s'écria l'adolescente aux traits asiatiques. Vous me faites mal !

Son Français n'était pas naturel, mais suffisamment appliqué pour être compris.

– Tu promets d'être sage ? interrogea Shrapnel.

La jeune fille se calma et hocha positivement la tête. Julien relâcha son étreinte et la libéra. Elle s'écarta, reprit son souffle et adressa un regard effrayé aux deux policiers.

– Ne crains rien, la rassura Mathieu sur un ton paternel.

– Laissez-moi partir, sinon ils vont me trouver et nous tuer, implora-t-elle.

– Personne ne va te faire de mal, promit Mathieu.

– Vous ne les connaissez pas, souffla l'adolescente.

– Que faisais-tu ici ? questionna Shrapnel.

La jeune fille baissa la tête et se mura dans le silence.

– Tu connais Chuang-Mu Lin ? Elle habitait ici ? insista Julien sans parvenir à fissurer les remparts dont elle s'était entourée.

– On la ramène à la Maison, annonça Shrapnel, impatient. Elle se montrera peut-être plus loquace dans un bureau de police…

– Laissez-moi, murmura l'adolescente. Je n'ai rien fait de mal !

– Personne ne t'accuse de quoi que ce soit, rétorqua Julien.

– Si tu ne nous dis rien, on ne pourra pas t'aider, intervint Mathieu, tentant une approche plus tempérée.

– Personne ne peut nous aider…

– Nous ? s'étonna Shrapnel. Que veux-tu dire ?

L'adolescente se renfrogna. Le Deuff s'interposa entre elle et son chef.

– Comment tu t'appelles ? demanda-t-il avec la volonté de calmer le jeu.

La jeune fille le regarda, hésita puis susurra :

– Fang.

– Enchanté, Fang. Moi, c'est Mathieu. Je suis policier. Lui, c'est Julien. Tu peux nous faire confiance.

Julien observa Mathieu s'adresser à l'adolescente comme il parlait à ses propres enfants. Il savait comment s'y prendre, indéniablement. Fang sembla sensible à cette approche apaisée. Son visage se décrispa peu à peu.

– Je ne fais pas confiance aux adultes, ils mentent tout le temps, expliqua-t-elle comme aurait expliqué pourquoi elle n'aimait pas les épinards.

– Mais tu fais confiance à Chuang-Mu, rétorqua Mathieu.

L'adolescente pinça ses lèvres gercées. Ses yeux roulèrent, à la recherche d'un esquif auquel se raccrocher.

Mathieu le lui offrit, en posant une main amicale sur son épaule.

– Je connais Chuang-Mu, finit-elle par lâcher après avoir esquissé un mouvement de recul.

– Tu sais où elle se trouve ? demanda Le Deuff sans la brusquer.

Il faisait preuve de beaucoup de tact.

– Oui.

– Tu peux nous conduire jusqu'à elle ? poursuivit-il sur le même ton.

– Il ne faut pas qu'ils la trouvent, répondit Fang, les yeux emplis d'une infinie terreur.

– Peux-tu nous expliquer qui *ils* sont ?

– Les dragons, répondit-elle d'une voix tremblotante.

– Les dragons ? releva Shrapnel. Les dragons rouges ?

Les organisations chinoises étaient légion en France, et il ne connaissait pas celle-ci.

– Les dragons tout court, répondit Fang. C'est comme ça qu'on les appelle. Ils nous font travailler... Ils nous forcent à faire des choses...

Fang serra les poings.

Son corps entier se raidit, comme parcouru d'une rage invisible.

– À faire quoi ? insista Julien sous le regard désapprobateur de Mathieu.

– La pute, répondit abruptement Fang.

– Chuang-Mu, aussi ? poursuivit Shrapnel.

– Pas elle. Les autres.

– Vous êtes nombreuses ?

– Des dizaines, des centaines peut-être, je ne sais pas...

Suite à cette révélation, le duo de choc de la BRP

marqua un temps d'arrêt. Julien et Mathieu échangèrent quelques regards, véritable conversation silencieuse. Ce n'était pas la première fois qu'ils communiquaient ainsi. Les mots entre eux n'étaient pas nécessaires. Là reposait un des secrets de l'efficacité de leur binôme.

– Qu'es-tu venu chercher, ici ? demanda le chef du groupe Cabaret sur le ton le plus doux dont il était capable.

– De l'argent, avoua Fang. Chuang-Mu m'a expliqué où sa sœur l'avait caché sur la mezzanine. Je dois le ramener. On va pouvoir fuir grâce à ce fric…

– Tu veux bien nous conduire jusqu'à Chuang-Mu ? demanda Mathieu.

La jeune fille renifla, puis passa nerveusement une main dans ses cheveux.

– Vous nous laisserez partir, après ? demanda-t-elle en grimaçant.

– Chuang-Mu peut nous aider à arrêter les gens qui vous font du mal, expliqua Le Deuff. Elle a déjà commencé, mais elle n'a pas eu le temps de finir…

– C'est vrai ? Vous pouvez arrêter les dragons ?

– C'est notre métier, assura Mathieu.

– OK, acquiesça Fang en secouant la tête.

Elle remit sa capuche en place et fit mine de sortir.

– Quel âge as-tu ? demanda Mathieu en lui emboitant le pas.

– Quatorze ans.

20

– C'est là, annonça Fang.

Mathieu gara la voiture le long d'une allée qui traversait le bois de Vincennes.

– Où ? interrogea Shrapnel.

– Dans le camion blanc, en face, précisa l'adolescente.

– Dans un BMC ? s'étonna le chef du groupe Cabaret. C'est une blague ?

Depuis les lois sur le racolage, le visage de la prostitution parisienne avait évolué, le Bois de Boulogne était désormais majoritairement habité par des créatures venues d'Amérique du Sud, des travelos et des transsexuels parfois si bien « faits » qu'il était difficile de les différencier des femmes naturelles. À Vincennes, les prostituées étaient généralement aguerries, comprendre âgées, et africaines. Elles officiaient dans des camionnettes ou véhicules utilitaires, communément appelées BMC, Bordel Mobile de Campagne. Une expression empruntée à un dispositif qui accompagnait plus ou moins officiellement les troupes de l'armée française durant le XXe siècle et permettait aux militaires d'entretenir des relations sexuelles avec des femmes durant les guerres.

– Je vais la prévenir, annonça Fang en ôtant sa ceinture de sécurité et en quittant l'habitacle.

Dehors, elle avança jusqu'à l'arrière de la fourgonnette sous le regard des deux policiers de la BRP. Puis, elle frappa une série de coups contre la carrosserie rouillée, code sonore. Au bout de quelques secondes, la porte s'entrouvrit et elle s'engouffra dans le véhicule.

– J'espère qu'elle ne nous mène pas en bateau, dit Julien.

– Je ne le crois pas, rétorqua Le Deuff.

– Tu as un sixième sens avec les gosses ? demanda pour la forme Julien, qui savait quel excellent père Mathieu s'efforçait d'être.

– Tu en as bien un avec les femmes…

Soudain, la porte de la camionnette s'ouvrit à nouveau, laissant apparaître Fang. Qui leur adressa un signe, les invitant à la rejoindre.

– Tu vois ! s'exclama Mathieu, heureux de ne pas s'être trompé.

L'aménagement intérieur était sommaire, constitué pour l'essentiel de deux matelas recouverts de draps housses rouges et de quelques coussins informes. Des étagères avaient été bricolées sur l'une des parois. Elles supportaient une collection de godemichets et de jouets sexuels. Une forte odeur de sueur et de stupre semblait avoir définitivement imprégné cet espace exigu, conçu pour recevoir des passes. Au fond, Chuang-Mu était assise en tailleur, le visage creusé de fatigue et d'inquiétude.

– Nous ne devions pas nous revoir, soupira Chuang-Mu.

– Nous sommes du genre obstiné, sourit Mathieu, frappé par l'extrême ressemblance de Chuang-Mu avec les photographies de sa sœur.

La coupe de cheveux, tout est dans la coupe de cheveux, songea-t-il. Effectivement, pour peu que Chuang-Mu adopte une coiffure proche de celle de sa sœur, comme c'était le cas aujourd'hui, et l'illusion était parfaite.

– Je suis désolée, s'excusa Fang auprès de cette dernière.

– Ne le sois pas, la reprit Chuang-Mu. J'avais peut-être tort de penser que la police ne pouvait rien pour nous...

– Nous avons décrypté le contenu de la clé USB, annonça Shrapnel.

Chuang-Mu se redressa.

– Alors, vous avez de quoi les coincer ?

– Pas vraiment, répliqua Julien. Les zones d'ombre sont trop nombreuses. On a besoin de plus de matière, de votre éclairage, surtout...

– Que voulez-vous savoir ?

– Rembobinons l'histoire jusqu'à son commencement, proposa Mathieu.

– J'habitais Menton, où je m'occupe de ma mère qui est atteinte d'Alzheimer. Il y a trois mois, suite au décès de celle-ci, je suis venue rendre visite à ma sœur qui poursuit ses études à la Sorbonne. J'ai vite compris que quelque chose clochait, parce qu'elle était extrêmement préoccupée. Un jour j'ai découvert que son corps était couvert d'ecchymoses et de blessures. Liwei m'a rapidement avoué qu'elle s'était prostituée pour payer son entrée dans une école de journalisme.

– Vous ne manquiez pourtant pas d'argent. Votre mère était avocate !

– Ma mère a dilapidé tout son argent, ainsi que le petit héritage de mon père en jouant dans les casinos…

– Liwei aurait pu trouver un job normal, protesta Julien.

– Elle a cru que ce serait plus facile de vendre son corps… Elle avait rencontré un homme en nightclub, qui lui avait fait miroiter un travail d'escorting facile et très rémunérateur.

– Qui était-ce ? interrogea Le Deuff.

– Je l'ignore. Ce que je sais, c'est qu'il lui a menti. Et Liwei a découvert que cet homme entretenait un réseau important de proxénétisme. Qu'il abusait de la naïveté de jeunes Asiatiques, qu'il en importait même…

– Importer ? releva Mathieu.

Voilà qui ressemblait bien à du proxénétisme à grande échelle, de quoi leur faire réaliser une bonne opération, un « grand ménage ».

Chuang-Mu inspira un grand coup.

– Une Chinoise venue de la province du Jiang Xi, au sud-est du pays arrive en France pour voir sa famille, expliqua-t-elle. Au pied des tours de la porte d'Ivry, elle devient une prostituée. Chaque mois, elle gagne jusqu'à deux mille euros, l'équivalent d'un an de salaire en Chine. Cet argent, elle veut l'envoyer au pays, là où vivent ses enfants ou sa famille. Mais elle doit d'abord rembourser ceux qui l'ont aidée à payer les vingt mille euros exigés par le passeur pour son visa et son billet d'avion. Et le piège se referme, inexorablement…

– L'Homme est particulièrement doué pour exploiter la misère de ses congénères, l'interrompit Mathieu.

Shrapnel acquiesça d'un hochement de tête. Elle ne leur apprenait rien, mais la connaissance de la réalité n'empêchait pas l'écœurement.

– Au départ, Liwei voulait arrêter l'escorting sans dénoncer le réseau, reprit Chuang-Mu. Elle pensait qu'en se faisant engager dans un club comme serveuse, elle pourrait gagner l'argent manquant pour son école...

– Le Blue Moon, compléta Shrapnel.

– Mais ils l'ont harcelée, poursuivit Chuang-Mu. Parce qu'elle en savait trop...

– Qu'avait-elle découvert d'autre ? demanda Julien.

– Fang, énonça Chuang-Mu.

– Je peux vous raconter, proposa l'adolescente.

Mathieu leva la main pour l'arrêter.

– Épargne-toi cette douleur.

– Ça ne me gêne pas, rétorqua Fang. Un soir, avec Liwei, on s'est retrouvées dans une espèce de palais en plein Paris. On nous avait habillées en robes de soirée et on nous avait dit que nous ne devrions rien faire d'autre que de sourire à des hommes importants. En fait, nous avons été livrées en pâture... C'était un gang bang, pas un dîner d'affaire...

– Tu parles d'un palais, à quelle adresse vous vous êtes rendues ? interrogea Shrapnel.

– Je ne sais pas, il faisait nuit. Mais l'intérieur m'a fait penser à un château...

– C'est là que tu as rencontré Liwei pour la première fois ? demanda Le Deuff, songeant que ce décor était peut-être celui de l'ambassade.

– Oui. Elle a été très gentille avec moi, après cette

soirée. C'est pour moi qu'elle a pris tous ces risques... Voler la clé USB, menacer de dénoncer le réseau à des journalistes... C'est à cause de moi qu'elle est morte...

À cette évocation, Fang fondit en larmes.

– Ils exploitaient aussi des mineures, grogna Mathieu. On va se faire ces enfoirés, s'emporta-t-il, perdant de sa contenance. Ils ne sont pas intouchables !

– C'est ce que pensait Liwei, intervint Chuang-Mu. Acculée, elle a décidé de tout révéler à un journaliste. En se rendant à un rendez-vous avec ce dernier, une voiture l'a renversée. Elle est morte sur le coup.

– Ils l'ont supprimée, conclut Julien.

Chuang-Mu contint sa tristesse et ravala un sanglot qui lui étreignait la gorge.

Fang la serra contre elle, dans une vaine tentative d'adoucir sa douleur.

– La clé USB ? demanda Shrapnel qui refusait de se laisser envahir par l'émotion soulevée en cet instant.

– C'était son joker... Elle l'avait dérobée à cet homme qui tient le réseau. En cas de problème, je devais la transmettre à la presse... Mais je voulais trouver les assassins de ma sœur. Alors, j'ai endossé l'identité de Liwei et je me suis fait embaucher à sa place au Blue Moon, avec l'idée d'enquêter discrètement le temps que tout se calme. C'est là que j'ai entendu parler de vous...

– Moi ? s'étonna Julien.

– Le Scud, répondit Chuang-Mu. Le flic qui a transformé la BRP en un bouclier contre le crime organisé...

– Pourquoi nous avoir raconté la clandestinité de votre sœur ? chercha à éclaircir Shrapnel.

– Une manière de brouiller les pistes, répondit Chuang-Mu. Je ne savais pas ce que je pouvais vous raconter ou pas. C'est moi qui ai rédigé le carton... J'ai menti à Nadia, aussi...

– Pourquoi êtes-vous partie de mon bureau ? demanda Julien. Pourquoi ne pas m'avoir attendu ?

– Parce qu'ils m'avaient retrouvée, répondit Chuang-Mu.

– Comment ? s'étonna Shrapnel.

– À cause du portable de Liwei, je crois...

– Vous avez gardé son portable ? demanda Mathieu, accablé par une telle erreur.

– Oui, c'était comme maintenir un lien avec elle malgré sa mort... Quelques minutes après votre départ, j'ai reçu un SMS...

– Que disait-il ? s'inquiéta Julien.

– « Tu es la suivante. » Après ma sœur, je suppose... Oh, j'ai eu si peur, que j'ai demandé à Fang où l'on pouvait se cacher. C'est elle qui a trouvé cet endroit...

– Il appartient à une femme qui ne l'utilise plus, expliqua Fang sans plus de détails. Mis à part le fait que certains clients viennent encore toquer en pleine nuit, c'est sécure.

– D'où vient cet argent que Fang est allée chercher place d'Italie ? demanda Shrapnel avec la volonté d'éclairer les ultimes zones d'ombre.

– Liwei avait constitué une sorte de cagnotte, expliqua Chuang-Mu. Une petite réserve, au cas où... J'ai envoyé Fang la chercher, avec l'idée d'utiliser ces ressources pour s'enfuir, partir loin d'ici, à Madrid où j'ai de la famille...

– Ils l'ont géolocalisée à partir du téléphone de Liwei, conclut Mathieu après une petite période de réflexion.

Et ils l'ont tracée. C'est pour ça qu'ils t'ont mitraillé… Ils savaient qu'elle était venue te voir…

– Ils vous ont tiré dessus ? demanda Chuang-Mu. Oh, je suis désolée…

– J'ai la peau dure, la rassura Julien qui s'étonnait de cette débauche de moyens, peu commune pour un simple réseau de proxénétisme.

21

Dehors, Le Deuff inspira une bouffée d'air, pollué aux microparticules. Un moindre mal, comparé à celui, vicié qu'il venait de respirer durant plus d'une heure à l'arrière de la fourgonnette où s'était réfugiées Chuang-Mu et Fang. Un fort sentiment d'impuissance l'étreignait, serpent invisible et coriace.

– On fait quoi ? interrogea-t-il en regardant Shrapnel qui piétinait sur le trottoir.

– Force est de constater qu'aucune de nos stratégies habituelles ne peut s'appliquer, ici.

– Alors, on ne bouge pas ? On reste les bras croisés, s'emporta Mathieu. Merde, on est face à une organisation qui prostitue des mineures et exploite des étudiantes, des immigrées clandestines… Avec peut-être à sa tête un diplomate chinois.

– Ça expliquerait qu'ils n'hésitent pas à faire un carton ! répliqua Julien. Ce n'est pas toi qui hier encore refusais qu'on se branche sur cette affaire ?

– Y a que les cons qui ne changent pas d'avis !

– Je n'ai jamais douté de ton intelligence…

– Et si on secouait ce réseau ? proposa Mathieu, affirmant sa volonté d'action.

– On ne sait rien de son architecture, rétorqua Shrapnel. Et on commence seulement à percevoir son organigramme… Dans ces conditions, je ne vois pas comment on pourrait les affoler… Si au moins, nous connaissions quelques clandés leur appartenant. Quelques adresses suffiraient…

– Moi, j'en connais, intervint Fang qui manifestement écoutait la conversation depuis le début et en avait cerné les enjeux.

Julien interrogea du regard Mathieu.

– OK, fit ce dernier. Mais on met l'Empaleur au jus. Et les deux filles à l'abri tout de suite.

Lor saisit une poignée vintage chromée et ouvrit l'imposante porte galbée d'un réfrigérateur de marque Smeg au design années 50. De l'air frais pulsa sur son visage. Elle fouilla du regard les clayettes et arrêta son choix sur des champignons émincés. Elle arracha le plastique protecteur, extirpa la barquette et la rinça sous l'eau. Lor détestait cuisiner. Cette activité de bonne ménagère la rebutait. Chronophage, salissante, ingrate… Cuisiner était purement et simplement un avis de défaite pour les femmes.

Mais pas question pour autant de se nourrir mal, avec ces plats préparés pleins d'hydrates de carbone. Une réplique de la série « Sex and the city » lui revint en mémoire, lui arrachant un sourire. Une des quatre filles superbes clamant : « Je ne m'introduis dans le corps que des produits de qualité ! »

Et bien, moi aussi, pensa Lor, qui faisait préparer ses

repas par un petit traiteur de sa rue qui, moyennant une coquette somme mensuelle, tenait à la disposition de la jeune femme légumes et fruits frais prêts à déguster.

Lor posa son assiette sur une table envahie de livres. Elle ouvrit un tiroir, prit des couverts et s'assit devant son déjeuner. Elle arracha l'opercule et commença à manger tout en feuilletant son code de procédure pénale.

– Article 225-7, modifié par la Loi n° 2011-525 du 17 mai 2011, article 150, murmura-t-elle tout en mâchant.

Lor mémorisait facilement. Cependant, elle était obligée d'apprendre en lisant à voix haute, sinon rien ne se fixait dans son cerveau.

– Le proxénétisme est puni de dix ans d'emprisonnement et de 1500000 euros d'amende, poursuivit-elle. Lorsqu'il est commis : à l'égard d'un mineur, à l'égard d'une personne dont la particulière vulnérabilité, due à son âge, à une maladie, à une infirmité, à une déficience physique ou psychique ou à un état de grossesse, est apparente ou connue de son auteur, à l'égard de plusieurs personnes, à l'égard d'une personne qui a été incitée à se livrer à la prostitution soit hors du territoire de la République, soit à son arrivée sur le territoire de la République, par un ascendant légitime, naturel ou adoptif de la personne qui se prostitue ou par une personne qui a autorité sur elle ou abuse de l'autorité que lui confèrent ses fonctions…

Lor déglutit, avala une gorgée de thé vert, puis reprit.

– Par une personne appelée à participer, de par ses fonctions, à la lutte contre la prostitution, à la protection de la santé ou au maintien de l'ordre public, par une personne porteuse d'une arme, avec l'emploi de la contrainte, de violences ou de manœuvres dolosives, par plusieurs personnes agissant en qualité d'auteur ou de complice, sans qu'elles constituent une bande organisée, grâce à l'utilisation, pour la diffusion de messages à destination d'un public non déterminé, d'un réseau de communication électronique.

Lor aimait apprendre. Surtout la Loi. Elle découvrait en ces textes législatifs une forme puissante de liberté. Une force motrice qui l'éloignait chaque jour un peu plus de sa condition de victime. La préparation à ce concours d'entrée à l'ENSOP lui avait ouvert des perspectives qu'elle s'imaginait interdites. Connaître les règles permettait de contrôler le jeu, d'empêcher les tricheries, les mensonges et donc la manipulation. Connaître les règles permettait surtout de les faire respecter.

Elle ne remercierait jamais assez Shrapnel de lui avoir facilité les choses. Certes, elle aurait pu présenter ce concours sans son aide. Elle n'était pas inscrite sur le fichier des personnes recherchées, ni sur le fichier TAJ, fichier regroupant les différents délits. Et son casier judiciaire était presque vierge... Mais, il y avait cette affaire avec laquelle elle était reliée. Ce bordel en Espagne qu'elle avait « dirigé » pendant quelques mois, contrainte et forcée. Alors qu'elle n'avait que dix-neuf ans... La Police ibérique n'avait pas cherché à comprendre, ni à lui accorder des circonstances atténuantes... Shrapnel avait effacé cet horrible épisode de sa vie. Ainsi, elle n'avait subi qu'une simple enquête de moralité. Par téléphone !

Aujourd'hui, elle ne savait plus ce qui l'effrayait le plus, intégrer la police ou échouer. En cas de réussite, saurait-elle accepter la métamorphose minimale, en adoptant le genre féminin non ostensible, exigé des femmes policiers ? Saurait-elle effacer les signes extérieurs de son extrême féminité ? Elle s'imagina en jeans, portant une veste en cuir arrivant à mi-cuisse, avec des chaussures plates, les cheveux attachés, aucun bijou ni maquillage... Et elle sourit, tant cela lui parut finalement surmontable.

Tu ne vas pas passer ta vie à jouer la poupée, songea-t-elle.

Lor se frotta les yeux et bâilla. Elle travaillait ainsi depuis trois heures. Et même si elle était volontaire, l'usure mentale commençait à se faire sentir. Elle débarrassa la table, jeta la barquette dans une poubelle et quitta la cuisine pour gagner sa chambre. Là, elle ouvrit les portes coulissantes d'un vaste dressing où reposait une multitude de tenue, de la plus simple, à la plus sophistiquée. De la plus quotidienne, à la plus exceptionnelle... Du coton et de la soie, jusqu'au latex, au vinyle, ou au cuir...

Elle s'empara d'un pantalon de jogging, d'un sweat-shirt assorti et d'une paire de chaussures de running. S'habilla et sortit de son appartement.

Au début, Lor courait pour fuir.

Fuir son passé d'enfant maltraitée.

Fuir les proxénètes.

Fuir les clients.

Puis, elle avait couru pour secréter des endorphines et apaiser sa conscience.

Aujourd'hui, elle courait simplement pour le plaisir sportif. Un esprit sain dans un corps sain ! Même, si elle ne parvenait pas encore totalement à se laisser aller. Même si constamment, elle jetait encore des regards autour d'elle, derrière elle… Afin de vérifier si personne ne s'inscrivait dans son sillage. Si personne ne suivait sa foulée. Victime, elle était. Victime, elle resterait, tant qu'elle n'aurait pas complètement reconstruit sa psyché. Sur cette certitude, elle augmenta la cadence. Ses muscles la propulsèrent à la vitesse supérieure. Sa silhouette se mit à filer à vive allure dans l'allée principale du parc André Citroën.

– Écouter Daft Punk, ordonna-t-elle à l'assistant personnel intelligent intégré dans son smartphone.

L'application, reposant sur la reconnaissance vocale s'exécuta. Les premières notes d'une chanson résonnèrent dans ses écouteurs intra-auriculaires, puis la voix de Pharrell Williams entonna *Get Lucky* :

Like the legend of the phoenix
All ends with beginnings
What keeps the planet spinning
The force from the beginning

Lor se sentit pousser des ailes et accéléra encore un peu plus, plus que jamais persuadée que l'effort serait récompensé.

22

L'atmosphère était martiale. Rasés de frais, douchés et vêtus de chemises propres, Le Deuff et Shrapnel étaient plantés devant Vlad Volochenko comme deux soldats au garde-à-vous devant leur général. Le chef administratif de la BRP, assis derrière son bureau, les observait avec méfiance.

– Vous venez m'expliquer votre rapport laconique ? interrogea-t-il froidement, rompant un silence glacial qui n'avait que trop duré.

– Nous venons pour vous proposer un deal, répondit Julien sans détour.

Ça lui coûtait de demander quelque chose à Volochenko, mais à ce stade de l'enquête, il n'avait plus le choix. S'il voulait s'attaquer à Wen Keqiang, chef présumé de l'organisation responsable de la mort de Liwei et du massacre de l'appartement, dalle de l'Olympiade, il avait besoin de l'Empaleur. Tout du moins de sa bénédiction, ainsi que de sa neutralité bienveillante...

– Un deal ? Non, mais je rêve ! s'exclama Volochenko qui n'en revenait pas de l'aplomb de Shrapnel. Des excuses seraient plus appropriées !

– S'il faut en passer par là, soupira Julien.

Le visage de Volochenko s'éclaira.

– Ce serait un premier pas.

– Bien, fit Shrapnel. Je pense que je me suis laissé emporter, hier soir. Peut-être que sous l'effet du choc, j'ai oublié toute la réserve qui devait être la mienne et je…

– N'en faites pas trop, le stoppa Volochenko. Ce n'est déjà pas très crédible ! Vous étiez passés où ? embraya-t-il. Ce matin, avec des inspecteurs de la DSPAP[1], nos équipes ont procédé à l'arrestation de six proxénètes opérant au bois de Boulogne, cinq Roumains et un Sri-lankais. Ces hommes faisaient travailler des Roumaines jour et nuit porte de la Muette, dans des conditions sordides. Votre présence n'aurait pas été de trop ! Mais personne n'a réussi à vous joindre ! Ni vous, ni votre adjoint…

– Nous sommes sur un gros coup, poursuivit Julien sans perdre le fil de ce qui l'amenait dans la gueule du loup. Un réseau chinois de première importance et…

– C'est en lien avec la fusillade d'hier soir ? l'interrompit Volochenko.

– Sans doute, confirma Shrapnel. Et avec une affaire de braquage raté dans le XIIIe, lors de laquelle des corps de plusieurs femmes, découpés en morceaux, ont été découverts.

– Ce n'est pas de notre ressort, ça, objecta Volochenko. J'en ai déjà parlé avec Alice.

– La BRI semble persuadée du contraire, rétorqua

1. Direction de la sécurité de proximité de l'agglomération parisienne.

Julien. Et je pense que ce dossier est en lien avec une autre affaire impliquant un diplomate chinois...

– Un diplomate chinois ? s'exclama Volochenko. J'espère que vous plaisantez !

– Il serait à la tête d'un réseau baptisé « dragon rouge ». Un réseau de proxénétisme, allié à des gangs violents...

Volochenko digéra l'information avec un peu de mal. La Chine, c'était toujours compliqué. Il laissa donc son professionnalisme reprendre le dessus.

– Pourquoi ne pas m'en avoir parlé avant ? demanda-t-il sur un ton moins offensif.

– J'attendais d'être en possession de plus d'éléments, mentit Shrapnel.

Ce n'était pas le moment d'évoquer les problèmes de confiance qui minaient ses relations avec son supérieur.

– Des preuves ? demanda Volochenko.

– Des documents sur une clé USB qui a été dérobée à quelqu'un de l'ambassade chinoise à Paris par l'une des victimes du réseau, expliqua Julien.

– Vous êtes en train de m'expliquer que vous avez en votre possession des câbles diplomatiques chinois ? répliqua Volochenko en se laissant retomber contre le dossier de sa chaise de bureau.

– Ils sont en cours de traduction, compléta Shrapnel en guise de confirmation.

– Qui s'en occupe ?

– Vous ne voulez pas le savoir.

Volochenko se pinça les lèvres et embraya :

– Vous avez un schéma tactique ?

– Nous disposons d'une informatrice prête à nous livrer les adresses de certains sites usités par le réseau.

Je compte frapper au cœur et voir où remonte le sang… En espérant, qu'il me conduise jusqu'au cerveau !

Julien sourit, assez content de sa comparaison. Quant à Mathieu, il s'empêcha de s'amuser de la fatuité de son supérieur.

– OK, fit Volochenko en prenant son visage à pleines mains. C'est quoi le deal ?

– Vous me couvrez pendant l'opération que je compte mener contre ces enfoirés.

– Qu'est-ce que j'y gagne ?

– En cas de fiasco, j'en assume la pleine responsabilité et vous me collerez un blâme, répondit Julien.

– Ça me va, répliqua Volochenko. Une semaine, pas plus. Après, avec la visite du président chinois, ça va devenir trop risqué… Vous avez besoin de quoi ?

– Rien de plus que d'habitude.

– Dechartres est informée ? demanda Volochenko.

– Je vous laisse le soin de la débriefer, répondit Shrapnel.

– Julien, au moindre faux-pas dans cette affaire, votre tête tombe, cingla la voix rauque de Volochenko.

– Dans ce cas, vous aurez l'immense plaisir de la ramasser, de l'exposer sur la place publique et de la déposer dans un panier, rétorqua Shrapnel sous le regard perplexe de Mathieu.

23

– Tu as un peu exagéré, non ? demanda Mathieu en s'immobilisant sur le palier.

– Si tu ne mises rien, le bluff n'opère pas, rétorqua Julien.

– On n'est pas autour d'une table de poker, objecta son adjoint. On pouvait faire plus simple…

– Détrompe-toi.

– Alors, j'espère qu'on aura de la chance…

– Les joueurs chanceux, ça ose tout, et c'est même à ça qu'on les reconnaît, plaisanta Shrapnel. Avec eux, même les coqs pondent !

Si la situation n'était pas si critique, Mathieu aurait volontiers rigolé à cette saillie verbale. Mais son humeur vagabondait dans des parages bien trop tendus pour laisser filtrer un quelconque signe de relâchement.

Julien sonna.

Le sentiment d'être observé via l'œil de la porte massive. Un bruit de chaînette métallique. De verrous libérés les uns après les autres. Puis, le battant s'entrouvrit lentement, libérant la silhouette de Lor, qui n'était vêtue que d'une chemise ample, déboutonnée sur sa poitrine. Sans un mot, les deux policiers entrèrent dans l'appartement.

– Habiter dans un immeuble sans ascenseur, c'est un choix ? demanda Le Deuff, essoufflé.

– Ça m'évite une séance de gym hebdomadaire sur trois, répondit Lor en refermant la porte derrière lui.

– Où sont Fang et Chuang-Mu ? demanda Shrapnel.

– Fang joue sur la PS4 et Chuang-Mu s'est endormie dans ma chambre, expliqua Lor.

– Tu es fan de jeux vidéo ? s'étonna Mathieu.

– Surtout en ligne, confirma Lor. Je suis une vraie gameuse, une pro à *Call of Duty : Black Ops* ! Même si j'y passe beaucoup moins de temps depuis que je prépare ce foutu concours…

– Je croyais que t'étais juste une geek, ajouta Mathieu, usant d'un vocabulaire que ces enfants employaient à longueur de journée.

– Les jeux vidéo font partie de ma vie depuis si longtemps, que je ne peux pas dire, précisément, quand j'ai commencé ! constata Lor. Était-ce avant que je me passionne pour l'informatique ? Après ?

– Tu fais des compétitions ?

Lor opina d'un mouvement affirmatif de la tête.

– J'ai intégré les Frag Dolls, un groupe sous la coupe de la société Ubisoft qui rassemble uniquement des joueuses. On représente la marque et ses franchises lors de salons grand public et autres raouts.

– Merci d'avoir accepté de prendre les filles chez toi, dit Julien, que l'univers vidéo-ludique laissait de marbre.

– Pas de souci, c'est normal, assura Lor. Et elles

peuvent rester ici, autant de temps qu'il le faudra. Fang est une gamine absolument adorable !

– On a une semaine, expliqua Shrapnel.

– C'est short, répliqua Lor. Heureusement que je ne vous ai pas attendu pour commencer...

Elle fit signe à ses deux collègues de la suivre et les conduisit jusque devant une porte blindée qui fermait un couloir. Elle composa un code sur un boitier mural et regarda le battant s'ouvrir, déverrouillant l'accès à une petite pièce aux murs blancs.

– Tu bosses pour la NSA ? s'exclama Mathieu.

– Mon bureau, s'amusa Feuerbach en ouvrant les bras sur l'espace immaculé qu'elle venait de libérer.

Au centre de ce dernier, trônait un pupitre sur lequel reposait un triptyque d'écrans plats en veille. Un fauteuil futuriste au design fluide leur faisait face.

– Le saint siège, plaisanta Lor en s'y installant dans un léger crissement provoqué par le frottement de sa peau sur le cuir de l'assise.

La pièce était aveugle. Aucune fenêtre ne perçait ses cloisons. L'une d'elles était tapissée de racks bourrés de serveurs, desquels émanait un ronronnement sourd. Les autres parois étaient recouvertes d'un fin grillage, invisible au premier coup d'œil.

– Cage de Faraday, expliqua Feuerbach face aux regards interloqués de Julien et Le Deuff. Une sorte de prison de métal qui empêche les ondes électromagnétiques de passer et qui protège mes bécanes de toute forme d'espionnage ou d'intrusion...

– Tu es donc une véritable hackeuse ! s'émerveilla Mathieu.

– Une lanceuse d'alerte, une sentinelle, corrigea Lor.

Je me vois plus comme une espèce d'Edward Snowden[1] ! En plus sexy !

– Et tu protèges quoi ? s'enquit Shrapnel.

– L'avenir, répondit-elle en allumant les unités centrales sous le pupitre. Aujourd'hui, un individu muni d'un ordinateur portable peut causer plus de dégâts qu'une bombe ou une autre arme conventionnelle, expliqua Lor. J'ai vite compris que ceux qui domineraient le cyberespace dominerait le monde. Et la domination, c'est mon truc…

– La traduction des mémos contenus dans la clé USB a donné quoi ? interrogea Julien.

– J'ai croisé les données avec les informations de Fang, répondit Lor en pianotant sur un clavier sans fil posé sur ses cuisses nues. Les photos découvertes dans l'appartement et celles contenues dans la clé USB correspondent. Mais j'ai trouvé mieux…

Sur l'un des trois écrans, un listing se déroula dans une fenêtre.

– Voici sept adresses qui abritent potentiellement des sites liés au réseau, commenta Lor. Tous à Paris intra-muros ou en banlieue proche…

– On va programmer des descentes dans chacune d'elle ! annonça Shrapnel sur un ton guerrier. De façon coordonnée et simultanée. Pendant que l'infanterie agitera la fourmilière, nous nous tiendrons en léger retrait pour regarder vers où fuient les fourmis et de quelle manière leur reine réagit !

1. Célèbre whistleblower américain qui en 2013 a divulgué de nombreuses révélations sur les programmes de surveillance de la NSA et notamment sur son programme d'écoute PRISM.

– Mais comment s'attaquer à Wen Keqiang ? demanda Mathieu. Il bénéficie de l'immunité diplomatique...

– Je m'en occupe, personnellement, intervint Feuerbach qui paramétrait un logiciel.

– Comment ça, tu t'en occupes personnellement ? s'étonna Mathieu.

– Selon les informations, Keqiang détournerait des fonds du Parti. Il suffirait que j'en trouve la preuve et que je la transmette aux responsables du gouvernement chinois, pour régler définitivement le sort de cet enfoiré...

– Tu peux pirater les serveurs de l'ambassade de Chine ? demanda Le Deuff. Tu es douée à ce point ?

– Les ordinateurs de l'ambassade ne sont pas reliés à Internet et sont isolés du moindre réseau informatique, expliqua celle-ci. Une mesure de sécurité baptisée *air gap*... Alors, je dois utiliser une stratégie basée sur les ondes radio, émises par des circuits imprimés ou des appareils USB. Elle est efficace, mais délicate à mettre en œuvre, dans la mesure où l'émetteur doit être installé physiquement dans la machine ciblée.

– Un truc d'espion ? questionna Julien.

– Piqué à un programme de la NSA baptisé « Quantum », acquiesça Lor. Ce qui est drôle, c'est que parmi les cibles principales de ce programme, figurent certaines unités de l'armée chinoise, que Washington accuse de cyber espionnage !

Mathieu écoutait attentivement ces explications techniques.

– Comment comptes-tu t'y prendre ? demanda-t-il, en laissant tomber par inadvertance son regard sur les cuisses écartées de Lor.

– Il y a trois solutions, répondit celle-ci, en s'amusant

de son air gêné. On dépêche un espion sur place, on soudoie un utilisateur ou bien on mise sur l'ignorance de Wen Keqiang lorsqu'il branchera le périphérique contaminé. Deux possibilités me semblent totalement exclues…

– Tu veux t'introduire dans l'ambassade ? s'inquiéta Shrapnel.

– Disons que j'espère m'y faire inviter, corrigea Lor.

24

Plusieurs hommes de la BRP, renforcés par des membres du GIR 93, le groupe d'intervention régional de la Seine-Saint-Denis, planquaient autour d'un pavillon, sis dans un lotissement sans âme. Julien et Mathieu pilotaient l'opération depuis leur véhicule, garé près d'imposants conteneurs destinés au tri sélectif des ordures.

– On y va ? interrogea Mathieu.

– On attend, répondit Shrapnel en terminant son gobelet de café.

– T'es sûr ?

– Oui.

Soudain, une berline déboucha dans la rue, ralentit à la hauteur du pavillon et s'immobilisa devant un portail. Un gyrophare perché sur un pilier s'activa et les battants s'ouvrirent automatiquement. Le véhicule s'engouffra dans une allée bordée de thuyas. Le Deuff regarda Julien comme s'il venait de réaliser un tour de magie.

– Tu as vraiment un putain de sixième sens ou quoi ? s'étonna-t-il.

En guise de réponse, Shrapnel s'empara d'un talkie-walkie qui reposait sur ses cuisses.

– Tigre 1 à Tigre 2.

– Tigre 2, j'écoute, répondit une voix dans un grésillement.

– C'est parti ! lança Julien, via l'émetteur-récepteur portatif, à destination de toutes les composantes du dispositif, baptisé du nom d'un des plus puissants prédateurs.

Aussitôt, une douzaine de silhouettes émergèrent de l'anonymat dans lequel elles se tenaient camouflées jusque-là et s'emparèrent de l'artère déserte à cette heure de la matinée. Shrapnel et Mathieu ajustèrent leur gilet pare-balle, vérifièrent leur arme de service et quittèrent le véhicule, s'élançant à leur rencontre.

Le portail principal céda rapidement et les policiers envahirent le jardin. L'assaut était parfaitement planifié et la maison n'y résista pas. En tête, Julien et Mathieu firent irruption dans le garage et y trouvèrent la berline rentrée quelques minutes plus tôt. Shrapnel fouilla prudemment le véhicule, appuyé par Mathieu et les hommes du GIR. Sans résultat. Puis, le groupe se scinda. Une partie monta à l'étage, tandis que Le Deuff et Julien s'enfonçaient sous le garage, empruntant un escalier menant à un deuxième sous-sol. La dernière volée de marches franchie, ils débouchèrent dans un couloir éclairé par de longs néons projetant une lumière rouge. De nombreuses portes perçaient les cloisons de béton brut. Mathieu en ouvrit une et découvrit une petite chambre à la décoration d'inspiration asiatique. Des meubles en bambous, un matelas futon, des suspensions en papier et des lampions lui conféraient une ambiance faussement zen. Que rehaussait un tableau, représentant des branches de cerisiers en fleurs. Mathieu inspecta la pièce d'un pas prudent. Sur une table de chevet, il aperçut plusieurs tubes de lubrifiants. Il s'immobilisa devant une armoire et l'ouvrit. Elle était remplie de jouets sexuels.

– C'est bien un bordel, dit-il en s'apprêtant à refermer l'arsenal de godemichets, de plugs, de vibromasseurs, d'œufs de geisha et autres chapelets anaux.

Soudain, il avisa un petit paquet de cartes de visite, contenu dans une boite en plastique translucide. Il s'empara de l'une d'entre elles. Et observa l'inscription qui y était imprimée.

– Dragon rouge, lut-il. Je crois qu'on est tombés juste ! Il s'agit bien d'un établissement clandestin appartenant à ce putain de réseau...

– Et on dirait qu'il y a au moins une dizaine de chambres comme celle-ci, murmura Shrapnel, resté dans le couloir.

Mathieu le rejoignit, avec l'intention de visiter les autres « cellules ». Soudain, un bruit étouffé leur parvint.

– Ça vient du fond du couloir, précisa Le Deuff à voix basse.

Julien acquiesça d'un bref mouvement de tête et avança, pistolet semi-automatique au poing. Il traversa ainsi le couloir et s'arrêta devant une porte d'où émanait une rumeur persistante. Il adressa un signe de la main à son adjoint, qui se positionna aussitôt en appui. Puis, il posa une main sur la poignée, la tourna lentement.

– Fermée, grogna-t-il en reculant.

Il inspira profondément, puis balança un violent coup de pied dans le battant qui céda sous l'impact et libéra l'accès. Shrapnel avança jusque dans l'encadrement où il s'immobilisa. Le canon de son Sig Sauer SP 2022 balaya la pièce.

– Merde, lâcha Julien en découvrant ce qu'elle abritait.

Une dizaine de jeunes femmes étaient entassées là. Serrées les unes contre les autres, le regard effrayé. Toutes d'origine asiatique…

– Police, annonça Shrapnel pour les rassurer.

Un frisson de panique parcourut la petite assemblée. Et une salve de cris hystériques ne tarda pas à lui répondre.

– On est ici pour vous aider, insista Julien, cherchant à calmer les malheureuses.

L'une des jeunes femmes, vêtue d'une mini-jupe et d'un top rose, se leva. Elle fit taire les autres et s'adressa à Shrapnel, dans sa langue maternelle.

– Je ne comprends pas, expliqua celui-ci, l'air désolé.

Elle passa sa main sous sa jupe et frotta son bas-ventre.

– Toi vouloir sexe ? interrogea-t-elle en souriant dans un français hésitant.

Ce faux sourire, Julien ne le connaissait que trop bien. C'était celui qu'arborait la majeure partie des prostituées. Un sourire de façade, qui donnait au client l'illusion que ces femmes qu'il payait aimaient ce qu'elles faisaient. Un sourire qui dissimulait en fait une immense détresse.

– Mathieu, tu t'en occupes, moi je remonte, intima Shrapnel, touché malgré lui par cette manifestation absolue de désespoir.

25

Julien entra dans un vaste salon, occupé par les enquêteurs du GIR 93. Ceux-ci encerclaient cinq hommes, menottés et assis sur des chaises autour d'une table.

– On a besoin de renforts en bas ! lança-t-il, à la cantonade. On y a trouvé plus d'une dizaine de filles qui bossaient dans le…

Aussitôt, un petit groupe se mit en mouvement et quitta la pièce. Shrapnel avança vers l'un des officiers.

– Ceux-là venaient sans doute relever les compteurs, expliqua ce dernier en désignant deux hommes en costumes sombre.

Julien avisa les liasses de billets empaquetées et posées sur la table.

– Les trois autres devaient surveiller les filles et gérer la clientèle, poursuivit le policier du GIR.

Shrapnel s'approcha des hommes en costume et se posta devant eux.

– On les a fouillés, précisa l'officier du GIR. Ils étaient armés, mais on n'a pas trouvé de papiers d'identité sur eux…

– Vous appartenez au réseau du Dragon rouge ?

interrogea Julien, sans provoquer de réaction. Vous connaissez Wen Keqiang ? insista-t-il, sans plus de succès.

Les regards bridés de ses vis-à-vis ne cillaient pas. Ils semblaient comme absents, indifférents au monde.

– Vous voulez qu'on les secoue ? proposa l'officier du GIR. On a l'habitude de ce genre de caïds dans les cités...

– On va faire ça proprement, répondit Shrapnel en attrapant un tabouret et en le faisant glisser jusque devant les deux hommes qu'il ne comptait pas lâcher.

– Nom, prénoms ? Combien d'établissement de ce genre entretient Wen Keqiang ? Êtes-vous en lien avec la tentative de braquage du fourgon blindé ? mitrailla Julien.

Mais la réponse était toujours la même. Des regards vides, comme morts, doublés d'un silence parfait.

– Vous vous escrimez pour rien, répliqua l'officier du GIR. Ils ne lâcheront rien, ce sont des coriaces... Je le sens... Et avec ce genre de lascars, croyez-moi, faut pas prendre de gants ! Le mal par le mal...

– On a trouvé plusieurs fusils d'assaut planqués dans le coffre de la berline ! avertit Mathieu en surgissant dans le salon.

Shrapnel repéra un mouvement rapide des lèvres sur le visage de l'un des deux hommes assis en face de lui et qui semblait réagir à cette annonce. Il associa aussitôt deux informations, celle toute fraîche apportée par son adjoint et le souvenir de la fusillade lors de laquelle il avait été pris pour cible. Et se leva d'un bond, posant une main sur l'épaule gauche de l'homme qui avait tenté de masquer un rictus et la pressant violemment. Un cri de douleur retentit dans la pièce.

– Fumier ! s'exclama Julien. C'est toi qui m'as tiré dessus depuis la camionnette !

– Je t'emmerde ! brailla sa victime.

– Tu vas parler où tu vas avoir mal ! menaça Shrapnel en augmentant la pression.

Mathieu se retint d'intervenir. L'homme grimaça de douleur, mais cette fois il faillit hurler. Du sang commençait à imprégner le tissu de sa chemise. Julien avait rouvert la blessure causée par son tir de riposte.

– Vous ne pouvez rien contre lui, prévint l'homme dans un souffle de haine pure.

– Contre qui ? interrogea Shrapnel.

– Il est intouchable.

– Mais pas toi, corrigea le chef du groupe Cabaret en appuyant sur la blessure de plus belle.

– Il va vous tuer ! brailla l'homme dans un accès fulgurant de douleur.

– Arrêtez ! intervint soudain son acolyte qui contemplait la scène avec effroi.

Julien relâcha son étreinte et recula.

– Tu as quelque chose à me dire ?

– Ferme-la Xiao, ou tu finiras comme les autres ! menaça l'homme à l'épaule blessée.

– De toute façon, Shen, on est déjà morts, énonça son partenaire dans le crime.

– Que voulez-vous savoir ? demanda Xiao.

– Quel est cet endroit ?

Xiao esquissa un vague sourire.

– Un de nos nombreux bordels. Vous ne l'aviez pas remarqué ?

– D'où viennent les filles ?

– On les réceptionne par container au port du Havre, ensuite on les dispatche dans nos établissements…

– Par container ? releva Mathieu qui imaginait les conditions de voyage des pauvres filles.

– La majorité des filles sont des clandestines, répondit Xiao. On les aide à passer la frontière, et en échange elles travaillent pour nous.

– Elles sont ensuite réparties dans ce genre d'endroit ? poursuivit Shrapnel.

– Pas toutes. On sélectionne les plus jolies pour de l'escorting de luxe. Celles au physique acceptable travaillent dans nos bordels, comme ici. Les autres, on les envoie sur les nationales en banlieue plus lointaine, dans des camions ou sur le trottoir…

Xiao était plus jeune que Shen, pourtant il s'exprimait avec un détachement impressionnant. Sa voix ne trahissait aucun remords, aucune compassion. Il parlait des filles comme d'une vulgaire marchandise.

– Votre rôle ? questionna Julien.

– On s'occupe des finances, répondit Xiao. On ramasse les gains chaque semaine. Et on règle certains problèmes…

– En découpant les filles récalcitrantes ? Et en les dissolvant dans de l'acide ?

– Quoi ? s'étonna Xiao, le regard indigné.

– On a retrouvé les restes de vos victimes découpées en morceaux dans un appartement du XIIIe arrondissement, détailla Shrapnel. Des bombonnes d'acide attendaient de remplir une baignoire…

– OK, on frappe parfois les filles qui travaillent mal, accepta Xiao. OK, on a fait le coup de feu sur vous, avoua-t-il dans la foulée. On avait reçu l'ordre de vous intimider, pour vous dissuader d'enquêter sur Liwei Lin. Mais massacrer des filles de cette manière, jamais !

– Ce n'est pas en jouant les vierges effarouchées que tu vas me convaincre.

– On n'est pas des psychopathes ! affirma Xiao avec véhémence. En revanche, les dragons, ils ne fonctionnent pas comme nous...

– Tu vas te taire ! gronda Shen dont le visage en sueur laissait deviner l'intense douleur qui l'irradiait.

– J'appelle une ambulance ? proposa l'officier du GIR.

– On devrait le laisser se vider comme un porc, souffla Le Deuff que l'on devinait hors de lui-même.

– Ton Dieu ne serait pas content. Et surtout, ce serait s'abaisser à son niveau, répliqua Julien. Prévenez les secours !

– Il vous baisera tous ! lança Shen comme un ultime défi.

– Pour l'instant, c'est toi qui l'as bien profond, rétorqua Shrapnel. Vous n'êtes pas des dragons ? reprit-il à l'attention de Xiao.

– Les dragons appartiennent à une société secrète originaire de Shanghai, expliqua ce dernier. C'est Wen Keqiang qui les contrôle en France. C'est lui qui les a fait venir. Ce sont des illuminés, des fous furieux. Ils n'ont aucune limite...

J'adore quand les criminels parlent d'autres criminels, pensa Julien brièvement. Qu'entendent-ils par « limites », exactement ?

– Ils sont nombreux ? demanda-t-il.

– Non, mais quelques-uns suffisent pour instaurer un climat de terreur, répondit Xiao. Pour tenir un réseau de cette ampleur, la force ne suffit pas. Si les filles n'ont pas la peur rivée au ventre, on ne les contrôle pas. Croyez-moi, ce n'est pas en les battant qu'on les maîtrise. Elles s'habituent aux coups, pas à l'angoisse permanente de subir pire que leur sort.

– Yang Shen était l'un d'eux ? demanda Shrapnel en faisant allusion à l'homme abattu par la BRI-BAC lors de l'assaut de l'appartement.

– C'était leur chef, reconnut Xiao. Pour lui, le business des filles n'était pas suffisant. Il s'était lancé dans le braquage et l'attaque de distributeurs automatiques de billets de banque.

– Où je peux trouver ses hommes ?

– Je l'ignore, soupira Xiao.

– Je commençais à t'apprécier, alors ne me déçois pas ! persifla Julien. Yang Shen avait des complices. Ils ont tué des policiers et une mère de famille. Je les soupçonne également d'être responsables du massacre de plusieurs femmes... Alors tu vas me les donner !

– Qu'est-ce que j'y gagne ? demanda Xiao.

– Tu n'es pas en train de jouer dans un mauvais film américain ! intervint Mathieu. Il n'y a pas de remise de peine à négocier avec nous !

– Alors, à partir de maintenant, mieux vaut que je me taise, annonça Xiao.

– Au cinéma, c'est plutôt le moment où le salopard comprend son intérêt, corrigea Shrapnel. Et où il collabore parce qu'il a saisi qu'il s'était engagé dans une voie sans issue. Sans aucune possibilité de faire marche arrière...

Xiao réfléchit un long moment. Il regarda les ambulanciers embarquer Shen sous bonne escorte, puis frappa à plusieurs reprises son front du plat de la main. Comme s'il voulait en faire sortir quelque chose.

– Une ancienne imprimerie dans le XIe arrondissement, près de Bastille, murmura-t-il, presqu'à regret.

26

A l'arrière d'un taxi, Lor regardait défiler les berges de la Seine. La journée s'achevait dans une lumière dorée qui baignait les monuments et les eaux calmes du fleuve. Un décor apaisant avant la tempête qu'elle s'apprêtait à affronter. À plusieurs reprises, le chauffeur avait tenté d'engager la conversation avec elle, la curiosité sans doute aiguisée par son physique de top-modèle et sa tenue. À plusieurs reprises, Feuerbach avait botté en touche, esquivant les questions d'une platitude ou d'un simple sourire. Elle détestait ces conversations informes, provoquées par des gens inconsistants. Ces digressions d'une banalité affligeante n'étaient que perte de temps, et le temps lui avait toujours été compté.

Alors que le véhicule remontait l'avenue George V, s'approchant de sa destination finale, elle s'empara d'un poudrier rangé dans un sac à main siglé Hermès. Elle l'ouvrit et contempla son reflet dans le petit miroir. Elle y reconnut une image passée qui la renvoya à une période de sa vie où le taxi était quasiment un véhicule de fonction. Qu'elle empruntait à chaque appel téléphonique pour rejoindre les établissements les plus luxueux de la capitale et les clients en mal de vice qu'ils hébergeaient. Le voyage aller était empreint d'anxiété et de doute. Car il la conduisait vers un inconnu toujours renouvelé... Quant au voyage retour, il était allégé, serein et contemplatif. Dans l'attente de se retrouver chez elle, Lor aimait comparer les taxis à des barques, et leur chauffeur à des Charon qui la transportaient sur le Styx de son enfer personnel.

Elle matifia légèrement son teint, sans trop forcer, sûre de son maquillage. Puis, elle referma le poudrier, provoquant l'extinction immédiate de ses souvenirs. Machinalement, elle consulta son smartphone Vertu. Un message était affiché sur l'écran, confirmant le rendez-vous. Elle afficha un sourire de satisfaction et croisa le regard du chauffeur qui l'observait via le rétroviseur.

– On est arrivés, ma petite dame ! annonça-t-il en empruntant une contre-allée.

Lor hocha la tête et fouilla dans son sac, à la recherche de quoi payer la course.

– Je vous dois ? interrogea-t-elle.

– Vingt-trois euros.

Elle lui tendit trois billets de dix.

– Une facture ? demanda le chauffeur, avec l'intention de ne pas rendre la monnaie.

– Oui, s'il vous plaît, répondit Lor, en tendant la main.

– Voici, grogna le chauffeur. Et le pourboire ?

– J'ai pour habitude de ne jamais en laisser, se contenta-t-elle de répondre.

Un service est tarifé toutes taxes incluses. Est-ce que je réclame des pourboires à mes clients ? eut-elle envie d'ajouter. Ce qui n'aurait qu'ajouté à la confusion. Elle s'abstint donc de jeter de l'huile sur le feu. Ce dont ne se priva pas le chauffeur.

– Sale pute, jeta-t-il avec toute la force de l'inculture.

– Je ne vous permets pas de me juger, rétorqua Feuerbach avec retenue.

– Je te juge si je veux, pétasse !

– Juger, c'est évidemment ne pas comprendre, puisque, si l'on comprenait, on ne pourrait plus juger, répliqua Lor en citant André Malraux.

– Hein ? fit le chauffeur, interloqué.

Sans un mot de plus, elle s'extirpa du taxi avec précaution et grâce. Elle était moulée dans une robe blanche très courte. Et ne portait aucun sous-vêtement, comme à son habitude. Chaussée d'escarpins vernis et montés sur des talons aiguilles, elle avança sur le trottoir et s'immobilisa devant la façade d'un immeuble cossu par l'entrée principale duquel ne cessait d'entrer une file ininterrompue de gens élégants. Un homme en costume marron, qu'elle avait plutôt l'habitude de voir nu, lui adressa un signe de la main. Elle s'approcha.

– Tu es ravissante, dit-il.

– Merci de ton aide, répondit-elle sans tenir compte de la flatterie.

– Avec l'arrivée imminente de leur président, ils sont sur les dents. J'ai failli ne pas réussir à te faire inscrire sur le listing de cette soirée à l'ambassade...

– Je te le revaudrai.

– Pourquoi tenais-tu absolument à participer à ce pince-fesse diplomatique ?

– J'avais envie de sortir...

– C'est en lien avec Wen Keqiang ? C'est pour ça que

tu m'as posé des questions sur lui lors de notre dernière rencontre ?

Les talons de la jeune femme claquèrent sur le bitume du trottoir.

– Laisse maman travailler, répondit-elle sèchement sur un ton sans appel.

27

La nuit tombait sur la rue, près de la place de la Bastille, noyant les perspectives des immeubles un peu vieillots qui la bordaient. Julien se massa vigoureusement la nuque, puis il posa ses mains sur le volant du véhicule dans lequel il planquait depuis des heures. Une occupation qu'il pratiquait régulièrement. En effet, son boulot consistait le plus souvent à recueillir de l'information et non à passer à l'action. L'information était le nerf de la guerre contre le crime, bien plus qu'un fusil à pompe ou un .357 Magnum.

À la BRP, on traitait majoritairement des affaires sans gloire et sans tapage médiatique, loin des hôtels de luxe et des « passes » à dix mille euros. Cet autre versant de la prostitution, plus banale et quotidienne, représentait quatre-vingt pour cent de l'activité de la brigade. Mais Shrapnel savait que c'était grâce à ce travail de fond que l'on parviendrait à faire comprendre la sordide réalité du proxénétisme.

À ses côtés, enfoncé dans le siège passager, Mathieu picorait allégrement dans une boîte de nuggets calée sur ses genoux.

– Tu sais que c'est de merde ? demanda Julien, l'air dégoûté.

– Oui, mais j'ai faim.

– De la poitrine de volaille broyée enrichie à la peau de poulet et assaisonnée... La moitié de ces beignets est composée de muscle. Le reste, c'est de la graisse, des vaisseaux sanguins, des nerfs, du tissu conjonctif, des os...

– M'en fiche... J'ai trop la dalle...

– Et quand tu as envie de baiser, tu te tapes n'importe quoi ?

– Non, je demande à Marie, rétorqua Mathieu en avalant une deuxième bouchée de poulet frit. C'est l'avantage d'aimer la personne avec qui on couche. Et toi ?

Julien ne répondit pas à ce tacle verbal et lança son regard par-delà la vitre du pare-brise, vers le bâtiment qu'ils surveillaient suite aux révélations de Xiao, l'un des proxénètes arrêtés lors de la descente dans la villa-bordel.

– Il nous a peut-être menti ? s'interrogea Le Deuff, la bouche pleine.

– Peut-être, répliqua Shrapnel. Mais quelque chose me laisse penser le contraire...

– Ton sixième sens, plaisanta à moitié Mathieu.

Plus d'une fois Julien l'avait surpris en anticipant des situations ou en devinant des pensées non formulées. Par bien des aspects, Shrapnel ressemblait à un magicien, ou plus exactement à un hypnotiseur.

– Intuition féminine, répondit-il.

Mathieu rigola, expectorant un morceau de nuggets au passage.

– Dégueulasse, constata Julien.

– Oh, ça va, n'exagère pas !

– Tu trouves ça propre ? grommela Shrapnel.

Mathieu se pencha pour récupérer le morceau de poulet et partagea sa réflexion du moment :

– Je me demandais un truc, au sujet de Lor.

– Qu'est-ce qui te fait penser à elle à cet instant précis ? s'étonna Julien.

– Rien de particulier. C'est juste que je m'interroge sur les raisons qui la motivent à devenir flic. On dirait qu'elle le veut, à tout prix...

– La vocation, peut-être, proposa Shrapnel.

– Son... métier, je ne trouve pas d'autre mot, lui rapporte plus en un mois que le nôtre en un an, alors à quoi bon ?

– Elle a considérablement réduit la voilure, objecta Julien.

– Ne me prends pas pour un idiot, je sais qu'elle continue à voir des clients.

– C'est son choix, asséna Shrapnel. Qui sait, elle va peut-être se convertir ?

Le Deuff ne releva pas la provocation.

– Tu penses comme Élisabeth Badinter que punir les clients est « une déclaration de haine à la sexualité masculine » ? Que l'État n'a pas à légiférer sur l'activité sexuelle des individus, à dire ce qui est bien ou mal ?

– Je pense que Feuerbach a le droit de disposer librement de son corps, répondit Julien.

– Mais pourquoi devenir flic ?

– Il ne t'est jamais venu à l'esprit que Lor avait peut-être envie de justice ?

– Oui, ça se tient, accepta Le Deuff. Au fait, tu as de ses nouvelles ? s'inquiéta-t-il.

– Elle m'a envoyé un SMS.
– Et ?
– Tout va bien.
– Euh, tu ne souhaites pas m'en dire plus ou je te fais chier ?
– Un peu des deux, avoua Shrapnel.
Lorsqu'il s'agissait des interventions de Feuerbach sur le terrain, Julien préférait ne rien laisser transpirer. Même Mathieu aurait du mal à comprendre qu'il utilisait l'ancienne escort comme une bombe anatomique. Qu'il lâchait sans état d'âme sur certains théâtres d'opération, avec des résultats plus que probants.
– Trop aimable ! s'exclama Deuff. J'ai raté un épisode de la saison deux de ta mauvaise humeur ? Genre l'épisode : « Mathieu n'est plus mon partenaire. » ?
Shrapnel expira bruyamment, et prit l'air exaspéré.
– Pas la peine qu'on soit trop nombreux à savoir ce que Lor s'apprête à faire…
– Et tu m'inclues dans le « nombreux », je suppose ?
– Si ça foire, je n'ai pas envie de t'entraîner dans les profondeurs avec moi.
– Voilà déjà un moment qu'on est en immersion, rétorqua Mathieu.
– Inutile, donc, de s'enfoncer davantage.
– Alors, vidange les ballasts et fais-nous remonter, proposa Le Deuff en filant la métaphore sous-marine.
– Ce n'est pas aussi simple, soupira Julien. J'ai parfois l'impression d'être un poids tellement lourd…
Mathieu haussa les épaules.
– C'est normal, tu ne te confies jamais.
– Tu crois que ça irait mieux en me confessant ? demanda Shrapnel sur le ton de la plaisanterie.

– Moi, ça me soulage, répondit Mathieu avec conviction.

– Sérieux ?

– Une fois par an.

– Dans un confessionnal ?

– Avec le prêtre de ma paroisse.

– Je n'ai personne de semblable dans ma vie…

– Et moi ?

Julien savait que Mathieu avait failli devenir prêtre.

– Toi, ce n'est pas pareil, répliqua Julien en essayant d'imaginer son adjoint en tenue de sacerdoce. Enfin, nos relations sont…

– Tu pourrais me faire confiance, tout de même ! s'insurgea Mathieu.

– C'est le cas.

– Alors, pourquoi tu gardes tout pour toi ?

– Du mouvement, annonça Shrapnel en apercevant trois silhouettes pénétrer dans le bâtiment.

– On prévient Vlad ? demanda Le Deuff.

– On va d'abord voir de quoi il en retourne, répondit le chef du groupe Cabaret, prêt à quitter l'habitacle.

– Pas question de rentrer là-dedans sans renforts, objecta son adjoint.

– Juste un coup d'œil et ensuite on sonne le tocsin, OK ?

Mathieu n'aimait pas ce versant « tête brûlée » de Julien. Ce comportement presque suicidaire qu'il affectait parfois en situation de crise. Il y détectait une pulsion morbide, sorte de contrepoint à ses pulsions d'Éros. Cet équilibre entre instinct de conservation et de destruction semblait précaire chez Shrapnel, comme si ce dernier n'avait jamais vraiment décidé lequel privilégier.

– Tu la joues en mode *L'Arme fatale* ?

– Ce film se termine bien, non ? rétorqua Julien, un pied dehors, dans un caniveau.

– Exact, mais tous les acteurs en chient jusqu'à la dernière scène… Et je n'ai pas envie de faire équipe avec Martin Riggs[1] !

– T'inquiète ! Tu n'as pas l'âge de Roger Murthaug[2]…

– Ni celui de mourir, ajouta Mathieu en se signant.

La Foi, toujours, le guidait.

Aujourd'hui, elle le rassurait, puisque son chef en était incapable.

1. Personnage incarné par Mel Gibson.
2. Personnage incarné par Danny Glover.

28

Lor ne se sentait jamais autant en vie que quand tous les regards convergeaient vers elle. À quoi bon être autre chose que le centre du monde ? Dans sa robe Prada ultra moulante, elle glissa au milieu des invités, provoquant un basculement immédiat de la gravité ambiante. Tous, qu'ils soient du sexe masculin ou féminin, captèrent sa silhouette immaculée. Feuerbach incarnait à leurs yeux le fantasme ultime, inaccessible, hors d'atteinte et de prix... Pour quelques femmes seulement, elle personnifiait la menace, l'ennemie, le danger...

La jeune femme fit mine de ne pas se préoccuper des regards qui dardaient dans sa direction, attrapa une coupe de champagne sur un plateau et remercia le serveur d'un sourire.

– Je suppose que tu ne m'accorderas pas de danse, murmura son cavalier qui se tenait à ses côtés, en léger retrait.

– Je ne suis pas là pour m'amuser, confirma-t-elle, en fouillant du regard la somptueuse salle de réception de l'ambassade de Chine.

– Je m'en doutais. Tu veux de l'aide ?

– Non, cingla Lor en un claquement pareil à celui d'un fouet.

– On se retrouve après ?

– Tu as réservé une chambre ?

– Oui.

– On verra, répliqua Feuerbach en s'éloignant, coupe à la main, laissant son cavalier et client dans l'incertitude la plus totale, et donc dans le désarroi.

Son déhanché naturel imprimait au tissu des ondulations torrides, qui accrochaient tous les regards. À la manière d'un hameçon charnel… Elle aimait jouer de sa plastique parfaite. Elle aimait sentir le pouvoir changer de mains. Passer de celles du pervers, du riche, du puissant, à celles de l'innocente, de la pauvre, de la faible. La majeure partie des femmes sous-estimaient leur pouvoir.

Pas Lor.

Elle avait mis du temps à comprendre comment obtenir ce qu'elle voulait. Et s'était longtemps imaginé victime. Mais aujourd'hui, elle savait comment s'y prendre pour satisfaire ses frustrations et elle se savait capable d'être un implacable bourreau.

Elle s'approcha d'un somptueux buffet où étaient offerts, dans une explosion de couleurs, une multitude de mets exotiques. Elle ne céda pas à la tentation, se retourna et explora du regard l'assemblée bruyante. Composée de diplomates plus ou moins élégants, d'hommes politiques aussi, et de leur compagne au sourire obligé. Lor savait qui elle cherchait. Elle avait imprimé son visage, trouvé sur le Net, dans sa mémoire. Pour l'instant, elle contrôlait la situation et elle comptait bien conserver l'avantage. Elle savait tout ce qu'il y avait à savoir sur sa cible. Tandis que celle-ci ignorait tout d'elle. Posture de prédation parfaite.

– Bonsoir, mademoiselle, l'accosta soudain un sexagénaire bedonnant et aux cheveux gris argenté.

– Bonsoir, répondit poliment Lor.

– Il est rare de rencontrer une personne aussi délicieuse dans ce genre de soirée.

– Détrompez-vous, seulement d'habitude personne n'avoue les avoir remarquées, répliqua Lor, habituée à ce type d'approche.

L'homme sourit et, loin d'être désarçonné par l'aplomb de son interlocutrice, poursuivit ce qu'il imaginait être la deuxième phase d'une conquête prochaine :

– De l'esprit, en plus ! J'adore ça ! s'exclama-t-il sur un ton graveleux, tout en s'épongeant le front ruisselant avec une serviette en papier.

– Désolée, mais je réserve mon esprit à une certaine catégorie d'hommes, rétorqua Lor.

Tout en parlant, elle observait une silhouette qui correspondait au profil recherché. Elle se tenait près d'un pilier en marbre et conversait avec un membre du gouvernement français que Feuerbach avait déjà vu à la télévision, mais sur le visage duquel elle était incapable de mettre un nom.

– Et manifestement, vous n'en faites pas partie, compléta-t-elle à l'attention de son vis-à-vis au regard de plus en plus lubrique.

– Je suis sûr du contraire, objecta ce dernier en se rapprochant.

Lor recula d'un pas.

– Avec les filles comme vous, ce n'est qu'une question de prix et je peux vous...

– Profitez de mon cul, c'est gratuit, l'interrompit sèchement Lor en abandonnant l'homme aux allures de quasimodo libidineux pour une proie plus retorse.

Elle fendit la foule et approcha cette dernière à la manière d'une féline, l'air détaché et sans but. Puis, parvenu à une distance satisfaisante, elle fit mine de chercher quelqu'un. Elle joua l'appât, offert et appétissant. L'homme qu'elle visait, un Chinois aux traits avenants et au physique de boxeur, ne tarda pas à mordre, avec la vélocité d'un squale. Il s'excusa auprès de son interlocuteur et vint à sa rencontre, d'un pas rapide et maîtrisé.

– Mademoiselle, articula-t-il dans un Français presque parfait.

– Monsieur ? répondit Lor, feignant ne pas le connaître.

– Wen Keqiang. Enchanté.

Il attrapa la main de Feuerbach et l'embrassa. Lor aurait pu lui expliquer qu'un véritable gentleman ne baisait pas véritablement la main, mais elle n'était pas venue ici pour dispenser des cours de savoir-vivre.

– Tout le plaisir de cette rencontre est pour moi, monsieur Keqiang.

– Puis-je connaître le prénom assorti à pareille beauté ?

– Angel, mentit Lor, utilisant son nom de code.

– Vos parents n'auraient pu imaginer meilleur baptême.

– Ma mère est la seule responsable, enchérit Lor. Elle est persuadée que je suis un cadeau tombé du ciel !

Wen Keqiang esquissa un sourire et réduisit l'espace qui le séparait de Lor.

– Qui voit le ciel dans l'eau, voit les poissons sur les arbres, murmura-t-il.

– Une première erreur de jugement en entraîne souvent d'autres, interpréta Lor. J'aime la philosophie chinoise. Surtout, les enseignements du *Chou-King*. L'une des sentences qui est consignée dans ce livre sacré m'a particulièrement marquée : « Celui qui arrache des vices doit s'appliquer à détruire les racines. »

L'homme leva un sourcil, mais rien sur son visage ne laissait deviner ses pensées.

– Vous êtes fascinante, murmura-t-il.

– Juste un peu cultivée, rétorqua Feuerbach avec ce qu'il fallait de malice dans le regard.

– J'imagine qu'une femme telle que vous est accompagnée ?

Keqiang n'était pas dupe et cherchait à savoir à qui il s'adressait.

Lor donna le change, sans mentir cette fois.

– Un haut-fonctionnaire des Affaires étrangères, murmura-t-elle sur le ton de la confidence. Gentil, mais ennuyeux et totalement prévisible…

– Je vois.

– Vous travaillez pour l'ambassade ? demanda Lor, en jouant l'ingénue.

– Oui, en quelque sorte.

Keqiang avait l'habitude de nager en eaux troubles. Il ne dévoilait rien, et se maintenait dans une zone neutre, inattaquable.

– Oh, la diplomatie ce doit être passionnant ! s'extasia faussement Lor.

– J'avoue que je ne m'ennuie pas, moi.

– J'adorerais visiter cet endroit, mais on m'a dit que c'était impossible. Pour des raisons évidentes de sécurité…

– Qui vous a dit ça ?

– Mon cavalier et il s'y entend, répondit Lor, affectant un air déçu. C'est dommage, parce que je trouverais cela très excitant d'explorer un lieu aussi chargé d'histoire… De grands hommes ont dû le fréquenter !

– Un certain nombre, en effet.

Le regard de Wen Keqiang tomba sur la poitrine de Lor, y rebondit et revint se planter dans celui, pétillant, de son interlocutrice. Lor reconnut le moment de porter l'estocade.

– Accepteriez-vous d'être mon guide ? demanda-t-elle.

– Voilà un vœu qui peut être exaucé…

29

Julien contourna la voiture qui venait de se garer sur le trottoir opposé à celui depuis lequel il planquait en compagnie de Mathieu. Il posa une main sur le capot encore tiède et jeta un coup d'œil rapide à l'intérieur. L'habitacle du coupé sport de marque allemande était propre et impeccablement rangé. Rien à voir avec celui de son véhicule de fonction, véritable dépotoir ambulant. Il mémorisa la plaque d'immatriculation et poursuivit sa progression, talonné par son adjoint.

Ils s'immobilisèrent devant la porte principale d'un bâtiment industriel, sur le fronton de laquelle on pouvait encore lire l'enseigne usée d'une ancienne imprimerie. L'accès était ouvert. Julien poussa le battant métallique, légèrement oxydé et pénétra dans un couloir qui conduisait à une issue lumineuse d'où émanait une rumeur. Le Deuff lui adressa un signe d'inquiétude, manifestant sa volonté de repli. Shrapnel n'en tint pas compte, s'adossa contre un des murs décrépi et continua son avancée en le rasant de près. Mathieu hésita quelques secondes, puis l'imita. À regret.

Ils parvinrent rapidement à la lisière qui séparait le

couloir et une vaste salle où dormaient encore d'antiques presses offset. Julien glissa vers l'une d'elles et se mit à l'abri de l'imposante machine. Mathieu demeura en retrait, en zone neutre, sur une ligne de démarcation invisible. La rumeur s'amplifiait, et Shrapnel distinguait désormais des bribes de conversation dans une langue étrangère, probablement du Mandarin. Il ne résista pas à la tentation de s'approcher plus encore et coula sa silhouette furtive le long de palettes sur lesquelles étaient entreposées de vieilles revues pornographiques. *Ces salopards n'ont pas choisi l'endroit par hasard*, songea le chef du groupe Cabaret. Dans l'ombre d'un de ces empilements de papiers, il se figea et à défaut de pouvoir observer la scène, prêta une oreille attentive. Du Mandarin, longtemps. Puis quelques phrases en Français, enfin.

– Yang Shen est mort. Et tu as tiré sur des policiers...

– Ce sont eux qui nous ont canardés sans sommation ! J'ai répliqué...

– Et tu en as dessoudé deux. Plus une pauvre femme dans la foulée !

– Une balle perdue...

– Putain, on patauge en plein bourbier !

– Il va venir ?

– C'est ce qui était prévu. Alors, il n'y a pas de raison qu'il annule. Il va nous aider à foutre le camp...

– Moi, je n'attends pas. Le temps joue contre nous ! On devrait déjà être loin...

– Il ne va pas apprécier.

– Je m'en branle ! En ce moment, il est train de boire du champagne et de bouffer du caviar... Il ne se salit jamais les mains... On fait tout le boulot... Et faudrait en plus attendre son bon désir...

Julien comprit tout de suite à qui il avait affaire. Le gang responsable du braquage se tenait là, à quelques mètres de lui. Sans doute au complet, puisqu'il dénombrait trois voix, deux avec un accent asiatique et une troisième occidentale dans l'échange animé dont il était le témoin sonore. On dit que c'est la curiosité qui tue les chats, mais en fait, elle contribue également pour beaucoup à la mortalité policière. Shrapnel versa un regard qu'il pensait discret vers l'endroit de l'imprimerie où se tenaient les auteurs présumés de la tuerie du XIIIe. Immédiatement, l'un d'eux détecta sa présence.

– Qui est là ? lança-t-il en même temps qu'il empoignait la crosse d'un fusil d'assaut posé non loin de lui.

– Les flics ! hurla un autre sans chercher à comprendre.

À peine Julien eut-il le temps de rentrer la tête derrière une pile de magazines, qu'une rafale les déchirait, projetant des myriades de bouts de papier dans l'air. Main crispée sur son pistolet, il resta plaqué contre ce rempart jusqu'à ce que le silence se rétablisse. Au loin, il aperçut la silhouette de Mathieu qui serpentait dans le dédale de machines à imprimer. Son adjoint cherchait à prendre le gang à revers. *Fausse bonne idée*, s'alarma Shrapnel mentalement. *Tu aurais dû tenir ta position*, pour me permettre de battre en retraite. Une nouvelle salve le força à trouver une nouvelle stratégie. Leurs adversaires étaient beaucoup plus lourdement armés qu'eux. La partie était inégale, voire perdue d'avance.

Soudain, plusieurs détonations lui parvinrent. Sur sa droite, Le Deuff venait d'entrer en jeu. Julien profita de cette diversion pour cracher lui aussi un peu de plomb. Pris au dépourvu et sous un feu croisé, les membres du gang reculèrent derrière des bidons entassés près d'un pupitre de contrôle, sans cesser d'arroser les positions de leurs assaillants. La situation semblait basculer en faveur des policiers de la BRP. Cependant, Shrapnel n'imagina pas un seul instant qu'ils prenaient l'avantage. Tout juste si la manœuvre de Mathieu leur assurait quelques secondes de répit. Et il ne s'était pas trompé. L'enfer ne tarda pas à ouvrir à nouveau ses portes et à laisser s'exhaler l'incandescence de son souffle. Profitant de leur position de force, les membres du gang commencèrent à avancer, tout en continuant à vider leur chargeur dans un crépitement de fin du monde. Leur puissance de feu était telle qu'elle empêchait toute riposte, condamnant Julien et Mathieu à l'immobilité. Acculés, les deux flics de la BRP savaient désormais qu'ils ne pouvaient plus compter que sur un énorme coup de chance pour se sortir de ce guêpier.

Tout à coup, les tirs cessèrent.

Le silence retomba.

Shrapnel sentit à nouveau son cœur battre contre sa poitrine.

– Rendez-vous ! intima une voix proche.

– Police ! tenta Julien, sans conviction.

– Enfoirés ! lança une autre voix, doublée d'une rafale sèche.

– Arrête de tirer !

Puis la tonalité de leurs voix se modifia et l'échange entre les membres du gang continua en mandarin. Shrapnel écouta attentivement cette langue qu'il ne comprenait pas, et qu'il n'avait jamais autant entendu que depuis ces derniers jours. À force de concentration, il détecta via les modulations linguistiques une double intention chez les gangsters.

Manifestement, certains voulaient leur peau. Et un autre s'y opposait avec véhémence et force d'autorité. Pour Julien, cette soudaine confusion dans leurs rangs était une aubaine. Il adressa un signe de la tête à Mathieu, qui malgré la distance les séparant comprit immédiatement l'intention de son supérieur.

La meilleure défense, c'est l'attaque, songea Shrapnel en surgissant de derrière son abri. Son tir, synchronisé avec celui de Le Deuff, surprit les membres du gang qui tardèrent à réagir, laissant temporairement aux policiers de la BRP un léger avantage. Qui en profitèrent pour se replier tout en maintenant un feu nourri pour couvrir leur retraite. Mais alors qu'ils approchaient du couloir menant vers la sortie, un quatrième homme, surgi de nulle part et armé d'une variante compacte de pistolet mitrailleur de type Uzi, leur barra la route. Son regard bridé leur intima de déposer les armes. Julien et Mathieu obtempérèrent, encerclés qu'ils étaient désormais.

– Qui êtes-vous ? lança l'homme qui braquait l'automatique d'origine israélienne.

– BRP, répliqua Shrapnel, sans ciller.

– C'est quoi ça, BRP ?

– Un acronyme que tu peux traduire par : « Dans ton cul, le grand méchant qui découpe des femmes en morceaux » ! balança Julien, comme s'il dominait aux poings le match qui était en train de se dérouler.

– Brigade de répression du proxénétisme, intervint Mathieu, rejoignant le ring avec plus de sérieux et une puissante conviction.

– Des flics, quoi, souffla l'homme au mini-Uzi.

– Et je vous conseille de redevenir raisonnable, insista Mathieu, dont la foi en l'être humain ne lassait pas d'étonner Shrapnel.

L'homme au pistolet mitrailleur éclata de rire. Un rire glacé qui se propagea jusque dans les rangs de sa petite troupe, annonçant un dénouement fatal.

– Tu es croyant ? demanda-t-il à Le Deuff.

– Qu'est-ce que ça peut te foutre ? rétorqua ce dernier.

– Faut forcément croire en quelque chose pour être aussi arrogant dans une situation aussi désespérée !

– Tuer des flics, ce n'est pas bon pour la santé, intervint Julien.

– On en a déjà buté deux et je me porte bien ! répliqua l'homme à l'Uzi.

– Vous êtes donc les responsables du braquage et du massacre de l'appartement, conclut Shrapnel.

– Considérons qu'il s'agit de ta dernière volonté. Oui, nous avons braqué ce putain de fourgon. Un plan simple, selon celui qui en a décidé. Vu qu'il est mort, j'ai tendance à penser qu'il s'agissait plutôt d'un plan de merde !

– Les filles ne rapportent pas assez ? interrogea Julien.

– Le braquage, c'est beaucoup de cash à très court terme, rétorqua l'homme à l'Uzi dans un rictus cynique. Les filles, c'est un investissement sur le très long terme. Le problème, c'est que quand elles ont trop servi, elles ne rapportent plus grand-chose. Alors il faut s'en débarrasser…

– Les tuer, vous voulez dire, corrigea Shrapnel.

– Ces filles n'existent pas, objecta l'homme à l'Uzi.

Elles sont invisibles durant leur vie. À charge pour nous de faire en sorte que ça continue après leur mort.

– Bandes de fumiers, murmura Mathieu.

– Vous ne vous en sortirez pas comme ça, répliqua Julien. Aucun policier français n'abandonnera l'affaire du quadruple meurtre de leurs collègues. Ils vous traqueront sans relâche...

– Débarrassez-moi de ça ! ordonna l'homme à l'Uzi, indifférent aux menaces de Shrapnel.

Julien adressa un regard désolé à Mathieu qui lui en renvoya un totalement résigné, pareil à celui du fusillé qui accepte son sort. Mais alors que les membres du gang braquaient le canon de leurs armes en direction des deux policiers, une dizaine de silhouettes cagoulées et surarmées firent irruption dans l'imprimerie et prirent position tout autour du gang. Face au nombre, les membres de ce dernier déposèrent les armes immédiatement sans opposer la moindre résistance. Parachevant la scène, une ombre surgit de la pénombre du couloir et se projeta dans la vaste salle qui abritait les presses offset.

Shrapnel en reconnut immédiatement le propriétaire et se tourna vers Mathieu.

– Tu as prévenu Vlad ?

30

Wen Keqiang ouvrit une porte et invita Feuerbach à franchir le seuil. Elle ne marqua aucune hésitation et ne laissa transpirer aucun indice pouvant la trahir. La pièce était sombre. Keqiang se contenta d'allumer une lampe de bureau. Lor inspecta rapidement les lieux. Une cheminée surmontée d'une photographie du président chinois, des tapis soyeux recouvrant un parquet brillant, plusieurs statues contemporaines aux formes abstraites, des fauteuils de style, un bureau en acajou sur lequel reposaient un écran plat, un clavier et un ordinateur...

– Mon espace de travail, annonça Keqiang avec fierté.

– Splendide ! s'émerveilla faussement Lor, imprégnée de son rôle. Vous avez vraiment de la chance...

– De vous avoir rencontrée ce soir, c'est certain, compléta Keqiang en se rapprochant.

Il était plutôt bel homme. Petit, selon les critères de Lor, mais bien fait. Ce physique avenant contrastait avec les horreurs dont il se rendait coupable. Mais Lor savait que les plus abominables des ordures ne portaient pas sur elles les stigmates de leurs méfaits. C'était même souvent l'inverse. Le nombre impressionnant de pervers au visage angélique qu'elle avait croisés confortait cette thèse.

– J'ai envie de vous baiser, lâcha soudain Keqiang, franchissant les limites de sécurité et se collant contre Lor.

Elle ne le repoussa pas, huma son parfum à la puissante fragrance de jasmin.

Ce moment, elle l'attendait et s'y était préparée.

– J'avoue que vous ne me laissez pas indifférente, répondit-elle tout en se frottant à lui.

Les yeux de Keqiang s'illuminèrent. Lor attrapa une de ses mains et l'entraîna vers le bureau. Il se laissa conduire comme un mouton en rut. Elle balaya la surface de travail, remonta sa robe jusqu'à la taille, tourna le dos à Keqiang et posa ses deux paumes sur le bureau, offrant sa croupe parfaite à la vue du Chinois. Ce dernier dénoua sa ceinture, baissa son pantalon et plaqua son sexe durci entre les fesses de Lor. Elle poussa un long gémissement feint, accentuant l'excitation de Keqiang.

– Tu es une vraie salope d'Occidentale, grogna-t-il en se frayant un chemin de plaisir en Lor.

– Tu ne crois pas si bien dire, murmura cette dernière.

– Tu aimes la sodomie ?

– Oh, j'adore, surtout quand c'est si bien fait… Oh oui, remplis-moi !

Keqiang ahana quelques minutes. Son souffle pulsait sur la nuque de Lor. Il faisait partie des besogneux, appliqué mais sans imagination et surtout uniquement préoccupé d'eux-mêmes. Un homme parmi tant d'autres…

– Tu aimes ça, hein ? grogna-t-il en surjouant la virilité.

– J'adore ! confirma Lor, pressée qu'il termine. Tu as des capotes ?

– Hum, je préférais finir sans, objecta Keqiang.

– Ce ne serait prudent, ni pour toi, ni pour moi.

– Près de l'ordinateur, dans la bannette à courrier, précisa Keqiang en esquissant un mouvement de recul.

– Ne te retire pas tout de suite, je vais y arriver, précisa Lor en tendant le bras.

Elle laissa sa main s'attarder près de l'unité centrale, puis attrapa un petit sachet carré qu'elle donna à Keqiang, sans se retourner.

– Tu es prévoyant, souffla-t-elle.

– J'aime le sexe, répondit-il en enfilant le préservatif. Des fois, je baise une secrétaire, entre deux réunions. Mais d'habitude, je préfère les prendre à quatre pattes, par terre comme des chiennes... Après les avoir fouettées avec ma ceinture...

Lor le sentit revenir en elle, brusquement, mais sans que cela n'éveille chez elle ni dégoût ni douleur. Elle avait l'habitude qu'on la force. Elle ne s'y était pas habituée. Personne ne pouvait s'habituer à subir une relation sexuelle non consentie. Mais au fil du temps, elle avait appris à gérer. Keqiang disposait d'une partie de son corps en échange d'une rétribution précise. Ce n'était ni plus ni moins qu'une forme de location, de très courte durée dans le cas présent.

Soudain, un râle puissant s'échappa de la bouche grande ouverte de Keqiang. Feuerbach en déduisit qu'il venait de jouir. Et que, comme la plupart des hommes ayant éjaculé, il allait très vite prendre ses distances. Ce qu'il ne tarda pas à faire.

– J'adore ton petit cul, murmura Keqiang en ôtant le

condom usagé et en le jetant négligemment dans une corbeille.

– C'était divin, mentit Lor en redescendant sa jupe sur ses cuisses.

– Tu as joui ?

– Je n'ai jamais ressenti d'orgasme aussi puissant. Tu es une vraie bête !

À cet aveu, Keqiang afficha une mine satisfaite. Sa virilité était satisfaite. Son égo de mâle dominant, aussi. Il se rhabilla rapidement et se dirigea vers une armoire qui abritait une bouteille d'alcool et de petits verres.

– Tu en veux ? demanda-t-il en se servant généreusement.

– C'est quoi ?

– Du baiju, un alcool blanc à base de riz glutineux. Une spécialité de mon pays…

– Trop fort pour moi, refusa poliment Feuerbach en se dirigeant vers la porte. Je suis déjà ivre de plaisir…

– Tu es pressée ? interrogea Keqiang, l'air soupçonneux.

– Mon cavalier doit commencer à s'inquiéter, répondit Lor en souriant. Je pensais que tu serais plus rapide, mais tu n'es pas comme les autres hommes, tellement plus généreux en tout…

La flatterie fonctionna à merveille, comme toujours.

– Je suis un dragon, se rengorgea Keqiang en terminant son verre, cul sec.

31

– Merci, dit Julien en contemplant le chaos autour de lui.

L'imprimerie était désormais envahie de policiers qui s'affairaient à la recherche d'indices. Les membres du gang avaient été arrêtés et transférés.

– Remerciez plutôt votre adjoint, répliqua Vlad Volochenko. C'est lui qui a décroché son téléphone... Vous n'avez finalement qu'un seul vrai défaut, Shrapnel. Vous ne jouez pas collectif... Mais ça s'apprend...

Julien n'écoutait pas vraiment. Mais il savait ce qu'il devait à son supérieur. Il enterra donc momentanément et sincèrement la hache de guerre.

– Sans votre intervention, nous serions vraisemblablement morts, découpés en tranche et dissous dans un bain d'acide sulfurique, admis Shrapnel. J'ai merdé et j'en assume, comme convenu, les conséquences...

– Les conséquences ? s'étonna Volochenko. Grâce à vous, on vient de coincer les enfoirés qui ont tué deux des nôtres et une civile. Ces salopards stockaient des armes, ici, dans une réserve. On vient de tomber dessus. Elles sont identiques à celles qui ont servi au braquage du fourgon. Il y avait aussi de l'acide, en bonbonnes...

– Les dragons, soupira Julien, en regardant autour de lui.

L'imprimerie était désormais investie par les forces de police. Le Deuff avait été évacué vers un hôpital. Une balle l'avait blessé superficiellement, sans qu'il s'en aperçoive sur le moment.

– C'est ainsi qu'ils se baptisent ? interrogea Volochenko.

– Une sorte de secte.

– Façon moines de Shaolin ?

– Je ne pense pas que ces derniers soient du côté obscur de la Force, objecta Shrapnel. Les dragons sont le bras armé de Keqiang...

– Celui-ci, vous l'oubliez, formula à regret le commissaire principal.

– C'est le cerveau de l'organisation, protesta Julien.

– Son immunité diplomatique le rend intouchable.

– Putain d'hydre, pesta le chef du groupe Cabaret.

– Pardon ?

– Si on ne coupe pas toutes les têtes au même moment, elles repousseront plus vigoureuses que jamais, expliqua Shrapnel. C'est toujours pareil, la police porte un grand coup, mais l'effet n'est que de courte durée. Comme la nature, le crime organisé a horreur du vide !

– Ce boulot est sans fin, Julien, vous l'ignoriez ?

– Je connais les limites de mon métier, mais parfois je me prends à espérer qu'on les franchisse... Histoire de terminer ce qui doit l'être...

Volochenko acquiesça d'un hochement de tête.

– Nous sommes du même côté, assura-t-il. Et je comprends votre frustration…

– J'aimerais qu'on nous donne enfin les moyens de régler les problèmes, c'est tout.

Le chef administratif de la BRP regarda autour de lui, comme pour vérifier que personne ne les écoutait, puis murmura à voix basse :

– Quand Mathieu sera rétabli, on se verra. J'ai quelque chose à vous proposer.

– Une mutation ?

– En quelque sorte…

– Pouvez-vous préciser votre pensée ?

Volochenko ne répondit pas et fit mine de partir. Soudain, il se retourna et lança :

– Ah, et demandez à Lor Feuerbach d'être présente également.

Shrapnel réprima un rictus d'étonnement et se força à ne rien laisser transparaître de son étonnement. Pourquoi Volochenko voulait-il rencontrer Feuerbach ? Lui qui ne s'était jamais intéressé aux indics.

– C'est juste une stagiaire, rétorqua-t-il dans un réflexe protecteur.

Volochenko lui adressa un large sourire, de ceux que l'on adresse à un interlocuteur qui pensait avoir une longueur d'avance. Mais qui se trompait lourdement…

– Elle fera bientôt partie de votre équipe, non ?

32

Lor se dévêtit, laissa tomber ses vêtements sur un carrelage en damier, pareil à un plateau de jeu d'échecs, et entra dans la cabine de douche. Elle referma la porte translucide et actionna un mitigeur, permettant à une pluie chaude de jaillir d'un large pommeau suspendu. L'eau ruissela sur ses formes harmonieuses, lavant son corps sali d'une boue invisible. Elle s'enduisit d'une lotion tonifiante et se frictionna vigoureusement avec un gant en crin végétal, libérant chaque pore de sa peau de la souillure qui l'encrassait.

Ablution presque mystique…

Puis, elle rejeta sa tête en arrière et s'abandonna de longues minutes sous le fluide bienfaiteur. Le souvenir de la saillie de Keqiang ne la perturbait pas. Au contraire, il s'estompait et elle savait qu'après une bonne nuit de sommeil il aurait complètement disparu. Keqiang n'était qu'un homme parmi tant d'autres… En revanche, Julien occupait toutes ses pensées. Et c'était pour lui qu'elle mettait autant de soin à se purifier. Pour lui, l'homme pas comme les autres… Elle ferma les yeux. Sa main tomba sur son bas-ventre, s'y attarda un instant avec l'intention d'activer un plaisir désiré. Puis, ses doigts remontèrent, longeant ses courbes parfaites, hésitèrent encore sur l'aréole d'un sein au téton durci, puis finalement abandonnèrent…

Elle coupa l'alimentation en eau, sortit de la cabine de douche et s'enveloppa dans une serviette tiède qui reposait sur un radiateur. Elle s'imagina un instant dans les bras de Shrapnel, puis chassa cette folle idée en laissant choir la serviette sur le sol près de ses vêtements. Nue, elle quitta la salle de bain, traversa son appartement et se rendit dans sa pièce sécurisée. Là, elle s'assit devant le triptyque d'écrans plats, en veille. Elle contempla la mosaïque de photographies qui s'y dessinait. Écouta le crépitement sourd des disques durs… Elle goûta ce contraste saisissant entre sa chair tiède et cette technologie froide. Entre le naturel et l'artificiel…

Elle aimait s'imaginer à l'exact milieu entre ces deux états, créature hybride et puissante. Parfaitement détendue, elle enfonça d'une rapide pression de l'index une touche d'un clavier sans fil. Les moniteurs affichèrent aussitôt des fenêtres de travail. Ses doigts pianotèrent frénétiquement, saisissant à la volée des lignes de codes, puis s'immobilisèrent soudain, en suspens dans l'air sec. Son visage afficha une mine victorieuse. Elle venait de se connecter à l'ordinateur de Keqiang, via la carte SD qu'elle avait insérée discrètement dans le port idoine de l'unité centrale, tandis que le numéro deux de l'ambassade de Chine la besognait.

Lor ne se faisait pas rémunérer qu'en espèces sonnantes et trébuchantes. Il lui arrivait de demander expressément un paiement en nature. Comme celui qu'elle avait réclamé en échange d'une séance très particulière à ce cadre de la NSA, *diaper lover*[1] et membre d'une unité spéciale baptisée TAO[2] : une carte SD équipée pour émettre des ondes radios. Cette technologie, utilisée depuis au moins 2008 par l'agence américaine, aurait notamment été impliquée dans la cyberattaque visant le programme nucléaire iranien. La fameuse affaire du ver informatique Stuxnet.

– Nous y voilà, murmura-t-elle alors qu'un message sur l'écran principal indiquait que la connexion était établie.

Excitée, Lor accéda au contenu du disque dur de Keqiang, le siphonna littéralement et transféra la masse de données sur l'un de ses serveurs, dans un disque dur de grande capacité prévu à cet effet.

Lui restait à trier le bon grain de l'ivraie, et à retenir les informations utiles, essentiellement celles relatives aux transactions financières. Mais elle l'aurait. Comme il l'avait eue, sans douleur.

Facilement.

1. Fétichiste des couches-culottes.
2. *Tailored Access Operations*, ou opérations d'accès sur mesure.

33

Julien s'était garé devant l'ambassade de Chine, dont il fixait l'entrée principale depuis une dizaine de minutes, d'un regard haineux. Mathieu allait bien. La balle qui l'avait blessé n'avait qu'éraflé son épaule sans y pénétrer. Malgré tout, les médecins tenaient à le garder en observation à l'hôpital Georges-Pompidou. Afin de ne négliger aucune blessure invisible, aucun stress post traumatique... Accidents routiers, bagarres, agressions, fusillades, suicides, viols, homicides... Exposés quotidiennement à la violence sous toutes ses formes, les policiers devaient composer sans craquer avec des situations anxiogènes susceptibles de menacer leur intégrité physique ou leur équilibre psychologique.

Shrapnel était furieux contre lui-même. Cela aurait pu être plus grave. Et cela était de sa faute. Torturé par sa culpabilité, il serra un poing et frappa le volant à plusieurs reprises. Puis il s'empara de son smartphone et tenta de joindre Lor, pour la dixième fois. En vain. Il devrait donc agir par lui-même. Et s'occuper de Keqiang sans se soucier des procédures. Il finirait bien par sortir. À ce moment, il suffirait de le cueillir, de l'arrêter pour un motif fallacieux. Ensuite, les médias s'occuperaient d'amplifier l'événement et de donner une tribune au chef de la BRP.

Julien savait qu'en agissant ainsi, il scellait son avenir dans la police et qu'il serait mis à pied aussitôt les menottes passées aux poignets de Keqiang. Mais sa discussion avec Volochenko ne l'avait pas convaincu d'agir autrement. Il avait clairement parlé de mutation. Alors plutôt que de s'éteindre dans un placard provincial, il préférait les feux de la rampe, quitte à se consumer sous leurs puissants faisceaux. Fort de cette conviction, Shrapnel se sentait prêt mentalement à affronter les conséquences d'un acte irréparable.

Soudain, la silhouette de Keqiang apparut dans l'encadrement de la porte principale de l'ambassade. Une limousine du corps diplomatique s'immobilisa devant lui.

– Go, murmura Julien comme un haka.

Une vibration le retint de sortir de son véhicule. Il ne put empêcher un regard de couler sur l'écran de son smartphone, abandonné sur le siège passager. L'appel émanait de Lor.

Shrapnel hésita.

De l'autre côté de la rue, Keqiang se dirigeait maintenant vers la limousine à la carrosserie rutilante. Et n'allait pas tarder de grimper à bord, rendant son interpellation impossible.

Julien grimaça.

Les pulsations persistaient, secouant le combiné.

Une porte de la voiture de luxe s'ouvrit devant Keqiang.

C'était maintenant, ou jamais...

Finalement, Shrapnel attrapa le smartphone et décrocha.

– *Je me suis occupée de notre homme*, annonça Feuerbach sans préambule.

– Comment ? interrogea Julien en regardant Keqiang monter dans la limo, encadré par deux hommes au profil d'agents de sécurité qui venaient d'en surgir.

– *C'est très technique*, souffla Lor. *Mais en gros, j'ai piraté des données prouvant que Keqiang, non content de diriger une organisation criminelle, détournait des fonds émanant du PCC*[1]*. J'ai ensuite routé de façon anonyme ces informations à Huang Shuxian, le directeur adjoint de la puissante Commission centrale de contrôle de la discipline. Le gendarme du Parti, si tu préfères...*

– Eh bien, la réaction de ce dernier n'a pas tardé, l'interrompit Shrapnel qui venait de comprendre vers quelle destination partait Keqiang en ce moment même.

– *Dans sa lutte contre la corruption, le président chinois Xi Jinping avait affiché son intention de s'en prendre « aux mouches comme aux tigres »*, expliqua Lor. *Quelques jours avant sa venue en France, il donnera ainsi un signal fort à destination des Occidentaux !*

– Tu as bien révisé tes cours d'histoire contemporaine, plaisanta Julien.

– *Je compte bien l'avoir, ce putain de concours !*

– T'as intérêt, futur lieutenant Lor Feuerbach.

– *Ne dis rien, ça porte la poisse !*

– Au fait, Volonchenko nous invite à une petite causerie...

– *Nous ?*

1. Parti communiste chinois.

– Ton serviteur, Mathieu et toi.

– *Moi ?*

– Je ne sais pas à quelle sauce on va être mangés, mais prépare-toi au pire…

– *Le pire dans le pire, c'est l'attente du pire*, cita Lor.

– Pennac, fit Shrapnel.

– *T'es pas si inculte que t'en as l'air !*

– Faut jamais se fier aux apparences…

34

La voiture, conduite par Julien, roulait dans les rues de SoPi, abréviation chic de South Pigalle, calquée sur celle du SoHo new-yorkais. Les bars à hôtesses, qui occupaient la plus grande partie des commerces de cette partie sulfureuse du IXe arrondissement, avaient presque complètement disparu, remplacés par des bars branchés ou des magasins bobo. En 2005, on recensait encore plus de quatre-vingts établissements du genre à Pigalle. Aujourd'hui, il en restait moins d'une quinzaine.

– La BRP a fait le ménage, murmura Lor en regardant à travers la vitre.

– S'agissant de Pigalle, c'est plutôt le virtuel qui a dévoré le réel, l'onanisme qui a pris le pas sur les rapports sexuels, objecta Shrapnel. Pourquoi se déplacer, payer, s'exposer pour un service qu'Internet sert à demeure ? La génération née dans les années 80 a fait le deuil des corps-à-corps et se soulage dans un Kleenex...

– Bientôt, Pigalle ne sera plus un théâtre, mais un axe commerçant où l'on choisit son godemiché comme on achète son concombre bio ! s'exclama Le Deuff, qui était d'excellente humeur.

– Ça va ton épaule ? lui demanda Lor.

– Une égratignure, répondit Mathieu dans un sourire. Les toubibs ont fait du zèle !

– Ils ont fait leur boulot, corrigea Julien en se garant rue Frochot.

Le Deuff grogna, puis s'extasia :

– Sympa, ton sweat-shirt.

– C'est un Hollister, une marque de vêtements inspirés par l'ambiance décontractée du Sud de la Californie, précisa Lor.

– On dirait une ado, constata Mathieu tandis que la voiture bifurquait.

– T'es sûr que c'est ici ? demanda Mathieu.

– Parfaitement, confirma Shrapnel.

– Pourquoi Volochenko ne nous reçoit pas dans son bureau ? demanda Lor.

– Je ne suis pas dans son cerveau, rétorqua Julien.

– Dieu t'en préserve, répliqua Mathieu en s'extirpant du véhicule, suivi par Lor.

– Je m'adresse plutôt à ses seins, plaisanta Shrapnel en les rejoignant.

Tous les trois se retrouvèrent devant la façade délabrée d'un ancien commerce.

– C'est l'Eroz ! s'exclama Le Deuff.

– Ça m'en a tout l'air, confirma Julien en regardant les deux sculpturales caryatides dénudées qui gardaient l'entrée.

– L'Éroz ? interrogea Lor.

– Un lupanar au XIXe siècle, puis un club de striptease dans les années 70 et enfin une salle de concert dans les années 90, expliqua Mathieu. L'endroit est fermé depuis une quinzaine d'années...

– Manifestement, quelqu'un vient de le réouvrir, constata Shrapnel en poussant la porte et en s'engouffrant dans le petit immeuble désaffecté.

*
**

Le trio entra dans une salle circulaire, bordée d'alcôves poussiéreuses et coiffée par un dôme peint d'une fresque explicite. La peinture, bien que lézardée, montrait une scène d'orgie romaine mettant en scène plusieurs couples et plusieurs possibilités. Au centre, sur une scène mal éclairée par des néons nasillards, Volochenko attendait en compagnie de Dechartres.

– Bienvenue chez vous ! s'exclama la sexagénaire, moins revêche qu'à son habitude.

Le commandant du groupe la regarda sans comprendre.

– Pardon ?

– Grâce à l'AGRASC[1], l'Éroz va connaître une nouvelle vie, répondit Volochenko avec un enthousiasme inhabituel.

– Nous avons enfin obtenu les fonds nécessaires à la création d'une division spéciale au sein de la BRP, ajouta Dechartres. Cet argent provient de plusieurs saisies opérées avec la police espagnole lors du démantèlement

1. L'Agence de gestion et de recouvrement des avoirs saisis et confisqués est un établissement public administratif placé sous la double tutelle des ministères de la Justice et du Budget dont la création a été prévue par la loi n° 2010-768 du 9 juillet 2010 visant à faciliter la saisie et la confiscation en matière pénale.

d'un réseau de prostitution roumain. Pas moins de 215 victimes avaient été identifiées, contraintes de vendre leur corps dans une maison close située à la frontière sur la route nationale entre la Jonquera et Figueres, générant un chiffre d'affaires de soixante mille euros par jour. Une partie de cette somme nous est allouée…

– Une division spéciale ? interrogea Shrapnel. Il était question de mutation… Je ne saisis pas…

– La criminalité que nous affrontons évolue rapidement, reprit Volochenko. Elle se modernise plus vite que nous. Aussi, j'ai décidé de prendre de l'avance. Dès que les travaux seront terminés, vous rejoindrez ces nouveaux locaux. Et depuis ce QG, vous dirigerez une équipe de choc…

– Une équipe de choc ? Pardonnez-moi, mais là je ne comprends plus, intervint Julien, cherchant le piège dissimulé derrière la nouvelle plutôt positive.

– Vous avez parfaitement géré l'affaire Keqiang, admit Volochenko. Tout le monde s'en félicite en très haut-lieu. La BRI est même prête à vous offrir un poste…

– BRP je suis, BRP je reste, l'interrompit Julien.

Volochenko s'en félicita d'un sourire appuyé et reprit :

– Le gouvernement français est ravi d'avoir aidé les Chinois dans leur lutte contre la corruption. Le gouvernement Chinois est heureux de récupérer l'argent détourné par Keqiang. D'ailleurs, si quelqu'un peut m'expliquer par quel formidable tour de passe-passe de l'argent placé sur un compte luxembourgeois peut se retrouver sur celui du Parti communiste chinois ?

– Si on explique le tour, la magie disparaît, répondit Lor.

– J'en conviens, répliqua Volochenko sans insister.

Quant à la BRP, elle marque un point de taille contre une organisation de proxénétisme à grande échelle, poursuivit-il. Bref, le moment était idéal pour achever de vendre l'idée d'une unité spéciale dédiée à la lutte contre la criminalité sexuelle et faire signer le chèque !

– Et qui composera cette unité ? demanda Shrapnel.

– Mathieu reste votre adjoint, répondit Volochenko. Mademoiselle Feuerbach sera bientôt l'une des nôtres, nous pouvons arranger sa nomination. Quant au personnel administratif, libre à vous d'embaucher deux fonctionnaires supplémentaires. À votre entière discrétion, bien entendu... Mais soyez bien conscient que nous ne disposons pas d'un budget extensible, les effectifs de l'unité doivent être resserrés au maximum...

– Est-ce à dire que cette nouvelle unité aura les coudées franches ? embraya Julien.

– Plasticité, adaptabilité, réactivité, répondit Dechartres.

– La sainte trinité, persifla Mathieu.

– Vous interviendrez sur des opérations délicates, là où les autres services auront échoué, ajouta Volochenko. Bien sûr, le caractère pour le moins avant-gardiste de cette unité nous expose. Si nous échouons, le retour de bâton sera violent !

– À qui rendrai-je compte ? s'inquiéta Shrapnel, que les prises de risque n'impressionnaient guère.

– À moi et au commissaire Dechartres, uniquement.

Julien échangea une série de regards avec ses équipiers.

– J'avoue qu'installer une unité spéciale de la BRP dans un ancien bordel, ça a de la gueule, synthétisa Le Deuff.

– Le matériel informatique ? demanda Lor, pragmatique.

– Nous connaissons vos prédispositions pour la guerre électronique. Nous essayerons donc de répondre au mieux à votre cahier des charges, la rassura Dechartres. Dans la limite du raisonnable !

– J'en suis, répliqua Lor. Enfin, si je réussis le…

– Nous ne doutons pas de vos capacités, mademoiselle Feuerbach, l'interrompit Volochenko. Néanmoins, il reste à votre sujet un point délicat à aborder…

– Je vous vois venir, soupira-t-elle.

Shrapnel retint sa stupeur. Manifestement, il n'était pas le seul à être informé du maintien partiel de ses activités antérieures à la découverte de sa vocation policière. Volochenko et Dechartres avaient-ils diligenté une enquête sur Feuerbach ?

– Votre vie privée ne nous regarde pas, poursuivit Volochenko. Mais vos activités extra-professionnelles ne peuvent être tolérées plus longtemps car elles sont tout simplement illégales. Quelle qu'en soit leur destination !

– Je comprends, fit Lor, redoutant qu'on lui demande de confirmer fermement un quelconque renoncement.

Mais personne ne sollicita plus que cette réponse.

– Et vous, Julien ? demanda Volochenko.

– Vous me donnez véritablement les moyens de couper toutes les têtes de l'hydre ?

– Oui, répondirent en chœur Volochenko et Dechartres.

– Aucune affaire confiée à cette unité ne restera en rade pour des raisons politiques ?

– Aucune, confirma Volochenko.

– Alors, banco, confirma Shrapnel.

Volochenko et Dechartres affichèrent leur satisfaction, sans épanchement outrancier. Dechartres semblait néanmoins particulièrement ravie et avait du mal à le dissimuler. Julien ne l'avait jamais laissée indifférente. Bien sûr, il était impensable qu'elle laisse filtrer le moindre sentiment à son égard. Mais aujourd'hui, elle pouvait faire état de la confiance qu'elle plaçait en lui, sans remettre en cause ni compromettre leur relation professionnelle. Et surtout, sans attirer l'attention de ses collègues.

– Votre QG ne sera pas opérationnel avant plusieurs mois, donc en attendant vous continuez comme si de rien était, prévint-elle en s'adressant plus particulièrement au chef du groupe Cabaret et à son adjoint. Quant à vous, mademoiselle Feuerbach, permettez-moi de vous souhaiter bonne chance pour votre examen.

35

Volochenko regarda sa future brigade de choc disparaître dans l'encadrement d'une porte surmontée par un chérubin en plâtre armé d'un arc. Et se racla la gorge, irritée. Dechartres fit mine de partir. Le chef administratif de la BRP la retint d'un signe de la tête, extirpa un mouchoir en tissu de la poche de sa veste en velours côtelé et se moucha bruyamment.

– J'espère que nous ne sommes pas en train de commettre une erreur, dit-il en s'essuyant le nez.

– Allergique ? interrogea Dechartres, en détournant légèrement la tête.

– À la poussière…

Il éternua.

– Aux acariens pour être plus exact…

– Il faut vous débarrasser des allergènes présents dans votre environnement domestique quotidien, conseilla Dechartres sur un ton neutre. Dépoussiérer meubles et objets avec un chiffon humide, passer l'aspirateur régulièrement, aérer les pièces et éviter un chauffage trop important, car les acariens auront tendance à proliférer avec la chaleur et l'humidité. La chasse aux acariens passe également par une hygiène optimale de sa literie, avec un lavage régulier à 60° et la possibilité d'utiliser des taies d'oreiller et housses de matelas imperméables aux allergènes d'acariens.

– Vous connaissez bien le problème ! s'étonna Volochenko.

– Ma fille est allergique.

– Merci pour ces conseils. Et pour Shrapnel ?

– Je ne sais pas si on peut soigner ce type d'allergie, plaisanta Dechartres. Mais on peut lui faire confiance.

– A priori ?

– Soyez honnête, il a prouvé à plusieurs reprises qu'il était un très bon flic.

– Vous avez lu son dossier ?

– J'ai surtout analysé ses résultats, rétorqua Dechartres, en bon avocat de Julien.

Volochenko grimaça. Sur ce point précis, Shrapnel était inattaquable.

– Est-il bien sérieux de confier les clés de cette nouvelle unité à un homme surnommé Scud ? se demanda Volochenko à haute voix.

– De par leur construction, ce type de missile balistique est très peu précis, je vous l'accorde, concéda Dechartres. Et à cet égard, les Scud peuvent être considérés comme des armes à large zone d'impact...

Volochenko la regarda, interloqué par cette digression dont il ne saisissait pas encore la portée symbolique.

– L'avantage militaire des Scud consiste dans leur facilité de transport, poursuivit-elle. Cette mobilité autorise un grand choix de positions de tir et *in fine* augmente la capacité de survie d'un tel système d'armes !

– Je ne vous imaginais pas aussi stratège, conclut Volochenko qui venait de comprendre la signification de l'exposé de sa collègue.

– Comment une femme serait-elle parvenue à mon niveau de responsabilité, sans un minimum de... responsabilité ?

36

Sur le trottoir de la rue Frochot, Julien, Mathieu et Lor, interloqués par leur entrevue avec Volochenko, se regardaient sans parvenir à formuler leurs réserves. Une fine pluie commençait à battre le pavé. Lor rabattit la capuche de son sweat-shirt. Mathieu, le col de son imperméable. Shrapnel, lui, ne changea rien, prêt à affronter le grain en toute circonstance.

– Ça pose question, finit par lâcher Mathieu.

– Ça sonne plutôt comme une réponse, objecta Julien.

– Tu l'as entendu ? La BRI est prête à t'offrir un poste, répliqua Le Deuff. C'est l'occasion que tu attendais. Changer d'air, gravir les échelons et…

– Je sais ce que ce chemin est le meilleur, le coupa Shrapnel. Mais je ne peux m'empêcher de penser que ma vraie place est ici, à la BRP.

– Je vois le meilleur et je l'approuve, je fais le pire, intervint à son tour Lor, sortant de sa réserve songeuse.

Elle trouva que les mots d'Ovide résonnaient bien, en cet instant particulier.

– Voilà qui nous résume parfaitement, sourit Mathieu.

– Trancher cette alternative est capital car si l'Homme

échoue à faire le meilleur alors même qu'il le connaît, comment seulement imaginer un autre moyen pour mobiliser sa volonté à accomplir le meilleur ? interrogea Lor, creusant une réflexion qui s'apparentait à l'énoncé d'un devoir de philosophie du droit.

– L'homme est peut-être condamné au mal sous sa forme la plus extrême, celle du pire, répondit Mathieu.

– Non, l'Homme est capable du mieux, objecta Julien. C'est cette voie que nous propose Volochenko. Et je vais la suivre…

– Alors, nous sommes condamnés à t'accompagner sur ton chemin de croix, se lamenta faussement Mathieu.

– J'adore les tragédies grecques ! clama Feuerbach en levant les bras vers le ciel.

En réponse à ce mouvement théâtral, un grondement de tonnerre répondit et l'ondée se transforma soudain en averse diluvienne. Le trio fonça vers la voiture de Shrapnel.

– Moi, je préfère les tragédies romaines, annonça Le Deuff.

– Tu nous gonfles avec ton masochisme judéo-chrétien ! grogna Julien.

Soudain, son smartphone vibra dans la poche de son pantalon.

Il dégaina le combiné et répondit.

L'échange fut bref.

Il raccrocha, légèrement blême, entra dans la voiture et s'enfonça dans le siège conducteur.

– Ça ne va pas ? interrogea Lor depuis l'arrière.

– Un problème ? renchérit Mathieu, assis à côté de lui.

– Quand on croit que c'est fini, ça recommence, souffla Shrapnel en démarrant.

37

Julien entra dans une brasserie du XVe arrondissement. L'établissement était bondé, mais il repéra immédiatement les personnes avec qui il avait rendez-vous. Il avança vers la table où se tenaient Cloé et sa fille. Toutes deux sirotaient un soda. Shrapnel se planta devant elles.

– Bon, tout est débarqué de la voiture, dit-il en s'asseyant en face de Cloé.

– Tu pourrais peut-être dire bonjour à ton père ?

– Salut, marmonna l'adolescente sans daigner enlever ses écouteurs.

La veille, Julien était passé prendre les cartons de Lilas. Des déménageurs s'occupaient des meubles de la jeune fille, qui avait tenu à garder son lit, son bureau et son armoire. Shrapnel se demandait encore comment tout cela allait entrer chez lui. S'il devait déménager. N'avait aucune idée de ce qu'il convenait de faire en pareil cas. Mais ne se serait pas vu refuser.

Cloé adressa à Julien un regard entendu. Elle ne semblait pas fâchée de jeter l'éponge.

– Je pars pour la Floride, au fait, annonça-t-elle en

aspirant le contenu coloré de son verre à l'aide d'une paille.

– Cloé, tu es vraiment sûre de toi ? insista Julien en regardant l'adolescente, casque audio rivé sur les oreilles et regard dans le vide.

– En treize ans, je ne t'ai jamais rien demandé. Je me suis débrouillée. Mais aujourd'hui, j'ai l'occasion de faire quelque chose de ma vie, tu comprends ?

– Avec ce... allez, je suis sympa, on va dire connard ?

– Lilian monte une boîte de nuit à Miami, répondit Cloé. Il m'a proposé d'en assurer la direction artistique...

– Quelle connerie ! l'interrompit Shrapnel.

– Tu n'as jamais cru en moi, même quand on vivait ensemble, soupira Cloé. Avec le résultat qu'on connaît...

– Parle pas comme ça devant la gamine, grogna Julien en s'asseyant.

Il la regarda. Cheveux coupés court, nez retroussé, quelques tâches de rousseurs... Elle était habillée d'un jeans délavé et d'un tee-shirt à manches longues. Ses ongles étaient vernis d'une couleur différente pour chaque doigt et à ses oreilles pendaient des boucles d'oreilles d'inspiration indienne. Dreamcatchers[1] miniatures...

– Je me demande bien ce que je vais en faire...

– Je ne te demande pas si tu peux ou pas, corrigea Cloé. Lilas reste avec toi, point barre !

– Avec mon boulot, tu sais bien que ça va être compliqué !

– Tu t'es jamais demandé si le mien, de boulot, s'accommodait de l'élevage d'une adolescente ?

1. Attrapeurs de rêves.

– De l'éducation, corrigea Shrapnel.

– Attends de voir la bête, murmura Cloé.

– Comment tu peux dire ça devant elle ? s'offusqua Julien.

– Elle n'entend pas, expliqua sa mère. Elle est dans sa bulle. Entre la musique, le téléphone portable, YouTube et Facebook, faudra prendre rendez-vous quinze jours avant pour obtenir une entrevue !

Sur ces mots, elle se leva.

– Et bien, je vais vous laisser, j'ai encore des cartons à faire pour le garde-meubles. Ses dernières affaires sont dans le sac, expliqua-t-elle en désignant un sac de voyage couvert de badges. Me diras-tu au moins au revoir, Lilas ?

Sans quitter ses écouteurs, la jeune fille embrassa sa mère du bout des lèvres, et celle-ci lui caressa la tête en un geste affectueux. Julien vit ses yeux se remplir de larmes avant qu'elle ne lui tourne le dos pour partir.

– Merde alors, fit Shrapnel en la regardant s'éloigner.

Mais Cloé disparut rapidement et lui resta scotché sur son siège. Son regard coula vers la jeune fille. Elle planta ses yeux clairs dans les siens.

Effet miroir troublant.

Reflet d'une part de lui-même...

Il se pinça les lèvres, cherchant quelque chose d'intelligent à dire.

– Tu peux arrêter ta musique, s'il te plaît ? demanda-t-il en joignant le geste à la parole.

L'adolescente grimaça.

– Je n'écoutais pas de musique, répondit-elle.

– Ah, tu écoutais quoi, alors ?

– Rien, fit-elle en haussant ses frêles épaules.

– Alors tu as tout entendu ?

Elle hocha la tête de façon affirmative.

– Tu en penses quoi ? tenta Julien dans le but de nouer le dialogue.

– Que tu es mon père. Et qu'il va falloir faire avec…

HARDCORE

1

Les flics de l'OCLIFF savaient qu'ils étaient en passe de ferrer un gros poisson. La prise qui allait clôturer en beauté l'enquête menée depuis trois ans déjà.

On disait parfois que le commandant Storme dirigeait ses hommes comme un preux chevalier ses soldats aux croisades. Lui-même ne refusait pas ce surnom de *croisé*. Si faire tomber les requins qui nageaient dans les eaux troubles du crime financier était une croisade, alors il acceptait de revêtir le tabard médiéval affublé de la croix de chevalier templier.

Storme et sa première adjointe repoussèrent sans ménagement la jeune femme d'origine maghrébine qui avait ouvert la porte de la luxueuse résidence, sise dans les bois de la vallée de Chevreuse.

– Monsieur Jean-Thierry de Brosque est là ? murmura Storme en exhibant son badge de l'Office central de lutte contre les infractions financières et fiscales.

Derrière eux, deux officiers en uniforme observaient la scène, débonnaires.

– Il est dans son bureau, bredouilla la femme de ménage en tremblant.

Storme fit signe aux deux fonctionnaires. L'un d'eux posa la main sur son arme de service.

– N'en faites pas trop quand même, sourit le commandant Storme à l'adresse du flic. Je vois mal Brosque se transformer en ennemi public numéro 1.

– Mieux vaut prévenir que guérir, répondit l'adjudant d'un air sérieux.

Storme fronça les sourcils : ça faisait sans doute partie du jeu ! Après avoir traversé un hall somptueusement meublé, qu'ils ne prirent pas la peine d'admirer, les flics s'arrêtèrent devant la porte que leur désignait la domestique. L'adjudant tourna la poignée, mais le battant résista :

– Police ! Ouvrez ! cria-t-il.

On entendit un brouhaha.

Le flic en uniforme tambourina sur la porte :

– Ouvrez ! Police ! répéta-t-il.

– Qu'est-ce qu'il déconne ? grogna Storme.

Une odeur de plastique brûlé se dégagea soudain.

– Il fout le feu à sa baraque pour un détournement de biens sociaux ? Un délit qui lui vaudra au maximum une grosse amende et du sursis ? s'étonna le lieutenant Amira Weber, le second de Storme.

– Il se tire par le jardin ! hurla le second flic en uniforme qui s'était avancé jusqu'à une fenêtre.

D'un coup d'épaule, Storme enfonça la porte.

La baie vitrée donnant sur l'immense propriété qui entourait la maison était ouverte. Un homme bedonnant, en robe de chambre et caleçon, traversait la pelouse anglaise en courant maladroitement.

– Il est devenu dingue ? s'interrogea Storme à haute voix.

D'habitude, les types mouillés dans des affaires intéressant Tracfin, la cellule du Traitement du renseignement et action contre les circuits financiers clandestins du ministère des Finances, se contentaient de menacer de poursuites judiciaires les flics venus les embarquer. Au pire, son avocat tentait de s'interposer physiquement. Mais une telle attitude, jamais Storme n'avait pensé voir ça !

Les deux flics en uniforme sautèrent dans le jardin et rattrapèrent rapidement le député Brosque. Celui-ci suppliait qu'on le laisse tranquille.

– Ce n'est pas ce que vous croyez ! gémissait-il.

L'odeur de plastique brûlé empoisonnait l'air du bureau lambrissé. Storme s'approcha de la cheminée et observa l'étrange foyer : DVD et matériel informatique finissaient de fondre. Juste avant de prendre ses jambes à son cou, le député Brosque y avait mis le feu à grand renfort d'alcool à brûler – une bouteille traînait devant l'âtre. Le regard de Storme fut alors attiré par un point brillant sous le tapis en jonc de mer où reposait la bouteille vide. Il glissa la main dessous pour en extraire un DVD.

– Toi, tu as échappé à la purification par le feu, on dirait, murmura le commandant de l'OCLIFF en fourrant le CD-Rom dans la poche de son blouson.

– Tu crois que ce sont des données fiscales ou quelque chose en relation avec l'enquête de Tracfin ? demanda le lieutenant Weber.

Storme se retourna vers la partie salon du vaste bureau. La télé écran large révélait une purée grise, et la platine DVD était encore allumée, le tiroir du lecteur en position ouverte.

– Peut-être…

Le regard de la jeune flic oscillait entre la télé et le brasier :

– Qu'est-ce qu'il y a là-dedans qui puisse pousser un honorable député parisien, ancien ministre et secrétaire d'État, président de l'association des Amis du Mexique, père de famille, grand-père honorable, à fuir comme un petit voyou devant des fonctionnaires de police ?

– Quelque chose de bien dégueulasse, lieutenant, j'en mettrais ma main au feu, grommela Storme en s'écartant de la cheminée.

2

Au quatrième étage du 3, rue de Lutèce, dans la salle de réunion, transformée pour l'occasion en salle de visionnage, un silence assourdissant régnait. Un silence seulement entrecoupé de cris de douleurs et de supplications, mais aussi de rires et de souffles de jouissance bestiale.

Face à la télévision connectée à un lecteur DVD, les membres du groupe Cabaret de la BRP, flics pourtant aguerris, rompus à la dégueulasserie humaine et ayant vu souvent ce qu'aucun citoyen lambda n'imaginait possible, observaient l'écran, l'estomac au bord des lèvres.

Le commandant Julien Shrapnel semblait impassible, son beau visage restait de marbre. Mais dans sa tête, des idées de justice pour le moins radicales et sommaires prenaient lentement forme.

À sa droite, Lor Feuerbach serrait les poings de colère. Une colère sans fond qui faisait éclater encore plus son incomparable beauté. Ses yeux verts luisaient comme s'il s'agissait d'opales. Des yeux d'une intelligence rare.

Debout à côté de son chef de groupe, Mathieu Le Deuff, une main sur la bouche, psalmodiait à voix basse des prières devant les images innommables. Comme à chaque fois qu'il assistait au spectacle de la barbarie humaine, le capitaine de la BRP tentait de se raccrocher à sa foi, à sa croyance en l'existence d'un dieu bon et à l'hypothèse d'un paradis après cette vie terrestre où l'on croisait des monstres capables de ça.

Ça, c'étaient un homme et une femme nus et masqués se défoulant sur des enfants. Quatre enfants, comme ceux de Le Deuff, d'ailleurs. Un peu plus âgés peut-être, mais à peine. Moins de quatorze ans assurément... Le plus jeune paraissait dix ans. Leurs bourreaux leur refusaient toute humanité, toute empathie, les avilissant, les souillant, les chosifiant comme des jouets sexuels.

L'homme s'en prenait violemment aux corps désormais inertes en riant derrière sa cagoule de latex. La femme elle, fouettait ses victimes en se masturbant. Elle les insultait parfois en espagnol, parfois en anglais mais avec un fort accent latino-américain.

La scène se déroulait dans un hangar au sol jonché de détritus. Des rats passaient en courant sur un tuyau de chaufferie sous le plafond. Les cris et les rires résonnaient sur les murs de ciment gris.

C'était donc ça l'enfer ? songea Mathieu Le Deuff en fermant les yeux.

Au fond de la salle de réunion de la BRP, le commandant Storme venait de vomir une deuxième fois dans une poubelle en plastique. Il était blême, presque cadavérique. Depuis qu'il avait visionné pour la première fois ce film déshumanisé, deux jours auparavant, il ne dormait plus, ne mangeait plus et dégueulait ses tripes toutes les quatre heures. Il avait interdit à son adjoint, le lieutenant Amira Weber, d'assister au visionnage du

DVD. Celle-ci avait insisté mais son chef s'était montré intraitable : au moins, Weber serait-elle épargnée. Elle attendait dans le couloir que le film fut terminé.

Mais le film n'était pas terminé. Les trois limiers de la BRP savaient que certaines profondeurs ne connaissaient pas de fin. Sur l'écran, la femme au fouet s'était saisie d'une feuille de boucher dont la lame scintillait sous la lumière crue des néons. L'homme hurlait de plaisir en accélérant ses mouvements de va-et-vient lorsque sa complice abattit la lame de son large couteau sur le cou de deux des enfants, leur tranchant l'artère carotide.

– Quelle saloperie ! cria Lor Feuerbach en bondissant presque de son siège.

Les phalanges de ses doigts étaient blanches, ses poings serrés. Ses cheveux blonds collaient à son front couvert de sueur.

Mathieu Le Deuff, lui, enfouit sa tête dans ses mains. Il psalmodiait à voix basse quelque prière inaudible.

Seul le chef du groupe resta immobile.

Pourtant, sous son crâne, une tempête s'était déchaînée. Mais il essayait de contenir ses terribles assauts pour rester en capacité de faire son boulot. Son putain de boulot ! Et en ces instants putrides, son travail était de tenter de repérer des signes sur les images, des éléments attestant que le film n'était qu'une mise en scène, une suite d'effets spéciaux réalisés par des petits génies de l'industrie pornographique. Des porcs, certes, des criminels aussi, mais pas des psychopathes assassins d'enfants. Déjà la tempête lui engourdissait les lobes frontaux, déjà sa bouche était sèche et sa respiration s'était accélérée. Car son instinct lui disait que tout ça était réalité.

Lorsqu'à l'écran, l'homme repoussa les cadavres et se saisit des deux dernières victimes, et que Shrapnel vit la femme faire pleuvoir une noria de coups sur les corps suppliciés, il bondit à son tour et éteignit l'écran.

Personne ne bougea, aucun mot ne fut prononcé. Il n'y avait rien à faire, rien à dire. L'enquête commençait. Feuerbach renifla et passa une main tremblante sur son visage :

– Il faut faire voir ça à Volochenko et à Dechartres, dit-elle.

Le commandant de la BRP resta une longue minute debout devant le poste de télévision. Son corps musclé tremblait peut-être un peu mais il semblait surtout tétanisé, dur comme un roc. Une lueur méchante luisait au fond de son regard, une lueur pas très service service…

– Ils vont payer pour ça, dit-il d'une voix d'outre-tombe.

3

L'hiver allait être rude.

Les vieux du coin parlaient de la possibilité d'un hiver comme celui de 1977 qui avait provoqué la plus grande tempête de neige de l'histoire de Buffalo. Ce froid mortel avait tué une centaine d'Américains. Les météorologues, eux, expliquaient qu'un vortex polaire était en passe de se positionner sur la région des grands lacs.

L'agent spécial Sam Torpe avait revêtu son épaisse parka siglée FBI. Au moins, sa tenue annonçait les motifs de sa venue dans la petite bourgade de Silver Creek, à une vingtaine de kilomètres au sud de Buffalo.

Depuis la veille au soir, les 2 700 habitants savaient tous que les flics locaux avaient découvert deux corps atrocement suppliciés sur la rive du lac Érié. Certains, occupés à déneiger devant leur maison ou à travers la vitrine du *Barone's*, le bar à l'entrée de la bourgade, jetaient des coups d'œil mauvais au passage du 4 × 4 Chevrolet Blazer sombre aux vitres fumées. Par ici, tout ce qui représentait l'État fédéral n'était pas forcément en odeur de sainteté.

Torpe conduisait nerveusement. Il avait conservé ses Ray-Ban aviator pour se protéger de la réverbération du pâle soleil sur la neige.

À sa droite, l'agent spécial Stacy Kennedy compulsait un épais dossier rempli de documents concernant l'affaire sur laquelle son collègue et elle enquêtaient depuis six mois. Une sordide affaire de réseau pédophile et de pornographie enfantine. Ils avaient fait le voyage depuis New York.

Le shérif de Silver Creek les avait contactés deux jours auparavant. Des habitants venaient de retrouver deux corps gelés près du lac : l'un d'eux correspondait à l'avis de recherche lancé par le FBI trois mois auparavant. Sarah Miller, 13 ans, disparue à la sortie de l'école.

– Et l'autre corps, on sait qui c'est ? fit Torpe sans détourner son regard de la route enneigée.

– Selon la photo transmise par les autorités locales, il pourrait s'agir de Renée La Case, 18 ans, prostituée résidant à Cleveland. Portée disparue depuis trois mois, également.

L'enquête du FBI avait remonté une piste depuis six mois.

Trois hommes résidant à Chicago, deux avocats et un industriel, s'étaient fait prendre en possession de fichiers pédophiles. Pas de quoi affoler les fédéraux. Pourtant, sur certains films visionnés par les fonctionnaires du *Violent Crimes Against Children Program*, ceux-ci avaient remarqué que des scènes se terminaient par la mort des participants. Rien ne pouvait être scientifiquement prouvé mais les spécialistes commençaient à penser que ces décès n'étaient pas simulés. Les trois amateurs de *snuff movies* – ce terme était désormais employé – avaient immédiatement balancé leur fournisseur en échange d'un traitement moins radical que celui qui les attendait si de telles atrocités avaient effectivement été commises. Mais le revendeur de films, également dealer de cocaïne et d'amphétamines, qui rayonnait de Chicago à Detroit et de Cleveland à Buffalo, avait été retrouvé égorgé quelques jours plus tard. On lui avait même coupé les oreilles et crevé les yeux ! Peut-être s'agissait-il d'un règlement de compte lié à la drogue. Peut-être s'agissait-il de le faire taire à jamais, à propos de la filière des *snuff movies*.

On avait donc refilé le cas à l'équipe de Sam Torpe.

Depuis lors, l'enquête piétinait. Le FBI ne pouvait que recenser les disparitions de jeunes, et parfois de très jeunes filles, des garçons aussi, qui commençaient à augmenter dans les banlieues sordides des grandes villes de la *Rust Belt*. Le sentiment d'impuissance qui tenaillait Torpe et Kennedy n'avait d'égal que le sentiment d'horreur qui les assaillait lorsqu'ils retrouvaient le cadavre violé et torturé des jeunes disparus.

Le Chevrolet tourna sur Central Avenue et s'engagea sur Jackson Street.

Une vieille femme emmitouflée dans un manteau de laine, chaussée de bottes en caoutchouc jaune ornées de fleurs rouges, traversa lentement la rue.

– Ça doit être la voiture du shérif Martin, dit Kennedy en désignant du doigt la Ford Crown Victoria, garée le long du trottoir.

Le véhicule du FBI s'arrêta à sa hauteur et un homme joufflu à moustache en guidon de vélo se redressa derrière le volant et leur fit signe de le suivre. La Ford démarra et, au bout de Jackson Street, emprunta une route vicinale qui menait sur les berges du lac Érié.

La chaussée était défoncée et les nids-de-poules s'accordaient mal avec la conduite nerveuse de Torpe. Au bout de cinq cents mètres prompts à éprouver violemment les amortisseurs du véhicule, l'immense étendue d'eau apparut. Des plaques de glace flottaient déjà sur les flots gris.

En contrebas d'une butte recouverte de neige dont le manteau poudreux immaculé, sous l'effet du vent, s'envolait parfois en des nuages floconneux, la voiture du shérif se gara. Torpe l'imita.

Les deux agents spéciaux rejoignirent le shérif Lee Martin, adossé à la portière de sa Ford.

– C'est là qu'on a retrouvé les corps, déclara-t-il.

Torpe et Kennedy observèrent l'espace entre la voiture et la butte : tout était blanc, immaculé là aussi.

– Beaucoup neigé depuis quarante-huit heures, n'est-ce pas ? fit Kennedy.

– *Yep*, acquiesça l'homme à la moustache en guidon de vélo.

– Vous avez trouvé des indices ? Un élément qui a attiré votre intention ? Même insignifiant…

– *Nope*, répondit l'autre.

Ils restèrent tous les trois silencieux quelques instants.

Les deux agents du FBI firent quelques pas sous la butte mais ils conclurent rapidement à l'absence d'une scène de crime exploitable : non seulement, il avait beaucoup neigé mais il semblait que les lieux avaient été piétinés par les témoins et les hommes du shérif.

– Bon, c'est pas tout ça mais du boulot m'attend ailleurs, interrompit le shérif en s'installant derrière son volant.

Il remit le contact.

– Si vous voulez d'autres renseignements, je serai à mon bureau sur Central Avenue, juste à l'embranchement d'Howard Street. En fin de journée, je pense.

– Il faudrait qu'on examine les corps, dit Torpe en fixant la neige à ses pieds.

– Pas de problème : ils sont à la morgue du Glenwood Cemetery, à la sortie sud de la ville, sur Old Man Road. Vous ne pouvez pas le manquer.

Il salua d'un index sur son front :

– Désolé, il faut que je vous quitte : on a un autre homicide. Silver Creek n'est pas habitué à autant de faits divers.

– Un autre homicide ? fit immédiatement Torpe en s'approchant de la Ford.

– Ouais, mais rien à voir avec votre affaire. Un petit malfrat bien connu de nos services s'est fait assassiner et je dois...

– Comment est-il mort ? coupa Kennedy.

– Ben, à en croire mon adjoint, il s'est fait trancher la gorge. Et puis, on lui a taillé les oreilles et crevé les mirettes, aussi.

Les deux agents spéciaux échangèrent un rapide regard.

– On vous suit, grogna Torpe en se dirigeant vers le Chevrolet.

– Vous me quoi ? fit l'autre, interdit. Mais ça n'a rien à voir avec votre affaire !

Le shérif coupa son moteur.

– Vous comprenez, reprit-il, une grimace triste lui déformant le visage, ici, la crise économique s'est fait durement ressentir. Les aciéries ont presque toutes fermé. Z'avez qu'à voir : on appelait la région la *Manufacturing Belt*, maintenant, c'est la *Rust Belt*. La rouille ! Vous comprenez ? Toutes les usines ont rouillé ! Alors forcément les gars d'ici, hé ben, ils n'ont plus de travail. Et forcément, ils font des bêtises.

Torpe et Kennedy regardaient le flic local. Pour rien au monde ils n'auraient voulu être à sa place. Le shérif Lee Martin haussa les épaules, comme pour s'excuser de la faiblesse de certains de ses concitoyens :

– Et de temps en temps, ça finit comme ça. Ce type qui s'est fait trancher la gorge, je vous dis qu'il était connu de mes services.

– Laissez-nous en juger par nous-mêmes, objecta Torpe avec un sourire un peu acide.

– Juger de quoi ?

– Du rapport entre ce meurtre et notre enquête, répondit Kennedy en s'éloignant.

Le shérif regarda un instant les deux fédéraux bouche bée. Il se lissa les moustaches et haussa à nouveau les épaules. Les habitants de Silver Creek n'allaient pas aimer ça : que le FBI enquête sur trois morts en même temps, dans leur bourgade, ça risquait même de déclencher une belle panique.

4

De l'autre côté de la Seine, en face du 36, quai des Orfèvres, au croisement de la rue des Grands-Augustins et de la rue du Pont-de-Lodi, non loin du très réputé *Relais Louis XIII*, le petit bougnat ne payait pas de mine. Mais comme le répétait à qui voulait l'entendre Firmin, le patron des lieux : « *Chez Alphonse, c'est dans la cuisine qu'on fait la cuisine, pas dans la vitrine !* » Cette assertion pour le moins pointée au coin du bon sens était amplement fondée. Les habitués venaient pour bien y manger et aussi pour le calme qui y régnait. La façade peu avenante décourageait les touristes qui visitaient le Quartier latin et l'Île de la Cité mais aussi les magistrats du quai de l'Horloge et du boulevard du Palais. Quand aux flics du 36, désormais ils allaient plutôt dans les restaurants branchés de la place Dauphine. Quelques collègues des autres groupes de la BRP venaient parfois y déjeuner mais tous savaient que c'était avant tout l'antre du groupe Cabaret, de Shrapnel et ses gars.

Et c'était tant mieux, car justement le groupe Cabaret n'aimait pas tant que ça frayer avec ses semblables. Depuis de nombreuses années, Shrapnel et ses hommes venaient donc prendre leurs repas chez Alphonse. Et parfois y tenir des débriefings jusqu'à tard dans la soirée.

Firmin leur réservait toujours la table du fond, dotée d'une vue imprenable sur toute la salle et idéalement située pour constater la fraîcheur exceptionnelle des produits cuisinés par Lotte, femme du patron et chef hors pair.

– Salut *Scud* ! lança Lotte lorsqu'elle vit le commandant des mœurs s'asseoir à sa table.

Il lui adressa un sourire un peu trop poli, beaucoup moins grivois que ceux qu'il réservait d'ordinaire à la plantureuse rouquine affairée derrière ses fourneaux.

– Hé ben, tu en tires une trogne de six pieds de long…

Le flic ne répondit pas. Lotte n'insista pas mais elle remarqua que la belle Lor Feuerbach et le prude Mathieu Le Deuff semblaient eux aussi éprouvés. Trop de boulot et trop de boulot sordide, songea-t-elle en faisant revenir une poêlée de girolles dans du vinaigre balsamique.

Une dizaine de personnes avaient pris place dans la salle du restaurant, un bruit de fond agréable émaillé de discussions tranquilles et de légers rires emplissait l'endroit.

– C'est la soupe à la grimace au Cabaret, on dirait, lança Firmin, jamais affecté par les états d'âme des flics.

Les policiers semblaient en effet avoir reçu leur compte. Mais le patron et la cuistot étaient bien loin d'imaginer ce qu'ils venaient d'endurer.

– Aujourd'hui, Lotte a mijoté un lapin à la moutarde avec sa julienne hivernale que vous allez m'en dire des nouvelles ! continua Firmin.

– Tu nous mettras aussi un pichet de Morgon, Firmin, répondit Shrapnel.

Il y eut quelques minutes de silence.

– Je ne pourrai rien avaler, dit Feuerbach en repoussant ses épais cheveux blonds en arrière.

– Moi non plus, murmura Le Deuff.

– Arrêtez vos miaulements ! ordonna doucement leur chef. On va se caler la pente et après on s'occupe de ces salopards. Mais on ne peut pas faire ça le ventre vide. Et puis Volochenko et Alice ne vont plus tarder.

Le Deuff leva des yeux étonnés vers son chef :

– Je ne vois pas le rapport entre l'arrivée imminente de nos chefs et mon manque d'appétit, désolé.

Shrapnel eut un sourire cynique.

– Va falloir les rassurer, Mathieu. Leur faire comprendre qu'on garde le contrôle, qu'on peut aller jusqu'au bout de cette affaire. Avec vos faces de craie, ça m'étonnerait qu'il ne soit pas tenté de refiler l'enquête à un autre groupe BRP.

Feuerbach saisit le pichet de vin rouge que Firmin venait de déposer sur leur table, s'en servit un verre et le but cul sec. Elle aussi afficha un sourire cynique.

– Ben voilà, dit Shrapnel avec un large sourire de théâtre. Tu as meilleure mine, tu donnerais presque envie.

– Quand tu veux, chef ! plaisanta la jeune femme.

Shrapnel hocha la tête comme si Feuerbach lui avait juste demandé l'heure. C'était incompréhensible : Feuerbach savait qu'avec sa plastique et sa présence, elle pouvait s'envoyer n'importe qui, homme et femme, en un claquement de doigt. Une seule personne semblait ne rien ressentir à son égard : Julien « Scud » Shrapnel ! Depuis son arrivée au groupe Cabaret, elle n'en revenait pas, cette froideur défiait toutes ses certitudes.

Firmin saisit les trois assiettes que sa femme avait déposées sur le passe-plat et les fit glisser sur la table des flics.

– Trois lapins moutarde qui remonteraient le moral à un troupeau de bovins avant l'abattoir, parole ! hurla le patron, son ventre trop rebondi en avant.

Quelques rires montèrent des tables qui jouxtaient le comptoir. L'humour à froid du patron de *Chez Alphonse* était aussi légendaire que la qualité des plats de Lotte.

Les trois flics mangèrent en silence. Évidemment, c'était bon mais pour autant, ça manquait de saveur. Rien à voir avec le talent de Lotte : des images dégueulasses collaient aux rétines des as de la BRP.

Même Le Deuff se servit un verre de Morgon. Il n'était pourtant pas dans ses habitudes de picoler, particulièrement en journée. Mais pour une fois, il espérait que le beaujolais de Firmin aurait les vertus thérapeutiques qu'on lui prêtait. On ne risquait rien à essayer.

Et puis, finalement, le lapin moutarde et le vin firent leur effet. Les traits des visages se détendirent, quelques phrases sur des sujets banals furent même échangées.

– Les voilà un peu plus détendus, mes petits poulets, remarqua Firmin en gloussant.

Puis, glissant la tête par le passe-plat de la cuisine :

– Lotte, fais péter trois autres lapins, y'a des nécessiteux par ici !

– Arrête les frais, patron, dit Shrapnel. Mets-nous plutôt des caouas bien serrés !

Firmin eut un grand sourire : chez Alphonse, le client devait être heureux et rassasié, sinon à quoi bon faire ce métier ? songeait-il en repassant derrière son comptoir.

À cet instant précis, trois individus franchirent le pas de la porte.

Deux hommes, un tout petit – Firmin reconnut le commissaire principal Vlad Volochenko, chef administratif de la BRP – et un grand gaillard à la coupe réglementaire. Une femme suivait, elle avait la soixantaine, extrêmement classe dans son manteau gris de cachemire. C'était la commissaire principale Alice Dechartres, l'autre chef de la BRP. En charge de la logistique, elle supervisait les enquêtes des différents groupes des mœurs.

– Bonjour Firmin, dit-elle en passant devant le zinc. Ça sent extrêmement bon chez vous !

– Lapin moutarde, julienne de légumes, expliqua le patron. Ça vous tente, commissaire ?

– Une autre fois, merci : on a du travail.

Et les trois arrivants se dirigèrent vers la table du groupe Cabaret.

– Laissez-moi vous présenter le colonel Oliver Sacco, attaché à l'ambassade des États-Unis, nota le commissaire Volochenko.

Volochenko avait toujours l'air méfiant de celui qui s'adressait à des gens dont les capacités intellectuelles n'étaient pas les siennes. Il ne pouvait se départir de la sensation que le groupe Cabaret, et particulièrement le commandant Shrapnel, n'avaient pas leur place dans la nouvelle police dont il était le zélateur. Bien sûr, le groupe avait d'excellents résultats. Bien sûr, le lieutenant Lor Feuerbach était une pointure en informatique et multimédia. Bien sûr, Mathieu le Deuff avait lui aussi suivi des études prestigieuses. Mais leur chef, le commandant Julien Shrapnel n'était pas de la trempe des nouveaux flics que le ministère appelait désormais de ses vœux. Si son binôme à la tête de la BRP n'avait pas défendu Shrapnel bec et ongles à plusieurs reprises, Volochenko l'aurait bien fait muter en Province et immédiatement dissous le groupe. Mais la commissaire principale Alice Dechartres semblait éprouver une empathie toute maternelle à l'égard de cet électron libre de Shrapnel. Quelque chose de sexuel, sans aucun doute, comme toutes les femmes qui l'approchaient semblait-il. Volochenko devait donc attendre son heure. Mais celle-ci viendrait, il en était certain.

– Suite à votre communication concernant le film transmis par les fonctionnaires de l'OCLIFF, nous avons contacté nos collègues américains, reprit-il.

– Car les quelques mots prononcés dans le film l'étaient en espagnol, sans aucun doute mexicain, précisa le commissaire Dechartres. L'anglais, lui, avait un fort accent espagnol, également. Sauf que nos experts ont relevé des locutions texanes.

Volochenko lança un regard peu amène à Shrapnel :

– D'où la présence du colonel Sacco dont l'une des missions est de servir de relais entre nos homologues américains et les services de police et gendarmerie français.

Shrapnel montra les trois chaises d'une geste ample de la main. Les deux commissaires et le colonel prirent place autour de la table. Le colonel repoussa d'un doigt le pichet de vin presque vide, avec un petit sourire un peu méprisant.

– Pourquoi, à votre place, colonel, n'y a-t-il pas un de nos homologues mexicains ? lança tout de go Shrapnel.

– Disons que les forces de l'ordre mexicaines ne sont pas forcément exemptes de doutes quant à leur incorruptibilité, répondit Volochenko.

– Et nous travaillons en étroite relation avec les autorités mexicaines, dit l'Américain avec un accent du Middle-West à couper au couteau.

– Et elles sont exemptes de doute quant à leur incorruptibilité ? continua Shrapnel.

– Bien vu, commandant, reconnut l'Américain. Mais surtout, les vidéos, le trafic commercial *stricto sensu*, démarre aux États-Unis. C'est donc le FBI qui a compétence.

Il considéra le Français avec un petit sourire en coin, au mépris à peine dissimulé.

– Veuillez nous expliquez ce qui nous relie, fit Dechartres, conciliante.

– Voilà, commença Sacco. Depuis six mois, le FBI est sur la piste d'un réseau pédophile et pornographie. *Snuff movies*, vous comprenez ?

Shrapnel lui rendit son sourire méprisant :

– On vient d'en regarder un, pas plus tard qu'hier ! On est fans.

– Commandant, s'il vous plaît ! intervint Volochenko, l'œil noir.

– Justement, ce film, nos gars du FBI l'ont vu passer, continua l'Américain sans sourciller. Il y a deux mois déjà. Pour tout vous dire, la piste que nous suivons est jonchée de cadavres. Des *kids*, la plupart du temps. Il y a quelques jours, on a retrouvé deux corps près de Buffalo. Dont celui d'une gamine qui apparaissait dans un de ces films.

– Le film que nous avons vu ? interrogea Lor Feuerbach.

– Non, un autre. Les autorités de mon pays ont actuellement en leur possession huit *snuff movies* que les experts du FBI ont authentifiés. Dans lesquels les viols et les meurtres sont une réalité. Jusqu'à présent, on croyait que le *snuff* était une légende, un truc que se racontaient les pervers pour se procurer des sensations… Mais ces films sont des vrais *snuff*.

– Celui que nous avons vu fait partie de ceux-là ? demanda Mathieu Le Deuff.

Sacco garda un instant le silence puis hocha la tête :

– Oui, inspecteur.

Le Deuff le toisa :

– Je suis capitaine, colonel. Il n'y a plus d'inspecteur dans la police française depuis la réforme de 1995.

Il se versa un fond de vin et avala son verre d'un trait.

Les flics autour de la table l'observèrent un instant : le capitaine Le Deuff était manifestement bouleversé par la réponse de l'Américain. Et par tout ce qu'il avait enduré devant l'écran quelques heures auparavant.

– Commandant, dit alors le commissaire Dechartres à Shrapnel, l'enquête du FBI conduit jusqu'en France.

– Selon nos agents aux *States*, expliqua Sacco, soit le réseau a quitté le territoire américain et continue son travail en Europe, soit il a essaimé en France, en Italie et en Suisse. Nous ne sommes sûrs de rien.

– Nous allons mettre en place une coopération entre la BRP et le FBI, continua Dechartres. Vous et le lieutenant Feuerbach allez aux États-Unis pour étudier sur place l'enquête de nos homologues américains…

– Nous étions convenus que c'étaient le commandant Shrapnel et le capitaine Le Deuff qui partaient aux États-Unis, Alice, interrompit le commissaire Volochenko.

– C'est moi la responsable logistique de la BRP : je décide qui fait quoi, je vous le rappelle, Vladimir.

Volochenko fit un violent effort pour ravaler sa contrariété. Mais c'était l'un de ses atouts professionnels que de savoir masquer ses sentiments. Un atout qui à n'en pas douter lui servirait plus tard à se construire une carrière politique.

Les trois membres du groupe Cabaret échangèrent un regard entendu.

– Je peux y aller, madame, tenta Le Deuff, comprenant que son supérieur le mettait, d'une certaine manière, sur la touche.

Shrapnel saisit d'une main ferme l'avant-bras de son collègue :

– Je préférerais que tu restes ici pour nous servir de relais, Mathieu, dit-il d'une voix qui ne laissait pas d'alternative.

– Je vais bien, Julien. Je suis ton second en titre, je peux t'accompagner.

Shrapnel resserra la pression sur l'avant-bras. Le Deuff se tut.

– Vous travaillerez ici avec le colonel Sacco, capitaine, reprit Dechartres.

– Il faut bien que quelqu'un *garde la maison*, dit Shrapnel, un sourire en coin.

– Le commandant et le lieutenant ne seront d'ailleurs absents qu'une semaine, dix jours au maximum. Pendant ce temps, vous commencerez les investigations en France.

Le Deuff acquiesça d'un mouvement de tête – il n'avait pas d'autre choix et d'ailleurs, les voyages en avion, ça n'était pas son truc.

5

Le club des plus de 10 000 était un club très sélect. Et très fermé aussi. Sans aucun statut, sans aucune adresse, complètement informel mais bien connu des grands voyageurs et des batifoleurs impénitents, il rassemblait ceux qui avaient fait l'amour à plus de 10 000 mètres d'altitude.

Julien *Scud* Shrapnel aurait pu être président d'honneur de cette docte assemblée ! À chaque fois qu'il prenait l'avion, il se faisait un devoir de tout mettre en œuvre pour convaincre une personne du beau sexe de l'accompagner dans les toilettes. Son petit jeu commençait dès l'embarquement, ils lançaient des clins d'œil à tout va, en direction des passagères mais aussi des hôtesses évidemment. Le flic de la BRP savait y faire : sa belle gueule et son allure athlétique, l'air intelligent et un peu cynique que l'on lisait dans son regard convainquaient facilement quelque jeune femme de s'encanailler. C'était finalement pour elle une agréable et excitante manière de faire passer le temps lors des interminables voyages aériens.

Cette nuit-là, au dessus de l'Atlantique, le Scud se glissa dans les toilettes du pont supérieur de l'airbus A380 d'Air France. Une jeune femme le rejoignit discrètement. Il s'agissait de Tanya Saint-Marc, candidate d'une émission de téléréalité et chanteuse occasionnelle d'un titre de R&B nullissime qui cartonnait dans les *charts* français. Shrapnel l'avait repérée dans l'une des allées qui traversaient la classe business. Il n'avait eu qu'à lui planter son regard de fauve en chasse au fond des yeux pour savoir que sa proie était levée.

Plus tard, alors que les passagers étaient plongés dans une nuit bleutée par les douces lampes LED disposées aux plafonds, il se leva de son siège.

– Tu vas où ? fit Lor Feuerbach.

Shrapnel la dévisagea. Parfois, il se demandait si la jeune flic ne lui jouait pas le jeu ambigu de la jalousie non assumée.

– Faire pleurer le colosse !

– Comme c'est délicat, reconnut la jeune femme en rajustant le bandeau sur ses yeux.

Il traversa à nouveau la classe business et, cette fois frôla de sa cuisse l'épaule de la starlette. Celle-ci se leva à sa suite.

Tapi dans une cabine de toilette exiguë, Shrapnel attendit quelques minutes. Puis un très léger bruit sur la porte se fit entendre. Quelques secondes plus tard, Tanya Saint-Marc le rejoignait :

– Bonjour, bel inconnu, minauda-t-elle.

Elle passa sa main sur l'entrejambe du « bel inconnu ».

– Je peux savoir qui vous êtes ? fit-elle, les lèvres humides.

– J'ai un château en Autriche et je suis dans les affaires, susurra-t-il en imitant à la perfection Malko Linge s'adressant à la ravissante Lisa Park dans *Le Vol 007 ne répond plus*.

L'instant d'après, Tanya Saint-Marc, à genoux devant lui, déboutonnait fébrilement son pantalon.

Lorsqu'elle vit ce qu'elle vit, elle eut un large sourire :

– Je ne connaissais pas ce service sur cette compagnie aérienne mais je dois reconnaître qu'il en impose !

Puis elle prit dans sa bouche l'imposant service et, évidemment excitée par la situation, planta ses ongles dans le fessier musclé de son partenaire. Celui-ci dut reconnaître l'exceptionnel savoir-faire de la jeune femme en se mordant les lèvres pour éviter d'ameuter tous les passagers et l'équipage. Tanya Saint-Marc se releva, fit glisser la légère robe qui moulait son corps parfait – un peu trop parfait si on n'est pas amateur de chirurgie esthétique, songea le flic. Elle ne portait pas de culotte. Ses seins tendus de désir et sa peau artificiellement bronzée auraient fait perdre la tête à la moitié de l'humanité composée par les hommes et auraient tenté l'autre moitié.

La jeune *it girl* se retourna et s'accouda sur les toilettes. Elle offrit une croupe incendiaire à Shrapnel qui ne tergiversa pas longtemps et s'enfonça lentement jusqu'aux profondeurs les plus intimes de sa partenaire. Malgré une main posée devant sa bouche, elle ne put réprimer un cri de plaisir intense. Shrapnel la pénétra jusqu'à la garde et elle commença à tambouriner de son poing sur la cloison des toilettes.

– Putain de ta mère ! lâcha-t-elle dans une envolée lyrique et poétique.

Shrapnel lui saisit le poignet pour éviter que le personnel navigant vienne à la rescousse et il continua ses puissants mouvements de reins.

Au bout de deux minutes, la jeune femme tenta de saisir le torse de l'homme :

– L'orgasme de dingue que je vais me…

Ses jambes cédèrent sous elle.

Shrapnel la retint d'une main sûre, placée sous son ventre et continua de plus belle à lui faire l'amour. Les cheveux noirs et bouclés de la jeune femme devenaient luisants sous la sueur qui commençait à couler sur son front et sa nuque. Sa main s'agitait dans les airs, quêtant la peau de cet homme qui lui procurait des sensations rares. Voire inédites…

Le flic retourna Tanya Saint-Marc qui enroula ses jambes autour de son corps. Il stimula d'une caresse parfaite le clitoris et pénétra à nouveau le sexe humide alors que la jeune femme manquait d'air, les yeux presque révulsés.

– On ne m'a pas prise comme ça depuis le lycée ! confia-t-elle entre deux hoquets orgasmiques.

Shrapnel se marra comme un garnement et renforça la cadence, bien certain que la starlette n'avait jamais dépassé la classe de troisième.

Au quatrième orgasme de sa compagne, il jouit en retenant ses ahanements. Quelqu'un força sur la poignée de la porte.

– C'est occupé, grogna-t-il, complètement groggy.

– Et vu la taille de l'occupant, il n'y a pas de place pour deux, murmura Tanya Saint-Marc, qui maniait la vulgarité avec une certaine poésie, dut reconnaître Shrapnel.

Il leur fallut quelques minutes pour retrouver leur souffle.

– 20 sur 20, rien à dire, nota la jeune femme en se recoiffant dans la petite glace teintée.

Lorsqu'ils sortirent des toilettes, deux hôtesses attendaient dans le couloir. Leur regard brillait, un mélange de colère et peut-être d'excitation, crut déceler Shrapnel en leur envoyant un sourire.

– Veuillez regagner votre siège, monsieur ! ordonna la plus âgée, d'un air sévère.

La starlette, tenant ses talons aiguilles Louboutin à la main, passa devant lui et se dirigea vers la business class, tranquillement. Elle arborait un port de tête fier et ostentatoire. Elle espérait bien que certains passagers répercuteraient sur les réseaux sociaux l'événement dont ils avaient été témoins. Une telle publicité serait bonne pour sa réputation sulfureuse ! Et sa carrière.

Ainsi, un homme, assis à côté de sa femme, leva la tête de son fauteuil et adressa un clin d'œil complice au flic. Julien se foutait d'une publicité sur les réseaux sociaux et l'ignora superbement : les membres du club des 10 000 ne frayent pas avec les vulgaires passagers, railla-t-il *in petto*.

– Il y a des gens qui aimeraient dormir, lui balança le lieutenant Feuerbach lorsqu'il regagna son siège.

– Plaît-il ? fit Shrapnel en relevant le col de sa chemise.

Feuerbach tourna lentement la tête vers son supérieur, passa un œil sous son bandeau de sommeil, son nez se plissa à plusieurs reprises et elle grimaça, comme écœurée.

– Plaît-il ? répéta Shrapnel.

– Parfum vulgaire… comme sa propriétaire, à n'en pas douter !

Comme elle se retournait vers son voisin de gauche, le bandeau sur les yeux, Shrapnel émit un petit borborygme et sortit l'ordinateur portable de sa sacoche. Il brancha la clé USB que le colonel Sacco lui avait remise juste avant le départ, à l'aéroport. Elle contenait les dernières avancées de l'enquête du FBI. Enfin, le commandant de la BRP savait qu'elle contenait seulement les dernières avancées de l'enquête que le FBI *avait bien voulu* communiquer à ses homologues de la police française. En matière de coopération judiciaire entre pays étrangers, on ne dévoilait jamais tout à fait ses cartes.

Mais les pistes suivies par le FBI (Shrapnel nota les noms des agents spéciaux en charge de l'enquête : Sam Torpe, Stacy Kennedy et José Valbuena) semblaient en effet disparaître quelque part dans la *Rust Belt*, comme avalées par un brouillard épais. Une dizaine de cadavres avait été découverts, la plupart du temps ceux de très, très jeunes adolescents, voire des enfants. Les suspects, eux, avaient été retrouvés la gorge tranchée, les oreilles coupées, les yeux crevés. Et puis le réseau pisté par le FBI s'était comme endormi depuis deux mois. Jusqu'à la réapparition du film visionné par les membres du groupe cabaret de la BRP. En France, donc.

Au final, l'enquête du *Federal Bureau of Investigation* n'avait rien donné. Rien de rien. Ça n'étonnait pas trop le commandant de la BRP qui se méfiait des grosses agences gouvernementales dotées de moyens soi-disant scientifiques d'investigation, et des nouveaux flics, froids, cliniques et dépourvus de sensations, comme les appelait de ses vœux le commissaire principal Volochenko. Shrapnel, lui, savait que le flair et l'instinct étaient encore nécessaires aux polices du monde entier.

Il retira la clé USB et referma l'ordinateur portable. Une agréable torpeur l'envahit. Il se laissa glisser dans un sommeil bercé par l'infime ronronnement des moteurs de l'A380.

6

L'avion ne s'était pas encore arrêté devant le terminus qu'un steward remontait déjà le couloir entre les sièges du deuxième niveau. Il se baissa vers Shrapnel :

– Commandant, ces messieurs du FBI vous attendent à la sortie, dit-il avec un étrange accent slave. Vous êtes prioritaires pour la descente.

Shrapnel acquiesça d'un petit signe de tête :

– Merci, commandant.

L'autre ouvrit une bouche à gober la lune.

– Mais je ne suis pas le commandant, je suis le chef de cabine et…

Lor Feuerbach pouffa de rire.

Le steward rougit, puis après s'être raclé la gorge, recula dans la travée.

– Si vous voulez bien me suivre, reprit-il d'une voix glaciale.

Les deux flics se levèrent, récupérèrent leur bagage à main et suivirent le jeune homme en uniforme bleu nuit.

Au passage du flic, quelques passagers, hommes mais également femmes, lui lancèrent des regards de biais : décidément, non content de batifoler avec la brunette siliconée de la télé, le type était en plus accompagné d'une femme à la beauté sublime et à la plastique exceptionnelle.

– Ben, faut croire qu'y en a qui ne s'en font pas, murmura un touriste bedonnant en arborant un sourire grivois.

– Oh ! Raymond, veux-tu bien te taire, s'il te plaît, le rabroua sa femme.

Shrapnel et Feuerbach s'engagèrent dans le long couloir suspendu qui reliait la porte avant de l'avion à la passerelle d'embarquement.

Au bout du couloir, un homme de type sud-américain, habillé d'un costume noir et d'une chemise blanche, cravate et Ray-Ban sombres, leur fit signe de la main. Un vrai cliché ambulant, songea Shrapnel en rendant son salut au *G man*.

– Je suis l'agent spécial José Valbuena du *Federal Bureau of Investigation*, informa-t-il en serrant d'une poigne de fer les mains des deux flics français.

– Commandant Julien Shrapnel, brigade de répression du proxénétisme, police nationale, répondit le Français. Et cette belle plante est le lieutenant Lor Feuerbach, mon adjoint. Ne vous y fiez pas : c'est une tueuse ! Quel est le programme, agent spécial Valbuena ?

L'Américain toisa quelques secondes son homologue français. Son ton légèrement ironique ne présageait rien de bon. Mais il décida de ne pas en tenir compte. Il s'adressa ostensiblement à la belle femme blonde :

– Mes collègues nous attendent dans les bureaux du FBI. Nous vous ferons un topo de l'enquête en cours.

– Eh bien, *let's go* ! sourit Shrapnel en prenant par le bras Feuerbach.

L'agent Valbuena le fusilla du regard : ces Français se croyaient vraiment partout chez eux.

– Tu fais quoi, commandant ? murmura Feuerbach comme ils traversaient l'immense hall d'embarquement de l'aéroport Kennedy.

– Tu le voies bien : je joue les Français arrogants. Pas mal, hein ?

– Tu n'as pas trop à te forcer, on dirait. Mais pourquoi ce rôle de composition ?

– Je n'ai pas envie de faire ami-ami avec les mecs du FBI. Qu'ils me prennent pour un crétin de *Frenchy* me paraît la meilleure façon d'y voir clair.

– Tu vas encore entendre parler de Volochenko, commandant. Il est certain que le FBI va lui transmettre un rapport aux petits oignons sur l'arrogance de la police française.

– Peut-être mais d'ici là, le FBI ne nous fera pas le numéro du « meilleur service de police au monde » !

Valbuena, qui les précédait de quelques mètres, montra d'un geste de la main un impressionnant Chevrolet Blazer gris anthracite aux vitres fumées, stationné devant l'une des portes automatiques.

– Même leur bagnole prouve leur soi-disant supériorité technique… grogna Shrapnel à voix basse.

Federal Plaza était recouverte d'une fine pellicule de neige. Le froid mordant augurait d'un séjour glacé au pays de l'Oncle Sam, songea Shrapnel.

Toujours précédés de l'agent spécial Valbuena, muet durant tout le trajet qui les avait menés de JFK Airport au sud de Manhattan, le commandant Shrapnel et le lieutenant Feuerbach pénétrèrent dans un gratte-ciel.

L'ascenseur les mena jusqu'au 23e étage, l'antre du FBI à New York.

– Ah oui, j'oubliais... dit Valbuena en sortant deux badges de sa poche.

Deux badges sur lesquels étaient inscrits les noms des deux flics français.

Shrapnel éclata de rire : sur le sien était marqué « *Sergent* » ; sur celui de sa collègue « *Lieutenant* ».

– Hé ! Ho ! Je suis commandant. Pas sergent...

Valbuena n'esquissa même pas un sourire :

– Sauf qu'au FBI, commandant est l'un des plus hauts grades. Nous ne voulions pas qu'il y ait confusion.

– Alors, vous m'avez refilé un grade de sous-officier français, c'est ça ?

L'autre le toisait d'un regard noir, il n'avait pas goûté l'attitude du Français à l'aéroport. Et il semblait avoir la rancune tenace.

– Vous auriez dû me filer le grade de sergent de ville ! Ou même de garde-champêtre, tant que vous y étiez.

Feuerbach lui lança un regard amusé mais elle ne semblait pas mécontente de se retrouver un peu plus haut que son chef dans l'échelon américain.

La porte de l'ascenseur s'ouvrit et ils s'avancèrent dans l'immense *open space*. Les bureaux étaient vides. Quelques dizaines de personnes semblaient absorbées par la contemplation d'un écran de télévision suspendu au plafond, au fond de la grande pièce.

Un homme, très grand, le regard sévère, se retourna vers eux :

– *Hello* ! fit-il sans un sourire.

Il tendit une main immense, une véritable paluche de géant, à Shrapnel :

– Agent spécial Sam Torpe, dit-il.

Thorpe lui présenta une femme qui s'approchait à son tour :

– Agent spécial Kennedy.

Les salutations faites, ils levèrent à nouveau les yeux vers l'écran LD. Sur l'autoroute, une course-poursuite était engagée entre des voitures de police et une camionnette blanche à plateau arrière. Un bandeau au bas de l'écran indiquait « *Breaking news : Cleveland Car Chase* ». Une chasse à l'homme en direct !

– Les résultats de la finale du *Super Bowl* ? crut bon de plaisanter Shrapnel, en louchant discrètement sur le corps musclé de l'agent Kennedy.

– Pas vraiment, commandant, répondit Torpe sans détourner le regard des images de CNN. Le type dans le pick-up est un suspect dans notre enquête. Nos collègues de Cleveland l'ont pris en chasse. Un simple contrôle routier. Le hasard...

Et puis tout s'accéléra à l'écran : le conducteur de la camionnette percuta une voiture et son véhicule, après une violente embardée, s'immobilisa sur le terre-plein central. Il fut immédiatement cerné par les flics locaux, flingues au poing. La confusion était à son comble.

– Non ! Non ! Non ! grogna l'agent Torpe en serrant les poings.

Kennedy et Valbuena se tendirent eux aussi comme si leurs muscles allaient lâcher.

– *Don't shoot* ! murmura Valbuena.

L'homme sortit du pick-up accidenté en brandissant un revolver, ou un pistolet. Trois coups de feu claquèrent : les flics venaient de tirer. Le type s'écroula comme un pantin désarticulé.

– *L'Inspecteur Harry ne renonce jamais*, glissa Shrapnel à l'oreille de Feuerbach.

Elle émit une grimace pour lui signifier que ses plaisanteries devenaient déplacées. Elle commençait à craindre que la stratégie de Shrapnel ne leur attire plus d'ennuis que d'avantages.

À la télé, les flics bondirent sur l'homme à terre qui venait d'être touché à trois reprises. Le reporter, qui suivait en direct l'arrestation depuis un hélicoptère surplombant la scène, hurla dans son micro que l'homme était vivant. En effet, les jambes du suspect bougeaient, attestant que la vie ne l'avait pas entièrement quitté. Pas encore. Aussitôt un bandeau rouge annonça : « *The suspect is hurt* ».

– Ok ! fit l'agent Torpe. On file à Cleveland avant que le suspect ne claque. Il faut l'interroger au plus vite !

Il s'arrêta dans son élan et pencha la tête de côté comme si cette étrange position favorisait sa réflexion.

– Vous, vous nous accompagnez ! lança-t-il aux deux Français.

– Encore heureux... grommela Shrapnel entre ses dents.

L'agent Kennedy rangea un ordinateur portable et des dossiers dans une mallette, Valbuena l'imita.

Les trois agents du FBI et les deux officiers de la BRP foncèrent alors vers l'ascenseur. Mais au lieu de descendre, ils montèrent jusqu'au dernier étage. Ils gravirent un escalier en acier qui menait sur le toit de l'immeuble de Federal Plaza. Le froid polaire les cueillit lorsque la porte s'ouvrit : les pales d'un hélicoptère Bell 430 noir faisaient tournoyer des volutes de neige.

– Baissez la tête ! cria Torpe en direction de ses homologues européens. Vous n'êtes sans doute pas habitué à ce genre d'appareil dans la police parisienne…

– Chez vous, on coupe les têtes aux gens mais ici, ce n'est pas dans nos habitudes, lança Kennedy en riant.

Valbuena eut un hoquet de mépris à l'égard des flics français.

Shrapnel et Feuerbach en furent estomaqués : les hostilités étaient donc ouvertes, songea Shrapnel.

Ils s'engouffrèrent dans l'habitacle.

– *Go* ! ordonna Torpe au pilote lorsqu'il eut attaché sa ceinture.

Et l'hélicoptère s'éleva au-dessus de New York.

7

L'homme, plutôt beau, bien qu'un peu empâté, fixait la télévision.

Une minuscule diode rouge sur le haut d'une caméra HD posée sur un trépied indiquait que la batterie était chargée. L'écran de la télé demeurait l'unique source de lumière dans l'obscurité presque totale de la pièce.

L'homme était nu, assis dans le fauteuil imitation Voltaire d'une chaîne de magasins d'ameublement suédoise. L'une de ses mains agrippa les cheveux de la jeune fille, nue elle aussi, à genoux devant lui. L'autre main triturait un petit pendentif qui représentait un homme aux cheveux très noirs, portant moustache sur le visage et foulard autour du cou. Mains posées à terre, la fille devait se livrer à un va-et-vient sur le sexe de l'homme enfoncé dans sa bouche.

Un silence juste entrecoupé de ses hoquets régnait dans le noir.

Un peu plus loin, on entendait tout de même le souffle d'une autre personne : un très jeune garçon menotté à un radiateur en fonte. Lui et la jeune fille venaient d'être les acteurs d'un film pornographique amateur. Le jeune garçon avait dû s'y soumettre après avoir été enlevé et drogué quelques heures auparavant ; la jeune fille, dans un premier temps, avait accepté d'y participer moyennant 150 euros. Le prix de quelques jours de liberté pour une gamine de seize ans, en fugue depuis six mois. Elle déchanta bien vite.

Après lui avoir fait tout ce que les admirateurs de pornographie pédophile attendaient d'un tel spectacle, l'homme avait attaché le gamin au radiateur. Devant les images d'une chaîne américaine d'info en continu, il ordonna alors à la jeune fille de lui prodiguer une fellation. Bien qu'effrayée par la vigueur quasi animale de son « employeur », elle ne put refuser.

Les images tournaient en boucle sur une scène filmée depuis un hélicoptère : des voitures de police américaines garées autour d'un pick-up blanc sur une autoroute, semblait-il en banlieue de Cleveland. En tournant un peu la tête, la jeune fille put lire, sur le bandeau en bas de l'écran, quelque chose comme « *Sexual Exploitation of Children* » et « *Car Chase on Interstate 71* ».

À l'écran, le conducteur du pick-up sortit de son véhicule et se fit abattre par les forces de l'ordre.

– Oh ! *Mierda* ! hurla l'homme en sursautant.

La jeune fille se dégagea mais il l'attira à nouveau vers son sexe et cette fois, imprimait des mouvements encore plus violents contre sa tête.

– Vas-y, *putana* ! grogna-t-il en continuant de fixer l'écran.

Soudain, une porte s'ouvrit et une femme blonde, grande, vêtue d'un ensemble jupe tailleur élégant, pénétra dans la pièce. Elle referma la porte et tout redevint obscur.

– C'est Javier Peña, fit l'homme en montrant la télé.

– Je sais : il est à l'hôpital, répondit la femme. Avec le FBI.

– *Mierda* ! *Mierda* !

– On s'en fiche. Nous maintenant, on s'en fiche. L'Amérique, c'est de l'histoire ancienne pour nous...

Et elle fourra une langue lascive dans la bouche de son amant.

Puis, elle plaqua une main ferme contre la tête de la jeune fille pour relancer le mouvement. Il ne fallut que quelques secondes pour que l'homme jouisse dans un affreux borborygme.

La femme au tailleur disparut alors dans l'obscurité puis une lumière crue éclaira la pièce : une chambre seulement meublée d'un large lit, d'une télévision, du fauteuil imitation Voltaire et d'un radiateur en fonte auquel était menotté un adolescent de treize ou quatorze ans.

– *Vamos a bailar*, sourit la femme au tailleur impeccable en déclenchant la caméra orientée vers le lit.

L'homme se leva, détacha l'adolescent et le poussa sur le lit. D'un signe, il ordonna à la jeune fille de le rejoindre :

– Baise-le ! lança-t-il en montrant un godemiché par terre.

Des larmes firent couler le rimmel bon marché de la jeune fille, au point de recouvrir son visage d'un masque gothique. Elle tremblait, consciente de ne jamais quitter cet endroit sordide. Pas vivante en tout cas. Mais elle se sentait incapable d'esquisser la moindre tentative de fuite.

L'adolescent, couché sur le ventre, sanglotait.

– Baise-le ! ordonna l'homme, hors de lui.

La jeune fille saisit le godemiché et s'exécuta.

Une ou deux minutes seulement.

Car derrière elle, la femme fit glisser sa jupe et son tailleur. Désormais seulement vêtue d'un cardigan de soie grise à manches longues, elle se caressa quelques secondes l'entrejambe, un peu mécaniquement, comme si cela faisait partie du scénario du film. Dans sa main droite, elle tenait une feuille de boucher.

Les yeux écarquillés, l'homme sourit d'un air fasciné. Une bête sauvage, songea la jeune fille en pénétrant l'adolescent.

Et puis, la femme lui abattit son hachoir sur la nuque. Un coup d'une violence extrême brisa net les cervicales de la jeune fille. Celle-ci, morte, s'écroula sur l'adolescent. Le gamin se mit à hurler, tenta de se retourner mais le sang l'aveuglait déjà.

Il poussa un cri d'effroi terrible, organique, plus profond que le plus profond désespoir. La femme frappait avec son arme, peut-être au hasard. Elle s'acharnait comme si elle supprimait un ennemi mortel.

D'une certaine manière, c'était ce qu'elle faisait : elle tuait l'insouciance, la jeunesse et la beauté.

Son bras retomba enfin le long de sa hanche, elle reprenait lentement son souffle.

L'homme se leva, éteignit la caméra :

– Ces Français sont d'excellents acteurs, déclara-t-il dans un large sourire, avec un accent mexicain.

8

Au travers de la vaste baie vitrée de la salle d'attente des urgences chirurgicales du Fairview Hospital, Julien Shrapnel et Lor Feuerbach admiraient la Rocky River prise par la glace.

– Aux infos, ils parlent de vortex polaire, dit le lieutenant en haussant les épaules. On va se croire à Cannes quand on va retrouver Paris après Cleveland...

Le commandant de la BRP hocha silencieusement la tête. Il se demandait si sa présence dans ce vortex polaire était vraiment nécessaire. Quelque chose lui disait que c'était en France que son enquête avait des possibilités d'avancer. Ici, il avait l'impression de faire de la politique.

– Cette collaboration *in situ* entretiendra la bonne entente entre les services de police américains et français, avait dit le commissaire principal Vlad Volochenko lorsqu'il avait embarqué à Roissy-Charles-de-Gaulle.

Des pas résonnèrent sur le lino du couloir qui menait aux salles de soins intensifs. Ceux de l'agent spécial Kennedy.

– Alors, des news ? fit Shrapnel en se retournant.

– Sam sait y faire pour délier les langues.

Shrapnel lui adressa un sourire cynique : on employait donc la *méthode forte* au FBI ?

– Il lui a promis que sa fille de huit ans qui vit au Mexique serait prise en charge par les services sociaux de son pays, expliqua la jeune femme brune. En échange de quelques renseignements.

– Ce type a une fille de huit ans ? s'étrangla Feuerbach. Et ça ne l'empêche pas de participer à un réseau pédophile. L'enfoiré…

– Selon les statistiques du Bureau, les pédophiles ont souvent des enfants, expliqua Kennedy. Et souvent, ils ne les touchent pas et se comportent avec eux comme des parents modèles. Je crois que je comprends ce que vous voulez dire par « enfoiré », lieutenant.

À cet instant, Torpe et Valbuena sortirent du couloir des soins intensifs, l'air sombre.

– Il est mort, fit Torpe.

– Vos promesses ne lui ont pas plu ? hasarda Shrapnel avec son sourire cynique.

– Possible, dit l'agent spécial, on ne le saura jamais. Mais il s'est mis à table (il insista sur l'expression) comme vous dites, vous les *Frenchies*.

Kennedy et Feuerbach sourirent à l'adresse de Shrapnel.

Celui-ci était avant tout un professionnel et il savait que le temps jouait contre eux. Et contre pas mal de gosses qui risquaient de se retrouver dans des *snuff movies* pour notables en manque de sensations fortes.

– Au temps pour moi, Torpe, admit-il, beau joueur. Avec ce genre de salopards, les promesses même les plus mensongères sont souvent nos seuls arguments. Qu'a-t-il dit ?

– Apparemment, ses complices – un homme et une femme – louent une maison, à Bellevue, une petite ville entre Cleveland et Chicago.

Kennedy extirpa son ordinateur portable de sa sacoche et fit apparaître une carte de la région. Torpe joua avec le pad quelques instants et finit par tapoter sur l'écran :

– C'est là ! Exactement là : 278, Louise Avenue à Bellevue.

– Qu'est-ce qu'on attend pour y aller ? fit Shrapnel.

– L'agent Valbuena a demandé un soutien du SWAT. Ils viennent de Chicago. On n'intervient pas sans eux. Et surtout, il faut nous assurer que les suspects sont sur les lieux.

– Et s'ils n'y sont pas ? interrogea Shrapnel.

– On y va quand même. Mais au moins, on saura à quoi s'attendre.

Le commandant de la BRP ouvrit de grands yeux dans un mouvement un peu trop théâtral :

– Laissez-moi vous raconter une histoire, agent spécial Torpe. Chez nous, en France, dans les années 90 et après l'an 2000, il y avait un prédateur sexuel hors normes : Michel Fourniret...

– Nous connaissons ce Fourniret, interrompit Kennedy en rempochant son ordinateur. C'est un cas d'étude à Quantico. Quantico, l'académie du FBI...

– Je connais Quantico, coupa à son tour Shrapnel : nos écrivaillons mettent un point d'honneur à glisser le nom de votre école dans leurs romans de gare. Ça fait authentique, paraît-il.

L'agent Kennedy plongea son regard vert dans celui du Français, elle commençait à le trouver insupportablement... français !

– En décembre 1987, Fourniret enlève, viole et assassine une adolescente de dix-sept ans, puis plusieurs autres, des gamines toujours. Jusqu'à 1990, année où on l'arrête pour une simple histoire de faux papiers. On le relâche parce que les faits sont prescrits, vous imaginez ? On relâche un psychopathe qui va disparaître en Belgique et continuer son périple meurtrier. Croyez-en mon expérience : ces types ne s'arrêtent jamais ! Alors, vos suspects, il faut les choper immédiatement sinon ils vont continuer. Il faut les choper avec ou sans le GIPN local.

Les agents spéciaux fixaient Shrapnel. Torpe souffla longuement :

– Je comprends vos inquiétudes, sergent...

– Commandant, merde ! explosa Shrapnel. Je suis commandant ! Je dirige le groupe Cabaret de la Brigade de répression du proxénétisme, je ne suis pas un de vos flics de cinoche qui bouffe des *donuts* en patrouillant dans sa bagnole, moi !

– Le commandant Shrapnel a raison, agent spécial, argumenta Feuerbach : ce type de criminel développe une méfiance proche de la paranoïa. Et il est évident que vos suspects ont dû suivre la course-poursuite à la télévision, eux aussi.

– Peut-être que vous nous considérez comme des « flics de cinoche », vous aussi, dit Torpe un peu plus courtois à l'égard de la belle Feuerbach. Mais sachez que nous respectons la loi : nous n'avons plus le droit de réaliser des *Sneaks and peek warrant*, des perquisitions comme vous dites, en l'absence de la personne perquisitionnée. Le *Patriot Act*, c'est du passé !

Shrapnel, lui, n'était pas calmé mais sa voix se fit aussi plus douce :

– Alors, suivons votre putain de procédure, Torpe ! Mais je vous fiche mon billet que vos suspects seront loin quand on débarquera chez eux.

Les flics français et américains patientèrent dans la salle d'attente des urgences du Fairview Hospital pendant une heure encore. Le temps de siroter des cafés lyophilisés en silence.

À un moment, Shrapnel s'éloigna pour téléphoner en France, rue de Lutèce à la BRP. Le capitaine Mathieu Le Deuff lui annonça qu'il partait en banlieue, du côté de Marne-la-Vallée : deux corps d'adolescents avaient été retrouvés. Apparemment, il s'agissait d'une boucherie – un des gendarmes qui avaient vu les corps avait craqué et il avait dû être hospitalisé. Shrapnel sentit que son subordonné était stressé à l'idée de se rendre sur place : Le Deuff avait beau croire en un paradis après la mort, il était parmi ses hommes celui qui supportait le moins la vue d'un cadavre. Surtout un cadavre d'enfant.

Lorsque Shrapnel revint dans la salle d'attente, il avait perdu son air cynique et goguenard :

– Quelque chose me dit que vos suspects sont loin, agent spécial Torpe.

– On va bientôt être fixés, commandant, répondit le *G-man* : le SWAT est en route et on a l'autorisation du *District Attorney* pour pénétrer dans la maison. *Let's go* !

Quelques minutes plus tard, un 4 × 4 Chevrolet Blazer sombre aux vitres fumées s'engageait sur la Highway 80 en direction de Toledo, vers l'ouest. L'agent Valbuena conduisait. À sa droite, Torpe restait en contact avec les troupes du SWAT qui approchaient de l'objectif.

Bientôt, le véhicule du FBI longea le Lake Erie jonché d'énormes glaçons gris. Des bourrasques de vent faisaient danser la neige au dessous des flots, c'était un spectacle presque lugubre.

À l'arrière de la voiture, Shrapnel, Feuerbach et Kennedy passaient en revue le dossier du FBI sur le réseau de pornographie pédophile. L'agent spécial aux yeux verts semblait connaître les méandres de cette enquête sur le bout des doigts.

– Vos suspects, ils ont quel profil, selon vous ? fit Shrapnel en laissant son regard se perdre dans le paysage enneigé.

Kennedy se pencha légèrement vers lui. La question avait été posée sur un ton sérieux, grave même. Pour la première fois peut-être depuis l'arrivée des Français aux États-Unis, elle se prit à considérer le flic à la belle gueule comme un professionnel qui traquait des criminels – peut-être même avec une certaine réussite.

– Les pédo-criminels qui font commerce de leurs crimes ont généralement une personnalité égocentrique, répondit la jeune femme. À 85 %, des hommes. Complètement imperméables aux remords et indifférents à la douleur des victimes et de leur famille.

– Ce sont des suspects extrêmement dangereux, intervint Torpe, toujours le téléphone à l'oreille. C'est pour ça que je voulais que le SWAT soit en première ligne.

– Selon nos experts, glissa Feuerbach, ce type de criminel est également obnubilé par le fantasme de la virginité chez ses victimes.

Il y eut un petit silence. La pourriture de cette enquête ne semblait jamais devoir s'atténuer.

– Selon les experts du FBI, aussi, lieutenant Feuerbach, précisa Torpe.

Il s'était retourné et par-dessus le siège, adressa un léger sourire à sa belle collègue française.

9

– On y est bientôt ! déclara alors Valbuena en pénétrant dans la localité de Bellevue.

Le Chevrolet Blazer remonta la rue principale et se gara juste derrière deux Cadillac Escalade noires.

Torpe descendit et se dirigea vers la portière passager avant du premier véhicule des SWAT. Il échangea quelques mots avec un officier à la coupe de cheveux digne d'un *Marine* puis revint dans son véhicule.

Valbuena démarra et suivit les deux Cadillac. Ils tournèrent sur Southwest Street et au bout de quelques centaines de mètres s'arrêtèrent non loin d'un parc de jeux pour enfants. Là, une dizaine d'hommes, casqués, vêtus de combinaison en kevlar et armés de fusil d'assaut M16 descendirent des 4 × 4 du SWAT.

– On y va ? fit Shrapnel dans le Chevrolet Blazer.

Torpe observait la scène, penché sur le tableau de bord.

– Laissons d'abord faire le SWAT, commandant, dit l'agent Valbuena.

Shrapnel se laissa retomber sur la banquette :

– En France, nous sommes toujours en première ligne. Ça évite que les gros bras fassent des cartons sur les suspects.

– Ici, c'est le SWAT qui est en première ligne, répondit Valbuena, l'air incrédule.

– Les hommes du SWAT sont parfaitement entraînés, précisa Torpe.

– On a vu ce que ça a donné, l'entraînement de vos flics, sur l'autoroute de Cleveland...

Feuerbach lui lança un regard ironique : en France, comme partout ailleurs, les troupes d'élite ouvraient toujours la marche.

Les hommes en armes trottinèrent jusqu'à une espèce de grand chalet en bois. Quelques têtes apparurent aux fenêtres des maisons voisines mais personne ne sortit. Feuerbach et Shrapnel songèrent qu'en France, un tel aréopage d'hommes armés aurait forcément attiré tous les curieux du coin en quelques instants. Aux États-Unis, il semblait que les citoyens respectaient encore scrupuleusement les forces de l'ordre.

Après avoir sécurisé les environs du chalet, les gros bras du SWAT pénétrèrent à l'intérieur. En douceur, armes aux poings, protégés par des boucliers de kevlar.

Schrapnel souffla bruyamment, manière de rappeler sa prophétie : les suspects étaient loin. Et de fait, au bout de quelques minutes, l'officier commandant le groupe d'assaut sortit sur le perron et adressa un signe du plat de la main à Torpe : personne.

– Je vous l'avais dit !

– Et vous aviez raison, reconnut l'agent spécial en descendant de voiture. Allons inspecter les lieux !

Les autres flics sortirent à leur tour.

Quelques habitants apparurent alors sur les trottoirs adjacents. Des mères de familles serraient contre elles leurs enfants : se pouvait-il qu'un criminel vive juste à côté de chez elles ?

L'intérieur du chalet évoquait la maison typique de ces familles de classe moyenne supérieure qui habitaient dans les environs. Meublé avec un goût sans extravagance dans une des grandes enseignes d'ameublement, une télé à écran large fixée au mur, une cuisine très bien équipée, des photos de vacances accrochées sur le frigo. Rien d'exceptionnel. Mais quelque chose ne collait pas dans cet environnement confortable.

Les flics du FBI avaient enfilé leurs gants de latex et passé les chaussons de tissu. L'agent spécial Kennedy tendit deux paires de gants et de chaussons à ses homologues français.

– On se croirait dans un appartement témoin ! fit Shrapnel.

Kennedy l'interrogea d'un froncement de sourcils.

– Personne ne vit ici, expliqua le commandant de la BRP. On dirait la maison témoin d'un promoteur immobilier. Regardez sous la table basse : pas de magazine !

Il montra du doigt les murs du salon :

– Les bibliothèques ne sont remplies que de classiques – enfin, j'imagine que Edgar Poe, Jack London ou Henry James sont des classiques aux États-Unis. Chez nous, c'est plutôt de la littérature exotique, mais chez vous...

Ensuite, il passa derrière le bar qui séparait la cuisine. Les agents du FBI et Feuerbach l'observaient, intrigués :

– Sur les étagères de la cuisine : pas de nourriture. Je parie que le frigo est vide.

Il tira brusquement les portes du réfrigérateur à deux battants : vide aussi !

– Ma main à couper que les armoires et les tiroirs sont également vides. Non seulement vos suspects sont loin mais cette maison n'a jamais été habitée.

– Le type à l'hôpital nous a dit que cette maison appartenait à ses complices. Pourquoi nous aurait-il menti ? s'interrogea Kennedy.

– Il ne nous a pas menti, répliqua Torpe, qui savait faire parler les suspects. Je suis certain qu'il ne nous a pas menti…

– Il ne vous a pas menti, continua Shrapnel en jetant des coups d'œil dans toutes les pièces. Je dis seulement que vos suspects ne « vivaient » pas ici. Par contre, c'était peut-être leur « lieu de travail », si vous voyez ce que je veux dire. Il doit y avoir une pièce dérobée dans laquelle ces salopards tournaient leurs horreurs…

Il se mit alors à taper sur les murs. D'un coup de pied, il souleva un tapis au milieu du couloir qui menait aux chambres.

Les autres flics l'imitèrent aussitôt.

Debout dans le hall d'entrée, deux officiers des SWAT les regardaient comme s'ils étaient fous.

– Vous cherchez quoi, agent Torpe ? fit l'un d'eux avec un petit sourire narquois.

– Une putain de pièce dérobée, répondit l'autre.

– Il y a un sous-sol sous cette baraque, balança le SWAT.

Les cinq flics s'immobilisèrent en même temps.

L'officier fit une grimace de gêne :

– Ben ouais, il y a un sous-sol. Une trappe là-bas dans le garage…

– *Fuck* ! grogna Torpe en entraînant à sa suite ses collègues américains et français.

Il y avait effectivement une trappe sur le sol du garage.

Il y avait effectivement un sous-sol sous le chalet.

Et dans cet endroit aux murs de béton brut, éclairé par des néons qui distillaient une lumière froide et clinique, des innocents avaient vécu l'enfer.

Shrapnel sentit Feuerbach faire un effort surhumain pour garder son calme. Les flics imaginèrent, en même temps, l'horreur qui avait habité ces lieux. Torpe et Kennedy restèrent silencieux, ils hochèrent la tête comme s'ils cherchaient à faire craquer leurs cervicales devenues raides sous l'effet d'une violente tension nerveuse. Seul Valbuena paraissait impassible : son regard allait et venait, sans doute dans l'espoir de quelque indice…

Mais les menottes attachées à des cerceaux pris dans le béton des murs, le large lit au matelas de toile tachée de sang et d'autres substances corporelles ne donneraient d'autre indice que l'ADN des victimes. Seul le silence témoignait des horreurs passées. Feuerbach s'approcha du mur aux menottes, passa délicatement sa main gantée de latex sur le béton et se mit à pleurer :

– C'est pas possible ! murmura-t-elle.

10

Shrapnel et Kennedy s'approchèrent à leur tour.

Torpe ne bougea pas, telle une vaste montagne immuable : il avait compris ce qu'avait découvert la jeune femme.

– Bordel de Dieu ! jura Shrapnel en s'écartant brusquement du mur.

Kennedy se retourna vivement et sortit du sous-sol en suffoquant. Feuerbach la suivit aussi vite.

Julien Shrapnel, lui, ne parvenait à détourner les yeux des légères rainures qui avaient été creusées par les ongles des victimes, attachées en attente du supplice. Mais ce qui manquait de lui faire perdre l'esprit, c'était un ongle encore incrusté dans le béton. Un ongle d'enfant...

– On dégage, commandant ! ordonna enfin Torpe.

– Oui, il n'y a plus rien à voir ici, dit Valbuena d'une voix étonnamment calme.

Shrapnel se força à reculer et remonta à la surface. L'air glacial qui envahit sa gorge et ses poumons le ramena à la réalité.

Les flics français et américains – même les hommes ultra-entraînés du SWAT – gardaient un silence douloureux. Pour l'instant, aucun mot ne pouvait traduire leur sentiment d'écœurement à tous.

– On fait quoi, maintenant, Sam ? demanda Valbuena à Torpe.

Celui-ci lui lança un regard méchant :

– Notre boulot, qu'est-ce que tu crois ? Tu voudrais aller boire une bière au bar du coin, peut-être ?

Valbuena baissa le regard et secoua la tête comme un gamin qu'on venait de prendre la main dans le pot de confiture.

Torpe fit alors un signe de la main à Kennedy et avec elle, il rentra dans le chalet.

– Ça va, Lor ? fit Schrapnel en s'approchant de sa subordonnée.

– Non, non, ça va pas... et j'ai l'impression que ça n'ira jamais plus.

Le commandant de la BRP passa une main douce sur la nuque blonde de la jeune femme. Sa peau était constellée d'une légère chair de poule.

– Si tu tiens à faire carrière aux mœurs, il va falloir t'endurcir, petite...

– Merci du conseil, commandant ! lança-t-elle à son chef en se dégageant brusquement.

Schrapnel se trouva un peu stupide : remonter le moral de ses troupes, ça n'avait jamais été son fort mais là, il avait franchement manqué de savoir-faire !

Feuerbach le dévisageait, les yeux embués de larmes.

– Comment tu peux supporter ça, toi ?

– Mais je ne supporte pas, Lor. Je ne supporte pas...

Ils se regardèrent quelques instants. Un petit nuage de condensation s'échappait de leurs lèvres entrouvertes. Et le silence laissait filtrer une certaine tendresse.

– Commandant, lieutenant ! cria l'agent spécial Kennedy depuis le perron de la porte du chalet. On a trouvé quelque chose !

Les deux Français rejoignirent l'agent du FBI. Au fond du couloir, Torpe glissait un document à moitié déchiré dans une poche plastique : à voir la grimace ennuyée qui déformait son visage, il s'agissait d'une pièce à conviction embarrassante.

– C'est quoi, ça ? fit Shrapnel.

– Un bon d'achat de billets d'avion, répondit Kennedy.

Le Français eut un petit sourire :

– On peut savoir pour quelle destination ?

– La France, commandant.

Shrapnel haussa les sourcils : les suspects étaient loin, il l'avait dit.

– Eh bien, je crois qu'on va bientôt devoir vous rendre votre hospitalité, messieurs.

Mais les membres du FBI ne partageaient pas sa bonne humeur déplacée. Ils semblaient même un peu trop préoccupés.

– Qu'est-ce qu'il se passe, Torpe ?

Torpe lui tendit le sac plastique :

– On n'aurait jamais dû retrouver ça, expliqua-t-il : ce papier a été glissé dans le broyeur d'ordures de la cuisine. Sauf qu'apparemment, en partant, l'un des suspects a déconnecté le fusible du tableau électrique un peu trop rapidement.

Shrapnel vit en effet que la partie supérieure de la feuille de papier manquait.

– Ce document est une sortie imprimante d'une réservation faite par Internet, continua Torpe en tapotant sur le clavier de son Smartphone. Regardez le pseudonyme utilisé pour la réservation !

– *Theway*, lut Shrapnel.

Les agents du FBI se turent, comme s'il était soudain devenu extrêmement dangereux de prononcer certains mots.

– Theway : the way, la route, le chemin... autrement dit, en espagnol, *El Camino*, déclina Torpe.

– Qu'est-ce que c'est *El Camino* ? fit Feuerbach en plongeant son regard clair dans celui tout aussi clair de Torpe.

– L'un des surnoms de Carlos Cárdenas.

– Et qui est ce Cárdenas, bon sang ? s'emporta Shrapnel en rendant la pièce à conviction à Torpe.

– Il comptait parmi les chefs d'un des cartels mexicains de la drogue. L'un des plus dingues. Un vrai psychopathe. On dit que du temps où il régnait sur les narcos de l'État de Chihuahua, il organisait des fêtes pédophiles. Nos collègues mexicains le soupçonnent d'une centaine de meurtres à Ciudad Juarez. La plupart sur des enfants ou de très jeunes filles. Vous avez entendu parler de Ciudad Juarez ?

Le Français acquiesça en plissant les yeux. Bien sûr qu'il avait entendu parler de cette ville du nord du Mexique, sur la frontière avec les États-Unis. Comme tous les flics qui bossaient sur des affaires de crimes sexuels. Et plus d'une fois, en entendant les informations venant de ce coin maudit, il s'était dit qu'il avait de la chance d'être flic en France. 1 700 cadavres de femmes âgées de treize à vingt-cinq ans avaient été retrouvés au cours des dernières années. On comptait également 2 500 disparues. Et puis, 200 corps trop endommagés par la violence des tortionnaires pour être identifiés. Les autorités locales soupçonnaient les narcos d'être les responsables de ces meurtres. Mais rien n'avait jamais été prouvé.

Et puis, Shrapnel savait aussi que dans le SAS n° 190, Son Altesse Sérénissime avait eu maille à partir avec les narcos du coin. Il avait même failli y laisser sa peau. *Ciudad Juarez : pour Malco, pire que l'enfer !*

– El Camino est en fuite depuis deux ans... Il se cachait aux États-Unis.

Les cinq flics regardaient leurs pieds, une manière primitive d'essayer de rassembler leurs idées.

Shrapnel se frotta le visage de ses deux mains :

– Putain, Torpe, vous êtes en train de me dire que ce taré de Camino a traversé l'Atlantique et qu'il est en France ?

Torpe observait le minuscule rictus nerveux qui agitait la paupière droite de Shrapnel. Il hocha lentement la tête :

– Je crois que vous allez effectivement être obligé de nous rendre notre hospitalité, commandant.

11

Les environs de Lagny-sur-Marne abritaient encore le témoignage de la violence des combats menés lors de la Première Guerre mondiale. Derrière le lycée Van Dongen, le bois de Chigny présentait un sol étrangement vallonné : les dernières marques d'un bombardement allemand lors de l'avancée des troupes du Kaiser en 1914. D'habitude, les familles venaient y prendre l'air au printemps et en été, après le repas dominical. Dans la semaine, des classes de lycéens y faisaient parfois un jogging lors de leur cours de sport. Quelques demeures bourgeoises parsemaient les allées du bois mais l'endroit était calme, la plupart du temps silencieux.

Et ce matin-là, dans le froid hivernal, un promeneur venait de découvrir deux cadavres violemment torturés au pied d'un immense chêne. La gendarmerie locale avait immédiatement joint la PJ qui avait transmis à la BRP. C'était le capitaine Mathieu Le Deuff qui avait récupéré le cas. Juste avant de quitter les bureaux du groupe Cabaret, il avait aussi parlé avec son chef qui se trouvait à Cleveland.

Le Deuff gara sa Renault Mégane de service à l'entrée de l'ancien chemin de la Grange-des-bois qui se trouvait sur la commune de Montévrain. Il parcourut lentement la centaine de mètres qui menait à une ancienne maison de chasse en lisière de la forêt. Déjà, il apercevait trois véhicules de gendarmerie et la camionnette de la police scientifique. Peut-être essayait-il de se préparer mentalement au spectacle qu'il allait devoir observer. Sous le choc de cette découverte, un des gendarmes qui avaient constaté la mort de l'adolescent et de la très jeune fille n'avait-il pas été hospitalisé... Mais il était du devoir de Le Deuff de se rendre sur place et de tenter de prélever quelque indice. C'était un passage obligé pour faire avancer l'enquête et empêcher que de tels actes se reproduisent.

Lorsqu'il s'approcha de la scène de crime, il vit la mine déconfite des quatre gendarmes postés en avant-poste pour prévenir l'arrivée de badauds ou de journalistes.

– BRP, Le Deuff, annonça-t-il en montrant son badge à l'un des gendarmes.

Celui-ci salua réglementairement, la main au front.

– C'est moche, capitaine, prévint-il d'une voix étrangement enrouée.

Le Deuff le dépassa sans un mot.

Il se planta devant deux corps recouverts de couvertures grises.

Un homme de la police scientifique était accroupi et attendait un signe du flic de la BRP. Le Deuff hocha la tête et le légiste retira d'un geste ample les deux couvertures.

– Dieu tout puissant ! s'exclama le flic.

Il n'eut que le temps de se retourner pour vomir son petit-déjeuner et les trop nombreux cafés ingurgités depuis son réveil. Une vague glacée lui parcourut la colonne vertébrale alors qu'une sueur brûlante lui couvrait le front et la nuque. Il dut se concentrer une minute pour ne pas se laisser submerger par le malaise.

– Ça va, capitaine ? fit le légiste en l'aidant à se tenir debout.

Le Deuff ne répondit pas.

– Tous les hommes sont allés dégueuler au moins une fois, souligna-t-il en lançant un regard aux flics présents autour des deux cadavres. On n'est jamais préparé à voir des choses pareilles...

Les corps avaient sans aucun doute été mutilés avec la même arme que celle du *snuff movie* visionné par le groupe Cabaret dix jours auparavant au 3, rue de Lutèce. Une feuille de boucher ou quelque instrument de la sorte. L'acharnement avait aussi été le même. Les gosses avaient été violés plusieurs fois, ça ne faisait pas de doute, admit le légiste.

– Leur calvaire a duré plusieurs heures...

Le Deuff fit un geste bref de la main et le type de la scientifique recouvrit à nouveaux les cadavres.

– Faut que vous les chopiez vite, capitaine, dit-il en se relevant. C'est pas Dieu possible des choses comme ça.

– Non, bredouilla Le Deuff, c'est pas Dieu possible...

Puis, il fit quelques pas autour du périmètre délimité par les bandes de plastique sur lesquelles on pouvait lire « *gendarmerie nationale – zone interdite* ». Des traces de pas avaient bien été relevées ça et là, mais rien d'autre n'avait attiré l'attention de la police scientifique, dixit le légiste.

– Malheureusement, on n'est pas dans une série américaine : une scène de crime ne parle pas toujours.

Un colonel de gendarmerie à lunettes épaisses attendait un peu plus loin. Il tapotait sur une tablette numérique d'un air détaché. Le Deuff s'approcha :

– Je suis le capitaine Le Deuff de la BRP. Nous sommes en charge d'une enquête concernant des films pornographiques impliquant des mineurs. Il se pourrait que ces meurtres soient liés à notre enquête.

L'officier repoussa ses lunettes sur son nez :

– Je vous enverrai le procès-verbal et le rapport du légiste via Internet. Vous le recevrez avant la fin de la journée.

– Parfait, parfait. À part ça : on a des pistes ?

– Non, rien de rien. Peut-être que les cadavres nous en diront plus. Ah si ! se ravisa-t-il.

Il se pencha vers un attaché-case en fer gris et en retira une pochette plastique transparente.

– On a trouvé ça sur le chemin, là-bas, près des traces de pneus.

– Des traces de pneus ?

– Oui, on a relevé des traces de pneus soupçonnées d'appartenir au véhicule qui a déposé les cadavres cette nuit.

Le Deuff approcha son visage de la pochette plastique. Elle contenait une petite figurine en plâtre mesurant à peine cinq centimètres. Elle représentait un homme à moustaches et aux cheveux noirs, qui portait un foulard autour du cou. Sur son torse, on pouvait lire : « *Ciudad Juarez para la santa muerte* ». Le haut du crâne manquait, comme si la figurine avait été fixée à un porte-clefs ou à un collier.

– C'est quoi ça ?

– Aucune idée. Faudra faire des recherches sur le Net.

Le Deuff considéra le colonel :

– Vous croyez qu'Internet va tout résoudre ? Que les flics vont disparaître et que, avec l'aide de votre ordinateur, vous allez attraper ces tueurs d'enfants ?

Il avait prononcé ces paroles sur un ton lourd de reproches.

– Faut vivre avec son temps, capitaine, répliqua le colonel. Internet est un outil fabuleux pour qui sait s'en servir. Encore faut-il savoir l'utiliser…

Le Deuff se sentit las, envahi par la nausée.

– Les gamins qui se sont fait écharper, dit-il d'une voix caverneuse en pointant un doigt tremblant vers les corps au pied du chêne centenaire, on va sans aucun doute les retrouver dans des films qui circuleront sur Internet. Votre outil fabuleux, moi, je vois ce qu'il peut donner, colonel.

Le gendarme se raidit, ses zygomatiques roulèrent sous ses joues. L'éternelle scène de rivalité entre la police et la gendarmerie se rejouait dans ce bois. Mais ce n'était ni le lieu, ni le moment, songea Le Deuff en regagnant son véhicule.

Il prit la pochette contenant la figurine :

– Je vous emprunte ça. On vous fera parvenir un récépissé de pièce à conviction… via Internet !

Il salua d'un vague signe de la main en s'éloignant :

– J'attends donc vos mails, colonel. Et faites-les moi parvenir rapidement ! Avec un peu de chance, ça nous donnera quelque chose. Bonjour chez vous !

Le Deuff regagna sa voiture et s'installa derrière le volant. L'envie de s'arrêter dans une église déserte et d'y passer le reste de la journée, loin de ses contemporains capables de telles atrocités, le titilla quelques instants. Il conduisit un peu au hasard dans les allées du bois de Chigny et parvint à regagner Lagny-sur-Marne, traversa le centre-ville sans trop y faire attention puis atteignit une zone commerciale et industrielle. L'échangeur qui menait à la Francilienne se trouvait non loin des entrepôts et des grandes surfaces d'électroménager ou de prêt-à-porter.

Juste avant de l'atteindre, l'esprit perdu dans la tristesse qui lui était tombée dessus comme une gangue de plomb, le flic manqua de percuter un camion de livraison. Un mouvement réflexe lui permit d'écraser in extremis le frein. Ses pneus crissèrent et la Renault Mégane de la BRP s'immobilisa à quelques centimètres de la carrosserie du bahut. Un jardinier avec un chapeau de paille bleu, blanc et rouge était dessiné sur le flanc du véhicule.

– Tu peux pas regarder où tu vas, pépère ? hurla le conducteur avec un fort accent alsacien.

Le Deuff souffla bruyamment, incapable de retrouver son calme pendant quelques longues secondes. Puis, il se donna une petite gifle et reprit sa route, ses jambes tremblant encore de peur. Rarement, dans l'exercice de son métier, il s'était senti autant déstabilisé : lorsqu'il fermait sporadiquement ses yeux, les corps mutilés dansaient sous ses paupières.

Et ils semblaient ne jamais devoir s'arrêter de danser…

12

Parfois la téquila et la cocaïne aidant, une vague de regrets l'envahissait. Le temps où il régnait sur la frontière, le temps où il était le plus puissant et le plus riches des *capos* de l'État du Chihuahua, le temps où il traitait d'égal à égal avec les ministres mexicains et les autres chefs des cartels de drogue, ce temps-là lui manquait.

C'était la bonne vie, comme il aimait alors à le répéter. Oui, tout le monde savait aux environs de Ciudad Juarez qu'El Camino savait mener la bonne vie.

Étrangement, ce n'étaient pas la DEA ou le gouvernement mexicain qui avaient réussi à le faire chuter de son piédestal. C'étaient des jeunes narcos, des gamins à peine majeurs, prêts à tout pour gagner des fortunes en un minimum de temps, qui l'avaient obligé à l'exil. Ces gosses, ils se fichaient pas mal de la réputation sanguinaire d'El Camino. Ils ne ressentaient aucune peur, ni celle de tuer, ni celle de mourir. Même El Camino avait dû se rendre à l'évidence : mieux valait fuir que de finir dans une cuve d'acide.

Trois de ses quatre principaux lieutenants, Alvares Juaron, Carloz Esposito et Isaac « Cabron » Hernandez, avaient disparu en un mois. D'abord, El Camino avait cru qu'ils s'étaient enfuis, effrayés par la guerre sans merci qui se préparait. Ils les avaient voués aux gémonies, insultant leur mère et toute leur descendance, menaçant de plonger leur famille dans un bain d'huile bouillante. C'était comme ça qu'on agissait avec les proches des traîtres. Mais leurs mères, leurs femmes et leurs enfants furent rapidement retrouvés dans des fosses communes au milieu du désert. Torturés, souvent violés et égorgés. Peu après, les têtes des trois lieutenants arrivèrent, par la poste, un matin de juillet. C'était la marque de ces nouveaux narcos bien décidés à lui ravir son pouvoir. El Camino n'était pourtant pas un ange, on le qualifiait même de *hijo de puta*. Un type qui assouvissait ses fantasmes avec des enfants ne pouvait être qu'un fils de pute. Mais, dans la barbarie, il n'était jamais possible de toucher le fond.

D'abord décidé à se défendre, il considéra qu'une tentative diplomatique était plus judicieuse. Il mandata son quatrième et dernier lieutenant, Javier Peña, pour tenter de négocier une paix acceptable avec les jeunes narcos. Peña disparut à son tour mais El Camino lui faisait assez confiance pour imaginer que les négociations étaient ardues et que c'était une histoire de quelques jours avant qu'il réapparaisse. Et avec lui, un retour aux affaires calme et serein.

El Camino qui avait toujours vécu dans et par la violence la plus abjecte s'efforça de continuer à vivre comme si sa vie n'était pas en grand danger. Un jour, alors qu'il s'apprêtait à partir en vacances dans sa magnifique villa de Veracruz quatre tueurs mitraillèrent une Bentley blanche devant l'aéroport international Roberto

Fierro de Chihuahua. C'était celle du cardinal de la ville. Mais El Camino n'était pas un imbécile : il roulait dans le même véhicule que l'ecclésiastique et savait qu'il y avait eu erreur. Cette erreur, seule, lui avait sauvé la vie.

Javier Peña était toujours injoignable. Dès lors, El Camino s'attendit à recevoir sa tête par la poste. Dans la soirée, trois de ses gardes du corps furent abattus, sa maison de Veracruz partie en fumée lors d'un attentat et dix de ses onze comptes en banque furent piratés et vidés. L'avertissement était clair, El Camino le comprit : on lui laissait un de ses comptes en banque pour qu'il puisse quitter le Mexique. Au petit matin, alors qu'il était retranché avec une demi-douzaine d'hommes de mains dans son hacienda des environs de Ciudad Juarez, quatre roquettes tirées par des RPG-7 de fabrication russe détruisirent l'aile sud de sa demeure. Immédiatement, un hélicoptère Bell UH-1 Iroquois armé d'une mitrailleuse 7,62 x 51 mm OTAN survola la propriété et ravagea méthodiquement ce qui restait des habitations. Trois gardes du corps perdirent la vie dans la fusillade, les trois autres tentèrent de s'enfuir. El Camino les abattit.

C'était la fin.

El Camino prit alors par la main Alicia Stanford, sa maîtresse, sauta dans son Aston Martin et fonça à la banque. De là, il transféra les fonds de son dernier compte utilisable dans une banque du Liechtenstein et réserva deux billets pour Chicago. Deux heures plus tard, Alicia dormait contre son épaule dans un airbus A330-200 de la compagnie US Airways.

L'année qui suivit fut plutôt agréable. Certes, la vie de nabab qu'il menait à Ciudad Juarez était désormais révolue mais dans les environs de Chicago et parfois à New

York, El Camino avait su monter un business qui répondait à ses deux seules véritables préoccupations depuis l'âge de ses douze ans : se faire de l'argent facilement et assouvir ses insatiables pulsions sexuelles.

Aidé par Javier Peña (son dernier lieutenant en vie, qui avait finalement réussi à traverser la frontière et à passer aux États-Unis à la barbe des narcos et de la DEA), d'un Américain d'origine mexicaine et de son indispensable Alicia, il développa un commerce de films introuvables sur le marché de la pornographie. Et pourtant, la demande était telle que de richissimes clients étaient prêts à débourser 100 000 dollars pour quarante-cinq minutes d'un spectacle qui se terminait par l'exécution de ses jeunes acteurs. D'ailleurs, plus ces acteurs étaient jeunes et terrorisés, plus le prix pouvait être élevé. Finalement, El Camino avait trouvé une activité qui, si elle ne rapportait pas au final autant que la vaste entreprise de trafic de drogue sur laquelle il avait régné pendant quinze ans dans le Chihuahua, lui permettait d'allier plaisir et travail. Le rêve américain ! affirmait-il dans un grand éclat de rire.

Mais le FBI était une officine de sécurité bien plus performante que le *Grupo de Operaciones Especiales* ou *l'Agencia Federal de Investigación*. Du temps de sa splendeur, El Camino avait corrompu les plus hauts responsables de la plupart des organismes constituant la police mexicaine. Aux États-Unis, aucun contact ne lui assurait la protection de quelque personnage influent. Même s'ils semblaient tourner en rond, les agents spéciaux s'étaient tout de même rapprochés de lui. Trop pour ne pas alerter son instinct de survie. Un matin, Alicia Stanford et lui avaient embarqué sur un Boeing 757-200 de la compagnie OpenSkies. Quelques heures plus tard, ils atterrissaient à l'aéroport d'Orly et disparaissaient à nouveau, en banlieue est de Paris.

En France, El Camino et sa maîtresse relancèrent leurs activités « cinématographiques ». Ils tournèrent deux films de type *snuff movie* en un mois, parvinrent à empocher 60 000 euros en en revendant un à un groupe de vieux millionnaires pervers suisses et 50 000 euros en remettant le second à un homme politique parisien. Ils crurent quelque temps que le vieux continent serait l'endroit idéal pour continuer à vivre selon leurs bons désirs. D'ailleurs, durant une semaine, ils dépensèrent allégrement leur argent dans les hôtels de luxe et les casinos de la Côte d'azur. Mais, de retour en Seine-et-Marne, ils assistèrent en direct à l'arrestation de Javier Peña sur une autoroute de la banlieue de Cleveland. El Camino sut que bientôt le FBI allait ramener sa sale gueule. Sa vie n'était décidément que fuite.

En Seine-et-Marne, les deux Mexicains avaient trouvé refuge dans une belle villa située aux abords du golf de Bussy-Saint-Georges. Il s'agissait d'une maison bourgeoise pour classe moyenne aisée ne se distinguant pas des habitations du quartier. Les voisins les saluaient poliment et ils leur rendaient leur politesse comme le voulait l'usage. Ils s'étaient fondus dans la masse.

Mais ils avaient également loué, discrètement, une ferme à l'abandon, non loin de là. Perdue au milieu des champs sous des hauts pylônes électriques, à quelques centaines de mètres de l'autoroute de l'Est, on pouvait la croire abandonnée. Une grange jouxtait l'habitation principale, c'est là qu'ils organisèrent leur studio de cinéma.

La nuit suivant l'arrestation et la mort de Javier Peña, El Camino déposa discrètement les corps de la jeune fille et de l'adolescent utilisés pour son troisième *snuff movie* européen. Puis, au petit matin, dans le salon cossu de leur villa du golf, avec Alicia Stanford, ils burent de la téquila et sniffèrent de la cocaïne en tentant d'évaluer la dangerosité de leur situation.

Comprenant que son amant s'inquiétait de devoir encore fuir, Alicia Stanford se dévêtit rapidement et présenta sa croupe appétissante. Elle posa ses mains sur la table basse du salon et cambra ses reins.

– Alors, qu'est-ce que tu attends ?

13

La femme que ses voisins connaissaient sous le nom de Stanford s'appelait en réalité Rita María Guillermoprieto et aurait fait les bonnes feuilles de n'importe quel dossier de police, sans parler de ceux des psychiatres. Fille d'un paysan pauvre du Sonora, elle avait rejoint Ciudad Juarez alors qu'elle n'avait pas quatorze ans. Elle voulait être actrice mais devint prostituée. Alors qu'il avait à peine vingt ans et ne portait pas encore le surnom d'El Camino, Carlos Cárdenas lui proposa de participer à un petit film qu'il comptait tourner avec une caméra VHS. Il offrit aussi cent dollars. La très jeune fille accepta et s'avéra une telle maîtresse, inventive et perverse, soumise mais aussi décideuse, que le jeune narcotrafiquant s'attacha à elle. Cárdenas en fut quelque peu déstabilisé, lui qui se croyait à l'abri des sentiments et bien décidé à ne jamais être accompagné plus longtemps qu'une nuit. Bientôt, un lien presque nécessaire les unit. L'homme continuait à collectionner les maîtresses d'un soir et, plusieurs fois par mois, violait de très jeunes garçons ou filles. Toujours sous l'œil attendri d'Alicia Stanford. Puis, elle participa aux jeux sexuels de son amant, développant alors des formes de sadisme raffiné qui enivraient Cárdenas jusqu'à le mener aux portes de la folie. Vers vingt ans, elle décida de se faire appeler Alicia Stanford. Dès lors, elle accompagna Carlos Cárdenas dans la sanglante ascension qui le mena à l'aube de ses trente ans à régner sur le narcotrafic de l'État du Chihuahua. Ensemble, ils devinrent immensément riches et redoutés.

C'est Stanford qui tua la première jeune adolescente à coups de feuille de boucher lors d'une partie fine dans une hacienda perdue dans le désert à l'extérieur de Cuauhtémoc et louée pour l'occasion. Désormais, Carlos Cárdenas se fit surnommer El Camino (d'après certains, en référence aux « chemins de la perdition ») et des rumeurs monstrueuses coururent sur son compte et sur celui de sa terrible maîtresse. Mais ils étaient les seigneurs de l'État et personne n'aurait osé leur demander des comptes.

Stanford passait la moitié de l'année en Californie à parfaire son anglais auprès de professeurs richement rémunérés. Selon elle, maîtriser parfaitement l'anglais la sortirait à jamais de sa condition d'ex-pute du Chihuahua. El Camino lui acheta même une luxueuse villa en bord de mer à Malibu.

Et puis, des jeunes narcos qui ne connaissaient pas la peur s'attaquèrent à El Camino. Lorsque les lieutenants de son amant disparurent et que la violence se rapprocha d'elle, Alicia Stanford songea un moment à abandonner le Chihuahua et à refaire sa vie dans un autre État, auprès d'un autre *capo* de la drogue. Mais elle n'avait plus vingt ans et même si sa plastique faisait toujours fantasmer les hommes, elle ne pouvait lutter contre les gamines de quinze ans prêtes à tout pour sortir de la misère. La roue du destin avait tourné. Cependant - et paradoxalement -, auprès d'El Camino, elle se sentait en sécurité. Leur alliance avait quelque chose d'indestructible. Alors, elle le suivit dans sa fuite aux États-Unis et eut l'idée de filmer leurs diaboliques ébats et d'en faire commerce.

Plus tard, elle fuit également en Europe au bras de son amant. Désormais tout retour en arrière lui était impossible : jamais elle ne retournerait au Mexique ou même en Californie.

– *Mierda* ! grogna El Camino comme il retirait son pantalon et laissait apparaître une érection un peu trop molle.

Il se baissa et glissa la main sous le canapé de cuir. À tâtons, il attrapa un anneau en or auquel pendait une petite chaîne d'argent qui avait retenu une figurine encore peu de temps auparavant.

– J'ai perdu mon Malverde porte-bonheur...

– Je t'en offrirai un autre, *amore*, susurra la femme nue appuyée à la table basse. Mais prends-moi comme une chienne, maintenant...

El Camino restait assis, son érection à présent complètement éteinte. Il ne pouvait détacher son regard du bout de la chaînette en argent. L'amulette manquante représentait le bandit Malverde. Selon la légende, Jésus Malverde, sorte de Robin des bois dans l'État du Sinaloa, volait les riches pour donner aux pauvres. Les narcos lui vouaient un culte désapprouvé par l'Église.

– *Toi qui es près de Dieu, prête l'oreille aux souffrances de cet humble pécheur*, récita à mi-voix El Camino.

Avoir perdu son Maverde n'était pas bon signe. Jamais il ne s'était séparé de son amulette depuis vingt ans et avait toujours échappé aux dangers mortels.

– Alors, tu me baises ? reprit Alicia Stanford, les yeux fermés et secouant son fessier.

El Camino se leva, remonta son pantalon et quitta le salon.

Alicia Stanford se retrouva nue, frustrée et, pour la première fois, elle songea que son amant n'était plus infaillible.

14

La nuit était tombée depuis quelques heures. À l'angle de la rue des Grands-Augustins et de la rue du Pont de Lodi, la vitrine de *Chez Alphonse* laissait voir aux quelques passants égarés à cette heure avancée de la soirée la douce quiétude qui régnait à l'intérieur.

À la table du fond, la table Cabaret, près des cuisines, trois Américains découvraient le meilleur de la cuisine à la française. Mais Lotte n'avait pas eu à forcer son talent pour épater ses convives d'outre-Atlantique. Elle avait fait comme à son habitude : sain, frais et sans ostentation.

– Tes Amerloques, *Scud*, ce sont des clients comme les autres, déclara-t-elle lorsque Shrapnel, maladroitement, lui glissa qu'il fallait leur en mettre plein les papilles. Ils mangeront comme tout un chacun.

La cuisinière lança un clin d'œil au flic :

– Mais t'inquiète pas : ils vont s'en souvenir de leur premier gueuleton à Paname !

Et pour le coup, le repas fut inoubliable. Même pour les trois fonctionnaires de la BRP, pourtant des habitués convaincus de *Chez Alphonse*.

Firmin venait de retirer les assiettes des entrées (bigorneaux tièdes accompagnés de leur sauce vinaigrette agrémentée d'un peu d'échalote hachée) :

– *Ou hondère foule, ise note ite* ? lança-t-il en se tapant sur le ventre.

Et immédiatement, il déposa les assiettes du plat de résistance (bœuf bourguignon sur lit de crème à la carotte). Puis revint l'instant suivant avec un pichet de vin.

– C'est un petit bourgogne de derrière les fagots, annonça-t-il. Un Hautes-Côtes de Beaune, 2008.

Il servit un fond de verre, le renifla, observa quelques secondes le liquide et posa le verre devant l'agent spécial Sam Torpe :

– Goûte-moi ça, camarade !

Celui-ci goûta.

– *Fuck*... murmura-t-il avec un sourire idiot.

– Oui, *Môssieur*, vous avez le droit de vous laisser aller devant un tel nectar, acquiesça le patron, fier de son coup. Une robe claire, un fruité intense agrémenté de notes de cerises noires, très, très mûres. Non, franchement : la bouche est pure et pleine de fraîcheur !

Shrapnel et Feuerbach souriaient devant les visages étonnés et ravis des Américains. Le Deuff, lui, peinait à se mettre au diapason, toujours en proie à la tristesse qui l'avait saisie dès le début de cette enquête sordide. Il avait mangé l'entrée du bout des lèvres et envisageait la suite du repas avec peu d'entrain. Il ne voulait pas se dire écœuré parce qu'on était chez Firmin et Lotte mais tout de même, il avait du mal à comprendre comment ses collègues pouvaient s'amuser et manger avec tant d'appétit.

Une fois le bœuf bourguignon saucé jusqu'à la dernière goute, Firmin déposa une planche de fromages qui repoussa les trois agents du FBI loin de la table en une grimace écœurée. Là, c'était beaucoup demander.

– Oh mon dieu, fit même l'agent spécial Kennedy en se couvrant le nez de sa serviette vichy.

Et pour cause, il ne fallait pas avoir été élevé au hamburger et au cola pour apprécier un tel plateau : un bleu d'Auvergne marbré à point, un camembert fait à souhait, un maroilles à la croûte orange vif, un livarot encore cerclé de paille, et même, fin du fin, quelques picodons de chèvre aux artisons.

– Pour faire glisser ces merveilles, voici un brouilly issu de l'exploitation d'un de mes amis. Tonique, parfumé, à boire sur le fruit !

Shrapnel et Feuerbach se servirent sans sourciller : ils se constituèrent un assortiment de fromages qui stupéfia les trois Américains.

– Vous devriez essayer ! marmonna Shrapnel entre deux bouchées : c'est une expérience philosophique exceptionnelle, croyez-moi !

Valbuena s'avança lentement vers le plateau de fromage. Ses yeux s'exorbitèrent :

– Ça bouge ! hurla-t-il en louchant sur les picodons recouverts d'artisons.

– Bien sûr que ça bouge, intervint Firmin d'une voix sévère. C'est même ça qui donne tout son goût au chèvre !

Même Torpe et Kennedy pouffèrent de rire.

– C'est sans doute une expérience philosophie exceptionnelle, concéda la jeune Américaine, mais là, je vais décliner. Je passerai directement au dessert.

– Pareil pour moi, sans vouloir vous vexer, suivit Torpe.

– C'est comme le client désire ! répondit Firmin sans se départir de sa bonhomie.

Quelques minutes plus tard, le patron se pencha par le passe-plat des cuisines et rapporta un plateau sur lequel étaient disposées six petites assiettes.

– Tarte Tatin au miel de Sologne chapeautée de glace rhum et raisin, déclara-t-il presque sentencieusement. Régalez-vous !

Les Américains cette fois acceptèrent et le silence étreignit la table. Même Le Deuff termina son assiette et passa un index gourmand dans le fond pour terminer le miel.

Enfin, Firmin servit une tournée d'expressos agrémentés d'un petit verre d'alcool de poire. Il déposa la bouteille sur la table. Ce fut un repas de légende, une vraie déclaration d'amour à la gastronomie française.

Shrapnel adressa un clin d'œil de remerciement appuyé à Lotte qui lui rendit un sourire. Il envoya une claque sur le ventre rebondi de Firmin :

– Bravo, patron, bravo mille fois !

Le gros homme gloussa derrière ses bajoues.

Le Deuff repoussa son assiette et jeta sa serviette sur la table. Il observa quelques secondes ses ongles puis leva un regard sombre sur ses collègues :

– C'est bien beau tout ça mais des individus... des monstres, devrais-je dire, sont à l'œuvre en ce moment même. Et nous on se bâfre comme si de rien n'était...

Lor Feuerbach posa sa main sur l'avant-bras de son collègue dans un geste d'apaisement.

– Non, mais c'est vrai ! s'emporta le capitaine de la BRP. Ces messieurs dames du FBI se déplacent jusqu'en

France et nous, au lieu de se mettre au travail, on leur fait découvrir les charmes de la cuisine française…

Il se pencha vers la cuisine :

– Je ne dis pas ça pour vous, Lotte.

La cuisinière haussa les épaules et disparut derrière ses fourneaux.

Les Américains restèrent impassibles, c'étaient les affaires des Français d'une certaine façon.

– On ne peut rien faire pour l'instant, Mathieu, tenta Feuerbach.

Shrapnel la retint d'un geste :

– Le Deuff a raison.

Il se resservit un verre d'alcool de poire et le but cul sec.

– Je crois que je vais aller au domicile de Brosque. Histoire de voir si nous n'avons rien négligé…

– Mais ça va pas, Julien ? objecta Feuerbach. On n'a pas de commission rogatoire. Et puis, t'as vu l'heure ?

Le commandant de la BRP se leva. L'agent Kennedy eut un petit sourire complice :

– Je vous accompagne, commandant ?

– Parfait !

Feuerbach se leva à son tour :

– Il est presque minuit, qu'est-ce que tu crois trouver là-bas ?

Shrapnel se tourna vers l'agent spécial Torpe :

– Carlos Cárdenas, El Camino était l'un des chefs narcos de Ciudad Juarez, n'est-ce pas ?

L'Américain hocha de la tête. Son collègue Valbuena fronça les sourcils.

– Le *snuff movie* qu'on a visionné et qui a déclenché l'ouverture de notre enquête en France, a été saisi chez un politicard, ancien ministre, député et *tutti quanti,* qui se nomme Jean-Thierry de Brosque. Ça m'avait complètement échappé lorsqu'on était aux *States* mais ce type est également le président d'une association franco-mexicaine, Les Amis du Mexique.

Les flics autour de la table restèrent bouche bée.

– Je suis certain qu'il était en contact avec El Camino. D'une manière ou d'une autre…

Il repoussa sa chaise et saisit son blouson de cuir qui pendait sur une patère non loin du zinc. Il fit un petit signe du bout des doigts à Lotte, derrière le passe-plat et envoya un clin d'œil à Firmin.

– J'emmène l'agent Kennedy avec moi, reprit-il à l'intention de ses collègues. Vous, vous n'avez qu'à aller vous coucher. On se voit demain rue de Lutèce.

Et il sortit avec l'agent Kennedy à ses côtés.

Le Deuff et Feuerbach les regardèrent s'éloigner derrière la vitrine. Torpe les dévisagea :

– Ce n'est pas très légal, ce que va faire votre supérieur, n'est-ce pas ?

– Le commandant Shrapnel pense que la fin justifie les moyens, dit Feuerbach.

– Pardon ? fit Torpe.

– Il croit que la légalité n'est pas forcément la meilleure des solutions… Ce qui lui a déjà causé bien des ennuis.

Le Deuff soupira bruyamment :

– Et en plus, il peut être têtu comme un âne…

15

Le golf de Bussy Saint-Georges était évidemment désert. Personne ne songeait à parfaire son swing à deux heures du matin.

L'homme traversa une partie du fairway et pénétra dans le jardin de l'une des maisons. Il observa les fenêtres des résidences avoisinantes, toutes masquées par un volet électrique. Le quartier semblait complètement endormi. Il fit le tour de la villa et se retrouva devant la porte principale. Là, il écrivit un texto sur son smartphone et compta jusqu'à dix. Puis il tapota trois fois sur la porte, attendit encore dix secondes et tapota à nouveau trois fois.

La porte s'ouvrit.

Alicia Stanford apparut dans l'entrebâillement :

– Salut, *Guapo*, tu en as mis du temps à nous contacter…

– El Camino m'a dit de prendre toutes mes précautions, répondit l'homme en pénétrant dans le hall d'entrée. Alors, j'ai pris toutes mes précautions.

La maîtresse d'El Camino était habillée d'une combinaison noire, de coûteuses baskets aux pieds. Elle ouvrit le tiroir d'une commode située dans le petit couloir entre le hall d'entrée et la salle de séjour : elle sortit un pistolet Beretta 92.

L'homme se raidit en voyant l'arme.

Stanford sentit sa crainte et en éprouva un sentiment de supériorité très agréable. Elle chambra une munition et glissa le pistolet dans un sac à dos Vuitton Montsouris.

– El Camino n'est pas là ?

– Non. Nous allons le rejoindre à la ferme.

Elle éteignit la lumière du couloir, plongeant ainsi la maison dans une obscurité seulement limitée par les lampadaires de la rue. Mais elle savait que le visage de l'homme était décomposé : la perspective de mettre les pieds dans cette *ferme* où El Camino officiait devait le terroriser. De ça aussi Alicia Stanford éprouva un sentiment de toute puissance.

– Il veut absolument connaître les agissements de tes amis. Mais il a du *travail*, aussi.

Dans le silence de la nuit froide, ils montèrent dans la Mercedes ML qui stationnait le long du trottoir. Ils ne croisèrent aucun véhicule sur la petite nationale qui sortait de Bussy-Saint-Georges. Sous un arrêt de bus, des gamins fumaient des joints en rigolant.

Vingt minutes plus tard, le 4 × 4 sortit de la nationale et s'engagea sur un chemin de terre. Le moteur hurla un peu lorsque les roues attaquèrent une ornière de boue puis Stanford se gara devant une maison derrière laquelle deux appentis avaient dû, des décennies auparavant, servir de remise à une petite exploitation agricole.

L'habitation principale avait été vaguement restaurée mais la ferme semblait désormais à l'abandon. Plantée au milieu de champs hérissés d'immenses pylônes tétrapodes sur lesquelles filaient des lignes à haute tension, elle ressemblait à un navire abandonné, laissé à l'ancre. Seul le bruit ininterrompu des véhicules qui dévalaient l'A4 et des TGV qui traversaient par instants la voie ferrée rappelaient que la civilisation était finalement proche. Vers l'est, l'horizon était éclairé par les lumières du parc d'attractions Eurodisney.

– Allez viens, Carlos nous attend !

Alicia Stanford poussa une porte et, l'homme à sa suite, pénétra dans un petit sas. Elle frappa sur une deuxième porte et au bout de quelques secondes, la serrure produisit un grand clac.

El Camino apparut, seulement vêtu d'un peignoir en éponge qui laissait admirer son anatomie. Sa main droite serrait un revolver de très gros calibre, un Taurus 627SS6 calibre 357 magnum.

– Salut, *bella* !

Il plissa les yeux et sembla découvrir l'homme qui accompagnait sa maîtresse :

– Tu te décides enfin à donner signe de vie, toi ? C'est pas trop tôt ! On a cru que tu te planquais comme une vieille femme apeurée.

– Tu m'as dit de prendre mes précautions, alors j'ai...

– Ça va, ça va. Rentrez vite !

El Camino était aux anges. Quand il s'occupait de ses victimes, ses soucis, ses angoisses disparaissaient. Le monde extérieur n'était plus une menace.

– Alicia, mets toi à l'aise et rejoins-moi !

Il se retourna vers l'homme, visiblement terrorisé.

– Et toi, tu me feras ton rapport pendant qu'on... s'amusera.

Il n'y eut aucune réponse.

Car la terreur avait terrassé le visiteur du soir comme si une main d'acier lui avait saisi les tripes. Bien sûr, il savait pour qui il travaillait. Évidemment, El Camino était un sacré taré et sa pétasse Alicia, la reine des salopes. Mais jamais il n'avait été obligé d'assister aux séances barbares auxquelles les deux amants se livraient, le sourire aux lèvres, le cœur vibrant d'excitation. Lui, il faisait son job et prenait le fric. Mais son job n'avait jamais inclus une telle proximité avec cette putain de sauvagerie !

Et la sauvagerie venait de lui sauter au visage.

Au centre de l'unique pièce, allongées sur un lit, deux jeunes filles qui paraissaient avoir moins de quinze ans, étaient ficelées avec de la corde grossière. Les liens mordaient les chairs, par endroit jusqu'au sang. Il était évident qu'El Camino venait de les violer à maintes reprises, par tous les orifices.

Une caméra HD sur un trépied filmait.

Au fond de la pièce, contre le mur de béton brut, des corps étaient blottis à l'intérieur d'une cage aux barreaux de fers. C'étaient trois adolescents. Les deux garçons cachaient leur visage avec leurs mains et sanglotaient. La fille, rousse, fixait la scène qui se déroulait à quelques mètres devant elle. Son regard paraissait impassible, seulement un peu intrigué.

– Qu'est-ce qu'il se passe ? cria-t-elle soudainement.

Les deux garçons tentèrent de se blottir plus encore dans le coin de la cage.

– Qu'est-ce qu'il se passe, s'il vous plaît ? répéta-t-elle en tirant sur les barreaux de ses mains fragiles.

L'homme l'observa un instant encore : il se demanda si la peur pouvait rendre fou au point qu'on puisse regarder l'horreur sans ne plus la ressentir.

El Camino, lui, fit glisser son peignoir et saisit l'une des jeunes filles attachées par la taille. Il la pénétra violemment et hurla de rire lorsque sa proie cria de douleur. Alicia Stanford avait retiré sa combinaison noire et ses baskets : elle était nue et tenait à la main un instrument dont la large lame scintillait sous la lumière crue des néons fixés au plafond. Elle commença à se caresser frénétiquement.

– Qu'est-ce que vous faites, monsieur ? supplia la jeune fille dans sa cage. Mais qu'est-ce que vous faites ?

L'homme recula de quelques pas et s'appuya maladroitement contre le mur. Il lutta contre une douleur sourde qui irradiait de son estomac. Un rat se faufila entre ses pieds.

– Alors qu'est-ce qu'ils branlent tes *amigos* ? fit El Camino en repoussant sa victime et en forçant l'autre suppliciée à le sucer.

Puis Alicia Stanford se mit à jouir. Ça dura quelques secondes et sans prévenir, elle abattit sa feuille de boucher sur le flanc de la première fille. Celle-ci poussa un râle guttural, inhumain. Les adolescents dans la cage hurlèrent.

– Mais qu'est-ce que vous faites ? Monsieur, dites-moi ce que vous faites !

El Camino jouit à son tour, souillant le visage de la jeune fille qui tremblait de tous ses membres. Il grogna, soulagé comme un verrat. Alors, Alicia Stanford se déchaîna : elle déchira les corps des deux jeunes filles dans une rage hystérique. Son corps à elle se couvrit du sang qui giclait sous ses coups furieux.

L'homme glissa au sol et expulsa un flot de bile sur sa veste de costume noir. Il fut pris de convulsion mais réussit à se relever. Titubant, il se dirigea tant bien que mal vers la porte, à tâtons. En jetant un coup d'œil rapide vers la cage, il réalisa que la jeune fille accrochée aux barreaux était aveugle.

– Une putain d'aveugle, grommela-t-il.

Comme un fantôme, il disparut dans le froid glacé de la nuit.

El Camino et sa maîtresse hurlèrent de rire en voyant leur complice s'enfuir comme une lopette.

– Mais dites-moi ce qu'il se passe, s'il vous plaît ! lança la jeune aveugle d'une voix brisée par une peur animale.

16

Depuis dix jours, les quartiers nord de Marseille étaient en proie à des émeutes entre jeunes minots et forces de l'ordre. Les caïds avaient donné leur accord pour harceler durant la nuit les flics et les gendarmes mobiles. Les affrontements tenaient plutôt des harcèlements sporadiques et de courses poursuites – les jeunes menant les harcèlements, les flics se lançant ensuite à leur poursuite.

À l'origine des heurts, un fait divers classique. Un jeune d'une vingtaine d'années avait résisté à un contrôle d'identité de la BAC et les fonctionnaires l'avaient tabassé à coups de tonfa. Comme par hasard, on avait retrouvé un cran d'arrêt dans la poche du délinquant. Le gamin était dans le coma depuis lors et ses amis avaient laissé éclater leur haine. Pour les jeunes, les fonctionnaires de la BAC avaient eux-mêmes placé le couteau dans la poche de leur victime.

Mais les caïds du quartier avaient consenti à laisser troubler la paix relative de leur territoire uniquement pour jouir d'une véritable période de calme. Sans que les flics pénètrent dans les halls d'immeuble ou les parkings.

Car généralement, après des jours de violence, les autorités publiques retenaient leurs flics et leur ordonnaient de ne plus provoquer les jeunes habitants.

Et si les caïds voulaient une réelle période de paix, c'est qu'ils attendaient l'arrivée de gens importants.

Un an auparavant, des narcos mexicains de l'État de Sonora, alliés à ceux du Chihuahua, désiraient tester les capacités marketing des quartiers nord de la cité phocéenne. Ils avaient laissé entendre qu'ils pourraient implanter là une nouvelle plateforme de distribution qui approvisionnerait l'Europe de l'Ouest. Les discussions avaient été longues et parfois rompues pour des raisons que les Marseillais ne comprenaient pas vraiment. Ainsi, on avait entendu dire que l'un des chefs les plus puissants de Ciudad Juarez avait lui-même été obligé de s'enfuir aux États-Unis sous la menace de jeunes trafiquants aux dents longues. Les narcos de Sonora avaient été, eux, obligés de s'assurer que ces jeunes sicaires aux ambitions démesurées ne risquaient pas de s'en prendre à leur propre business. Sans doute avaient-ils dû négocier âprement.

Quelques semaines plus tôt, les contacts avec les dealers marseillais avaient repris et une réunion de visu avait été programmée pour le mois suivant. D'où la nécessité de s'assurer un calme parfait. Le calme après la tempête était toujours le calme le plus parfait.

La tranquillité régnait désormais, depuis le matin même. Au pied des barres HLM, des rumeurs couraient parmi les chefs du trafic de cocaïne et de cannabis : les Mexicains devaient arriver le lendemain.

Ils étaient arrivés le surlendemain.

Trois très jeunes garçons habillés de costumes chics et de manteaux en cachemire. Ceux qui s'attendaient à voir débarquer des chanteurs de Cucaracha affublés de santiags et de sombreros à pompons pouvaient revoir leurs stéréotypes : les trois narcos étaient vêtus comme les minots qui servaient de petits revendeurs rêvaient de l'être. La classe américaine, quoi...

Un contrat verbal – mais sans retour en arrière possible – fut scellé entre les caïds marseillais et les narcos du Sonora. On trouva une belle villa sur les hauteurs de Marseille aux trois plénipotentiaires mexicains. Bientôt une demi-douzaine d'hommes traversa l'Atlantique : un comptable, deux chimistes et quatre *sicarios* rompus à l'import-export de la meilleure cocaïne jamais vendue sur le sol du vieux continent.

Les narcos occupèrent également un appartement au dernier étage de l'une des tours d'un quartier au nord de Marseille. Cela afin de disposer d'un pied à terre au sein même du territoire de leurs nouveaux alliés et de pouvoir les tenir à l'œil.

Et la filière Hermosillo-Marseille fut lancée.

Fini le pastis sur la Canebière, viva la Téquila.

17

Déjà dans la voiture, la voix de Stacy Kennedy s'était faite plus douce.

Au volant de la vieille Citroën CX break qu'il affectionnait particulièrement, Shrapnel feignait de ne pas remarquer le changement de ton et d'attitude de l'agent du FBI à son égard. Il n'était pas sûr de grand-chose à propos des femmes mais il croyait savoir déceler l'imperceptible tension qui s'électrisait lorsque l'une d'elles se sentait attirée par lui. Et pour tout dire, la jeune femme était particulièrement à son goût: ses épais cheveux noirs, ses yeux verts perçants et cette silhouette lui inspiraient quelques images torrides.

– Les officiers de police français roulent toujours dans des corbillards ? interrogea-t-elle comme ils pénétraient dans la vallée de Chevreuse.

– Ah ! Cette voiture, c'est une longue histoire... Le commissaire principal Volochenko, mon chef, voudrait bien la refourguer aux domaines pour qu'ils la revendent à une casse automobile mais j'ai toujours réussi à planquer les clés. Les bagnoles modernes, clinquantes, c'est un coup à se faire repérer trop facilement.

Il sembla réfléchir et eut un petit sourire :

– Il y a des années, des collègues de la brigade mondaine, à la retraite aujourd'hui, se sont fait refourguer une Subaru Impreza. Vous voyez le truc ? Je me souviens que Corentin était fou de rage à l'idée de rouler dans une bagnole aussi tarte !

Il ralentit à quelques mètres du portail d'une opulente villa, apparemment un ancien domaine de chasse. La demeure de Jean-Thierry de Brosque, élu du peuple français et, depuis quelques semaines, en détention provisoire sous le coup d'un mandat d'arrêt pour possession de films à caractère pédopornographique. À cette heure, ses ennuis avec la cellule Tracfin pour malversation financière et autres détournements de fonds représentaient sans doute le cadet de ses soucis.

Shrapnel fit signe à Kennedy de le suivre et ils contournèrent la maison.

Sur le mur, non loin de la terrasse qui donnait sur le vaste jardin bordé d'une forêt épaisse, une petite fenêtre à deux mètres du sol retint l'attention du Français. Il sortit d'une des poches intérieures de son blouson un couteau à cran d'arrêt et fit apparaître la lame dans un clac sonore.

– Ici, ça devrait faire l'affaire, murmura-t-il en lançant un clin d'œil à sa compagne.

Celle-ci semblait osciller entre la fascination pour ce flic décidément hors normes et la crainte d'éventuels ennuis causés par leur intrusion. Elle avait vu que le commissaire Volochenko ne portait pas son subordonné dans son cœur.

À la force des bras, Shrapnel se hissa sur l'étroit rebord. Il engagea la lame dans l'huisserie et d'un coup sec, fit sauter le petit verrou qui maintenait la fenêtre fermée. Il écouta quelques instants le silence :

– C'est toujours pareil, lorsqu'ils embarquent un type, les flics ne remettent jamais l'alarme en marche. Si les monte-en-l'air étaient moins truffes, ils cambrioleraient les baraques des mecs qui viennent de se faire serrer. C'est sans risque !

Il plongea la tête dans la fenêtre et bascula brusquement à l'intérieur de la maison.

– Attendez-moi ! lança-t-il à Kennedy avant de disparaître entièrement.

La nuit était froide mais rien à côté des morsures infligées par le vortex polaire qui s'était abattu sur les États-Unis. Au milieu de la forêt de Chevreuse, l'agent spécial se sentait bien. Sans les circonstances horribles qui l'avaient menée en France, avec ses collègues du FBI, elle se serait crue en vacances. Elle aurait même apprécié la petite angoisse qui lui titillait en cet instant le ventre.

– Vous venez ou quoi ?

Kennedy sursauta et, dans un mouvement conditionné d'une rapidité époustouflante, attestant d'un entraînement très poussé, dégaina son Glock 22.

La seconde d'après, elle braquait l'arme sur le visage de Shrapnel qui avait ouvert la porte de la terrasse.

– Houla ! Agent Kennedy, vous êtes nerveuse, on dirait...

– Et vous, vous êtes complètement inconscient ou quoi ? J'aurais pu vous descendre.

– Je vois ça, oui. Mais...

Il fronça les sourcils en observant le pistolet automatique.

– Depuis quand vous conservez votre arme sur le sol français ?

– L'ambassade des États-Unis a demandé la permission spéciale au ministère des Affaires étrangères français, je crois, sourit la jeune femme en calant le calibre 40 dans son holster de ceinture.

– Et nous, on n'avait pas le droit de porter d'arme, aux *States* !

– Il faut croire que nos chefs estiment que nous devons pouvoir nous défendre, même en France. Il faut croire que les vôtres estiment que nous pouvons vous défendre sur le sol américain.

Shrapnel n'appréciait guère les « deux poids deux mesures ». Il se jura de demander des comptes à Volochenko et à Alice Dechartres. Surtout à ce jeune arriviste de Volochenko !

– On y va ? hasarda Kennedy sans se départir de son sourire.

Shrapnel portait des gants de latex, il en tendit une paire à l'Américaine :

– Faut pas laisser trop de traces.

Il la précéda dans un mouvement ostensible de mauvaise humeur, et pénétra dans la salle de séjour.

Meubles en bois précieux, vastes canapés en cuir fauve, estampes japonaises au mur et tapis persans sur le sol, l'ameublement était de bon goût et sans doute très onéreux. De l'avis de Shrapnel, l'intérieur du ministre député Jean-Thierry de Brosque prouvait que l'argent détourné l'avait bien été.

Dans le salon, un système vidéo de haute précision attestait de la passion du propriétaire des lieux pour le cinéma. Un certain genre de cinéma...

– C'est ici que ce gros porc regardait les *snuff movies*, grommela Shrapnel en s'avançant vers les étagères sur lesquels étaient rangés des DVD plus conventionnels.

Du bout du pied, il souleva le tapis devant l'écran de télévision.

– C'est là que le commandant Storme, mon collègue de l'OCLIFF a découvert le seul DVD que le député n'avait pas réussi à faire cramer.

Il secoua la tête et sortit du salon. Il se dirigea vers une vaste pièce aux portes de verre donnant sur le couloir : le bureau de Brosque.

– Qu'est-ce qu'on cherche exactement ? fit Kennedy en l'observant fouiller dans les documents papiers empilés sur le maroquin.

– Pour commencer, tout ce qui pourrait avoir rapport avec le Mexique.

– Un peu comme ça ? demanda la jeune femme avec un ton ironique.

Shrapnel leva la tête, Kennedy pointait son doigt vers la pièce située face au bureau. Elle venait de pousser la porte et un vrai musée du Mexique s'offrait à la vue des deux flics.

– Merde ! lâcha Shrapnel. J'avais oublié que ce gonze était le président de l'association des Amis du Mexique...

La pièce sans fenêtre contenait trois bibliothèques remplies de livres et de magazines traitant du Mexique. Quatre étagères de verres étaient recouvertes d'objets divers, bibelots, poupées, armes même, provenant de quelque État de ce pays d'Amérique du Nord que de Brosque avait apparemment adoré. Dans un coin de la pièce, un jaguar empaillé fixait les deux flics d'un regard vide.

Au mur, des masques de civilisations précolombiennes voisinaient avec un sombrero estampillé d'une marque de bière à la téquila, un sabre d'opérette dont le pommeau figurait l'aigle saisissant un serpent à sonnette dans son bec, deux fusils anciens et une carte du Mexique datant du XVIIIe siècle. Un mélange des genres impressionnant, songea Shrapnel en s'avançant au milieu de ce bazar. Mais il sentait que ce qu'ils cherchaient se trouvait quelque part devant lui.

– Cherchez un numéro de téléphone ou un code, une adresse Internet peut-être !

– Comment vous dites, vous les Français : « c'est comme chercher une anguille dans une meute de foin », non ?

Shrapnel la toisa d'un air appréciateur. Très sexy, l'agent spécial !

– Oui, on dit quelque chose comme ça...

Ils soulevèrent les bibelots, secouèrent les livres et les revues, jetèrent un œil derrière les tableaux. Leurs fouilles durèrent deux heures mais rien n'y fit : aucun indice d'un quelconque lien entre de Brosque et El Camino.

Les deux flics commençaient à s'impatienter.

– On perd notre temps, commandant !

Kennedy avait dit ça avec un léger ton de mépris. Shrapnel envisagea du coin de l'œil le divan non loin de lui et s'approcha de la belle brune. Celle-ci fronça les sourcils, quelque peu surprise :

– Commandant... Que...

Et Shrapnel, armé de son regard de tombeur auquel ne résistait aucune femme, saisit la taille de sa coéquipière d'outre-Atlantique. Il l'attira vers lui et lorsqu'il approcha sa bouche de la sienne, Kennedy tourna la tête :

– Non mais vous vous prenez pour qui, commandant ? s'emporta-t-elle.

Shrapnel relâcha son emprise.

– Vous vous croyez si irrésistible ? Chez nous, un tel comportement, ça s'appelle du harcèlement sexuel. Ça pourrait vous coûter votre grade et même vous envoyer en prison !

Le Français haussa les épaules :

– Chez nous, on appelle ça *l'amour à la française*. Ça aurait pu vous envoyer au septième ciel et vous détendre un petit peu, agent spécial.

– Quelle arrogance…

Mais déjà Shrapnel s'était désintéressé de ce débat multicentenaire entre la galanterie française et le pragmatisme américain. Il s'approcha de la porte du musée et se pencha sur la clé plantée dans la serrure : une petite figurine pendait du porte-clés. Une petite statuette en plâtre mesurant à peine cinq centimètres représentant un homme à moustache, aux cheveux noirs, qui portait un foulard autour du cou. Sur son torse était écrit « *Ciudad Juarez para la santa muerte* ».

– C'est la même figurine que celle retrouvée par les gendarmes en Seine-et-Marne, sur les lieux où on a découvert les deux derniers cadavres. Le Deuff l'a ramenée comme pièce à conviction.

Kennedy se posta juste derrière Shrapnel. Elle s'appuya sur son épaule et approcha sa tête de la sienne. Il pouvait sentir son haleine agréable.

– C'est Malverde, un bandit légendaire auquel certains narcos vouent un culte, expliqua-t-elle en observant la figurine.

– Oui mais celle-là porte une inscription qui ne m'a pas l'air manufacturée : « *Ciudad Juarez para la santa muerte* ». Celle ramenée par Le Deuff en porte également une…

Kennedy recula, apparemment soucieuse.

– Oui, dit-elle, c'est possible. Il faudrait vérifier si l'écriture est de la même main. Si c'est le cas, on aurait la preuve que votre prisonnier a été en relation avec El Camino.

– Bon, sourit Shrapnel. Demain, je demande une commission rogatoire au juge et on revient perquisitionner *officiellement* ici. On trouve par hasard cette breloque, on l'envoie au labo. Si les types du labo nous disent que c'est la même écriture, on file interroger mon prisonnier – comme vous dites – à Fleury-Mérogis.

– Et si ce n'est pas la même écriture ?

– Rien à foutre ! Je sais faire parler les coupables, faites-moi confiance !

Kennedy secoua la tête, l'air consterné :

– Vous êtes d'une arrogance rare, commandant ! Avec les femmes, mais aussi avec la légalité.

Shrapnel tenta une seconde approche : il s'avança jusqu'à ce que son visage soit à quelques centimètres de celui de Kennedy.

– J'ai cru comprendre que mon arrogance vis-à-vis de la légalité ne vous avait pas déplu tout à l'heure quand nous sommes illégalement entrés dans cette belle villa…

L'agent spécial secoua à nouveau la tête. Elle semblait moins consternée. Une lueur d'amusement taquinait son regard.

– Quant à mon arrogance avec les femmes, je reste persuadé qu'elle ne vous aurait pas déplu. Mais tant pis pour vous !

Il tourna les talons :

– Allez, on met les voiles ! Demain, on a du pain sur la planche, *darling* !

18

Lor s'était retrouvée seule avec l'agent spécial Torpe.

Le Deuff n'était pas d'humeur à boire un dernier verre. Il souhaitait rentrer chez lui et se réveiller assez tôt le lendemain pour prendre le petit-déjeuner avec ses enfants et les emmener à l'école. Ses gamins, sa famille lui offraient un antidote aux horreurs de la vie, Feuerbach le savait.

Quant à l'agent Valbuena, il semblait lui aussi tourmenté. Ou plus exactement préoccupé, comme s'il devait remplir certaines obligations et que le temps lui manquait.

– Il n'est pas très calme, votre collègue Valbuena, remarqua Feurbach en le regardant s'éloigner sur les quais de Seine.

– Oui, depuis quelque temps, il semble avoir des soucis, reconnut Torpe en grattant pensivement sa mâchoire carrée. Disons que, comme votre collègue, le capitaine, il doit être tourmenté. Même les meilleurs flics peuvent être profondément déstabilisés par une affaire. On ne peut pas leur en vouloir.

La jeune femme blonde eut une grimace amusée. Elle tapota de l'index la poitrine puissante de l'Américain :

– Tiens, tiens, il y a donc un cœur là-dessous ?

L'autre laissa échapper un petit rire, peut-être un peu mal à l'aise.

L'hiver s'était installé sur Paris et à cette heure indue de la nuit, les quais étaient entièrement vides. La Seine charriait des flots sombres et Notre-Dame offrait une teinte grisâtre.

Les deux flics marchaient tranquillement, emmitouflés dans leur manteau. Légèrement grisés par l'alcool servi par Firmin, ils goûtaient un moment agréable.

– Vous étiez déjà venu en France, Torpe ?

– Une fois seulement.

– Je vous imaginerai presque en amoureux transi. C'était à l'occasion d'un voyage avec une demoiselle ?

Torpe émit un petit rire, grinçant.

– Pas vraiment, lieutenant, pas vraiment…

Il aspira une grande bouffée d'air froid. Un petit sourire triste déforma ses lèvres.

– Au début des années 2000, je faisais partie de la CIA. En général mes collègues du FBI ont comme ambition d'intégrer la CIA. Moi, j'ai fait le chemin inverse. Lorsque les États-Unis ont envoyé des troupes en Afghanistan, des prisons spéciales ont été ouvertes dans différents pays alliés. L'Europe en recensait quelques-unes. Elles étaient destinées à recevoir les prisonniers talibans et les mercenaires des pays du Golfe ou d'Afrique, des prisonniers dont on ne connaissait pas encore le statut légal.

– Je crois savoir qu'ils n'ont jamais eu de statut légal. À Guantanamo, des hommes sont détenus encore actuellement sans jugement. Plus de dix ans après l'intervention américaine.

Torpe fronça les sourcils.

– J'ai été envoyé en Europe pour superviser la mise en place d'une de ces unités de détention.

– En France ?

L'agent spécial hocha la tête.

– Oui, dans le sud de la France.

– Ce n'était donc pas une légende ? D'après votre gouvernement pourtant, Wikileaks a trafiqué ses preuves, Assange est un terroriste…

– Je sais, je sais, lieutenant. La raison d'État a des raisons que la raison ignore, peut-être.

Ils reprirent leur marche, silencieusement.

– En tout cas, je suis venu en France à cette période. J'y ai passé six mois. Mais ce n'était pas un séjour d'agrément. En rentrant aux États-Unis, j'ai quitté la CIA et rejoint le FBI.

Ils s'arrêtèrent devant l'hôtel *Le Notre-Dame* au bout du quai Saint-Michel.

– Vous m'offrez un dernier verre dans votre chambre ? fit Feuerbach avec un regard légèrement langoureux.

– Mais, je ne crois pas avoir quelque chose à boire, balbutia Torpe qui semblait, décidément, peu à l'aise avec les conventions érotiques.

Feuerbach le saisit par la cravate et l'attira vers lui. Elle lui glissa sa langue dans la bouche.

– Vous n'êtes pas très dégourdi, murmura-t-elle en reprenant son souffle. Mais j'ai suffisamment bu pour avoir envie de m'amuser un peu.

Trois minutes plus tard, dans sa chambre, Torpe démontra pourtant le contraire : il saisit Feuerbach par la taille et la projeta sur le lit. Parfois, deux corps semblent avoir été créés pour n'en faire plus qu'un lors de l'union charnelle. C'était le cas : le corps longiligne et légèrement musclé de Lor Feuerbach et celui robuste, comme taillé dans la pierre de Sam Torpe, se complétaient parfaitement.

La jeune femme enjamba son compagnon et après l'avoir complètement dévêtu, saisit d'une main ferme son sexe turgescent. Elle le caressa quelques instant et sans cesser de planter son regard dans celui de Torpe, glissa lentement sur son corps jusqu'à ce que sa bouche aspire le sexe américain.

– *My god*... souffla Torpe en basculant la tête en arrière.

Oui, c'était certain : son dieu ne devait pas lui faire entrevoir plus beau paradis que celui dans lequel il venait de plonger. Il tenta alors de faire remonter la jeune femme sur lui dans l'idée de la pénétrer. Mais c'était méconnaître Feuerbach : jamais elle n'avait considéré que l'homme dut mener la danse, ni dans un lit, ni ailleurs. Et cette nuit-là, elle avait décidé de se faire l'Américain.

Elle repoussa donc un peu brutalement l'homme et continua à sucer le sexe. Aux sursauts nerveux et aux borborygmes qu'il parvenait difficilement à museler, elle sut que celui-ci avait de plus en plus de mal à se contrôler. Alors, brusquement, elle s'accroupit sur lui. Son sexe parfaitement rasé, sa peau diaphane et ses cheveux blonds magnifiques, offraient bien plus que ce que Torpe aurait pu désirer. Feuerbach en était consciente lorsqu'elle guida le sexe en érection en elle.

Les savants va-et-vient s'accélérèrent pour devenir quasi frénétiques.

– *Please, please*... haletait l'agent spécial, le corps couvert de sueur.

Mais Feuerbach ne se laissait pas dicter la cadence, elle l'imposait. Son corps fut traversé d'une décharge électrique et elle dut se concentrer pour ne pas perdre la direction des opérations. Non, cette première fois devait être la sienne : Torpe était le genre de type à se croire tout permis s'il emportait la partie lors du premier rendez-vous. Parfois, elle songeait que son féminisme était quelque peu belliciste mais elle savait que les femmes n'avaient pas déclaré la guerre des sexes. C'était les hommes, leurs religions et leurs lois...

Dans ces conditions, il ne fallut pas plus de cinq minutes pour que Torpe jouisse dans un petit cri, presque étranglé. Feuerbach considéra ces minutes de résistance comme un exploit : ce n'était pas si mal, d'aucuns n'auraient pas tenu plus d'une minute.

Elle mordit doucement le lobe de l'oreille de l'homme et lâcha un petit rire.

– Voilà une coopération entre les services qui commence sous le meilleur augure.

Dans son sac à main jeté négligemment sur le sol, le portable du lieutenant de la BRP sonna. Feuerbach tendit la main et à tâtons, trouva le smartphone. Sur l'écran était inscrit « *Schrapnel* ».

– Jamais au bon moment, Scud, nota le flic en repoussant le téléphone au fond de son sac.

– C'est votre chef, Scud ? fit Torpe comme la jeune femme se lovait contre lui.

– Oui, le commandant Shrapnel.

– Vous ne répondez pas ? C'est peut-être important…

Feuerbach embrassa la poitrine musclée de son amant, son ventre puis descendit jusqu'à son sexe un peu éteint.

– Ma maman m'a toujours appris qu'il ne fallait pas parler la bouche pleine, déclara-t-elle.

Et de sa langue experte, elle rendit sa vigueur à l'agent Torpe.

19

Les commissaires Volochenko et Dechartres étaient assis sur les deux fauteuils face au bureau de Shrapnel. Derrière lui, une étagère supportait une trentaine d'épisodes des aventures de *SAS* Malko Linge. Les indispensables, selon le chef du groupe Cabaret, ceux que tout bon flic devait avoir lu.

Il raccrocha le téléphone :

– OK ! Le juge nous transmet la commission rogatoire dans l'heure. On va pouvoir passer au peigne fin la taule de Brosque. Je suis certain qu'on trouvera de quoi relier ce gros dégueulasse à El Camino.

– C'est ça votre idée, commandant ? fit Volochenko d'un ton cinglant. Tout à coup, vous voulez « passer au peigne fin » la demeure du député de Brosque. Comme ça ? Vous avez été victime d'une révélation, peut-être ?

Julien ne releva pas l'agression. Ses relations avec son supérieur oscillaient en permanence de la froide politesse à la provocation. C'était comme ça, et Schrapnel soupçonnait parfois Volochenko d'être jaloux de ses supposées conquêtes et de sa popularité. Il sourit et répliqua :

– Je parlerai plutôt d'un sens aigu de la déduction ou quelque chose d'approchant.

– Ne vous foutez pas de ma gueule, Shrapnel ! Vous savez que ça ne vous mène jamais très loin.

Le commissaire se leva, le regard noir, et alla se poster devant la fenêtre qui donnait sur le boulevard du Palais. Des passants tentaient de se protéger de la pluie glacée qui tombait sans discontinuer depuis le matin.

Appuyé contre le mur, le colonel Oliver Sacco, de l'ambassade américaine, l'observa un instant : jamais il n'aurait accepté qu'un de ses hommes le traite ainsi. Il n'aurait pas hésité à le casser.

L'agent spécial Kennedy et le capitaine Mathieu Le Deuff, assis sur un petit divan à droite de la porte d'entrée, attendaient que la tempête se calme. La première, fascinée par l'apparente décontraction du commandant Shrapnel ; le second, habitué à la désinvolture du chef de groupe.

Alice Dechartres, elle, n'avait pas bougé d'un pouce. Elle observait le beau visage du commandant Shrapnel, tentait d'y déceler quelque indice pouvant trahir ses intentions. Car bien évidemment, elle savait qu'il manigançait quelque chose.

– D'accord, Julien, d'accord pour la perquisition ! Mais vous pouvez tout de même nous expliquer pourquoi vous voulez retourner le domicile de Brosque.

– Je vous l'ai dit, Alice : notre enquête est au point mort. On retrouve des cadavres aux États-Unis et en France, des films porno à caractère pédophile, un psychopathe prend l'avion et atterrit en France mais rien, que dalle ! Je suis certain que Brosque a la clé, chez lui, là-bas dans sa baraque de bourgeois.

La clé… Un vrai voyou, ce Shrapnel, songea Kennedy.

– Nos collègues de l'OCLIFF ont déjà perquisitionné les lieux plusieurs fois. Ils n'ont rien relevé susceptible d'impliquer de Brosque dans quoi que ce soit d'autre que du détournement de fonds publics.

– Oui, mais eux ne cherchaient pas ce que je cherche !

– Et vous cherchez quoi au juste ? grogna Volochenko en se retournant vers son subordonné qu'il n'était pas loin de considérer comme un provocateur.

– Quelque chose qui relierait Jean-Thierry de Brosque et son amour des petits enfants à un certain Carlos Cárdenas, dit El Camino. Un ex-trafiquant de drogue mexicain qui donne dans le *snuff movie*, selon nos amis du FBI.

Il fit un clin d'œil à Kennedy, celle-ci hocha légèrement la tête.

Volochenko se posta devant le bureau entre Dechartres et Shrapnel.

– Attendez, commandant ! Vous êtes en train de nous dire que les narcos mexicains ont des velléités de s'implanter en France ?

– Grossièrement : oui !

Volochenko se retourna un instant vers le colonel Sacco qui demeura impassible. Celui-ci n'avait pas joué franc-jeu, c'était évident.

– Mais, mais… balbutia le commissaire divisionnaire, la brigade des stups est au courant ? Parce que la BRP n'a rien à faire dans un cas comme celui-là et vous…

– Le trafiquant dont je vous parle, commissaire, n'est plus vraiment en mesure d'implanter un trafic de came dans nos belles campagnes. Apparemment, toujours selon le FBI, il a dû fuir son pays la queue entre les jambes. Lui, son truc dorénavant, c'est le meurtre d'enfants devant une caméra. Et ça, ça relève directement de notre compétence !

La porte du bureau s'ouvrit à ce moment : Lor Feuerbach, de fines cernes sous les yeux, pénétra dans la pièce, suivie de l'agent spécial Torpe. Ce dernier adressa un léger signe de tête à l'attaché de l'ambassade des États-Unis. Kennedy et Shrapnel eurent le même regard pour leurs collègues : une légère surprise teintée d'amusement.

– Ah enfin ! Lieutenant Feuerbach, lança Shrapnel, jovial et surjouant les chefs de service procéduriers. C'est à cette heure que vous arrivez ? Oh oh ! Vous vous croyez fonctionnaire à la Sécurité sociale peut-être ?

Feuerbach le fusilla d'un regard terrible.

– Très drôle. Je te rappelle, chef, qu'on était encore en réunion à minuit chez Alphonse.

– Oui, et il semble que toi et l'agent spécial Mister muscles aient fait des heures sup', après...

– De plus en plus drôle, chef. Tu vas pouvoir te lancer dans le comique de boulevard.

Torpe lui, avait soudainement envie de lui témoigner son savoir-faire en matière de close-combat : quinze années au service action de la CIA, ça pouvait aussi servir à faire taire les insolents, songea-t-il en contenant sa colère.

– Si vous voulez faire des heures sup', commandant, je suis votre homme ! Karaté, krav maga ou boxe anglaise, on peut s'arranger.

– Désolé, camarade, pouffa Shrapnel, moi je suis Français : la bagarre, ça s'apprend dans la rue et ça se complète aux contacts des crapules. Vos sports exotiques, c'est bon pour les Jeux olympiques. L'important, c'est peut-être de participer mais moi, c'est ma peau que je défends quand je me coltine avec la voyoucratie...

– Non, mais ça ne va pas bien, ici ! s'exclama le commissaire Volochenko hors de lui. Commandant, vous vous croyez où ? On n'est pas au cirque, bon Dieu ! On est à la BRP ! Et vous, colonel, dites à vos hommes de garder leur calme, s'il vous plaît !

– L'agent spécial Torpe n'est pas sous mes ordres, commissaire, répondit Sacco. Il appartient au FBI.

– C'est vrai, commissaire, grinça Shrapnel : le colonel, lui est attaché culturel de l'ambassade américaine, il n'entrave rien aux choses policières !

La commissaire Dechartres, l'agent Kennedy et même le lieutenant Feuerbach continrent difficilement un éclat de rire : Shrapnel se comportait vraiment comme un sale gosse, parfois.

Volochenko, lui, était rouge écarlate.

– Mais vous avez raison également sur un autre point fondamental, commissaire, dit soudain Shrapnel en se levant brusquement de son fauteuil. Trêve de rigolades : il y a une ordure dans la nature !

Il prit son Sig-Sauer dans l'un des tiroirs de son bureau et le glissa dans son étui de ceinture. Puis enfila son blouson.

– Mathieu, tu restes ici : dès que tu as la commission rogatoire du juge, tu nous rejoins chez de Brosque. Messieurs dames de la BRP et du FBI, nous filons chez ce triste individu pour mettre à jour ses plus intimes et dégueulasses secrets.

Il adressa un sourire charmeur au commissaire Dechartres, ignorant ostensiblement Volochenko, et quitta la pièce.

– Si l'agent Valbuena arrive, pouvez-vous lui expliquer les dernières avancées, capitaine ? fit Torpe.

Il s'adressa alors au colonel Sacco :

– Je ne sais pas où il est et son téléphone ne répond pas…

Le Deuff acquiesça d'un bref mouvement de tête. Sacco demeura impassible, comme si rien ne semblait l'atteindre.

Dans le couloir, Shrapnel envoya une claque bruyante sur l'épaule de l'agent Torpe :

– Et je retiens votre invitation, Torpe. Je ne serais pas contre une explication franche et virile !

– OK pour moi ! répliqua l'Américain.

– Deux poulets qui se chamaillent en se prenant pour des coqs, c'est pathétique, déclara Feuerbach tandis que les deux flics se défiaient du regard.

20

Une heure plus tard, les deux agents du FBI et les deux officiers de la BRP étaient à pied d'œuvre.

– Ne vous cassez pas la tête ! avertit Shrapnel en se dirigeant droit vers le musée mexicain.

Il enfila un gant de latex, retira la clé de la porte et exhiba fièrement le porte-clés :

– Ça ne vous rappelle rien ?

Torpe et Feuerbach haussèrent les sourcils, dubitatifs.

Shrapnel sortit de sa poche une pochette plastique de pièce à conviction. À l'intérieur se trouvait le petit personnage découvert par les gendarmes dans le bois de Chigny.

– Avec la même inscription : « *Ciudad Juarez para la santa muerte* » ! Avec ça, je ferai parler le détenu de Brosque. Il va nous avouer jusqu'à son code de carte bleue suisse...

Il glissa sa découverte dans une autre pochette en plastique.

Kennedy, elle, examinait le mur du fond.

Sa tête légèrement penchée sur le côté, elle faisait face au sombrero publicitaire.

Shrapnel s'en aperçut :

– Tout va bien, agent Kennedy ?

– Hier, en découvrant cet endroit, un élément a retenu mon attention, expliqua-t-elle en s'approchant du chapeau. Sans savoir lequel. Et cette nuit, ça m'est revenu : tous les objets exposés dans cette pièce ont de la valeur. Tous sauf un.

Elle décrocha lentement le sombrero du mur.

– C'est une publicité qu'on trouve partout. Rien à voir avec ces masques précolombiens ou la valeur historique de ces deux fusils...

Elle plongea sa main à l'intérieur et en tira un mini-disque dur externe de marque Samsung.

– Je peux voir ça ? demanda Feuerbach en dégainant de sa sacoche une minitablette tactile et un câble USB.

Elle s'assit derrière le bureau rococo en bois précieux et dorures clinquantes, relia les deux appareils et en quelques minutes pénétra dans les dossiers du téléphone portable. Les trois flics attendaient. Shrapnel savait que Feuerbach était capable de faire cracher n'importe quoi à n'importe quel ordinateur. Il l'avait déjà vue à l'œuvre, et connaissait son bureau digne d'une superproduction américaine. En matière de cybercriminalité, elle ne craignait rien ni personne. Elle a de l'avenir chez les flics, songea-t-il en l'observant passer en revue les 500 Go de mémoire vive.

– Incroyable ! dit-elle soudain. De Brosque gardait la copie de tous ses e-mails et SMS. On trouve là-dedans ses échanges avec la plupart des élus français... et quelques parlementaires européens également. Mais aussi avec des actrices connues, des footballeurs et des écrivains. Et des industriels et banquiers résidant en Suisse, apparemment.

– Vas-y, Lor, dis-moi ce que j'ai envie d'entendre ! grogna Shrapnel comme un gros chat devant sa proie.

Feuerbach faisait jouer son pad à une vitesse prodigieuse. Et puis, elle leva la tête de l'écran et plongea ses yeux dans ceux de son chef :

– J'ai là une trentaine de conversations en espagnol. Dont trois qui parlent de films *spéciaux*.

– *Fuck*... lâcha Torpe.

Une minute de silence.

– Le salopard ! fit alors Feuerbach.

Son visage était plus pâle qu'à l'accoutumée, ses yeux oscillaient de droite à gauche, étrangement, comme si elle ne pouvait se résoudre à croire ce qu'elle relisait.

– Le fils de pute... Je crois bien qu'il demande à ce que des enfants infirmes participent aux films.

Kennedy plaqua sa main sur sa bouche : il n'y avait donc aucune limite ?

Torpe et Shrapnel s'étaient raidis et une grimace de dégoût avait déformé leur bouche.

– Oui, oui, on dirait bien qu'il demande des infirmes, poursuivit le lieutenant de la BRP. Et l'autre lui répond qu'il peut trouver des... *ciegos*. Des aveugles...

Un silence terrible envahit le musée mexicain du député pédophile.

– Le salopard de fils de pute... murmura Feuerbach, les larmes aux yeux.

21

Au volant de la Mercedes ML stationnée, moteur allumé, au début du chemin qui menait à la ferme, Alicia Stanford observait les quatre véhicules non loin des habitations.

À ses côtés, El Camino semblait rongé de l'intérieur.

– Il faut que je me soulage, tu comprends ça ? grinçait-il entre ses dents closes, comme s'il tentait d'empêcher quelque démon de sortir par sa bouche.

Stanford serrait elle aussi les mâchoires. Les chasseurs s'étaient garés très tôt dans la matinée, avant le lever du pâle soleil d'hiver. Et avant que les criminels n'arrivent à la ferme.

Désormais, ils ne pouvaient plus s'avancer au risque d'être repérés et que leur signalement étrange (leur signalement ne pouvait être qu'étrange aux yeux des ploucs du coin, songeait Stanford) soit communiqué aux flics.

– Laisse-moi me les faire, Alicia ! marmonna El Camino à bout de forces. Ils sont quoi dix, douze ? Je les flingue en moins de temps qu'il faut pour écraser un *mosquito* ! Et puis on exfiltre les petits et on…

– Reste calme pour l'amour de Dieu !

El Camino arma la détente de son Taurus.

– Reste calme, *amor* ! Ils sont armés !

Le ton de la femme s'était fait plus dur.

– Je les flingue tous, je te dis. Un par un. Bang, bang, bang ! Armés ou pas armés, tu me connais, je ne les louperai pas.

Au fond du chemin, les chasseurs buvaient des bières et mangeaient des tartines de pâté. Ils ne semblaient pas décidés à patauger dans la terre boueuse des champs environnants.

– Et s'ils s'approchent trop de la grange ? fit l'homme. Ils vont découvrir *nos* petits...

– C'est pour ça qu'on ne peut pas se faire voir. Nous reviendrons plus tard dans la journée.

Elle fit marche arrière jusque sur la route nationale.

El Camino frappa d'un violent coup de poing l'accoudoir de la portière.

– *Hijo de puta* !

– Calme-toi ! répéta à nouveau la conductrice.

Elle déposa sur les genoux de son amant une petite boîte en bois de cerisier.

L'homme l'ouvrit : une figurine de Malverde, identique à celle qu'il avait égarée quelques jours auparavant.

– Ah ! Enfin... la chance sera de nouveau des nôtres.

– Tout va bien se passer, maintenant, acquiesça Alicia Stanford en accélérant.

Devant la vaste demeure de Jean-Thierry de Brosque, Mathieu Le Deuff attendait ses collègues, appuyé sur sa Renault Mégane. Son visage semblait plus serein que la veille.

– Pas de nouvelles de l'agent Valbuena ? interrogea Torpe lorsqu'il le vit seul.

– Il a laissé un message rue de Lutèce : il est souffrant. Apparemment, il n'a pas digéré la cuisine de Lotte.

Shrapnel pouffa de rire :

– Ah, ça ! Dès qu'on ne becte pas du lyophilisé et du pasteurisé, vous autres les Ricains, ça vous retourne les tripes.

Sourds aux provocations du flic français, Torpe et Kennedy échangèrent un rapide regard : ça faisait quelque temps que leur collègue du FBI n'était plus vraiment concerné par les affaires en cours. On disait au Bureau qu'il s'apprêtait à divorcer et que son père souffrait d'un cancer incurable. Lui n'avait jamais voulu confirmer ces allégations mais une telle situation pouvait nuire au professionnalisme du meilleur flic. Torpe se dit qu'il n'aurait peut-être pas dû lui demander de les accompagner en France.

Une fine pluie tentait de mouiller jusqu'aux os des flics. Shrapnel distribua les rôles :

– Agent Torpe, vous allez m'accompagner à Fleury-Mérogis, on va secouer l'heureux propriétaire de cette bicoque ! Lor et vous, agent Kennedy, allez donc compulser le fichier des personnes recherchées ! Vous me trouvez tout ce qui concerne la disparition d'enfants... aveugles.

Le Deuff semblait abasourdi :

– Quoi ? Qu'est-ce que c'est que cette histoire encore ?

– On est tombé sur un disque dur contenant des conversations e-mails ou SMS, expliqua Feuerbach. Le député de Brosque semble être attiré par des jeux filmés avec des enfants infirmes. Et spécialement aveugles.

– Mon Dieu…

– Comme tu dis, Mathieu. Toi, tu vas me délimiter un périmètre de cinquante kilomètres autour du bois de Chigny où ont été découverts les derniers cadavres. Tu recherches un magasin de babioles mexicaines.

Il envoya le sachet plastique contenant le porte-clés auquel était accrochée la figurine du bandit Malverde.

– J'ai le sentiment que nos psychopathes ne sont pas loin.

Le Deuff observait la figurine à travers le sachet plastique.

– Même inscription que sur celle que j'ai trouvée dans le bois de Chigny. Je le passe aux gars de la scientifique ?

– J'allais te le demander, dit Shrapnel.

Il récupéra le sachet destiné aux pièces à conviction et le glissa négligemment dans la poche de son blouson. Il fit un signe de tête à Torpe, qui le suivit.

– Je veux que tout ça donne des résultats dès ce soir, déclara-t-il. On se retrouve à vingt heures pétantes au bureau, rue de Lutèce. Soyez bons, mes amis, soyez bons !

Les flics se séparèrent.

Une meute assoiffée de justice à la recherche des pires prédateurs qui pouvaient grouiller dans une société dite civilisée. Cette société où le jeu démoniaque de l'offre et de la demande engendrait de tels prédateurs.

Le sommeil de la raison produit des monstres, se souvint Shrapnel en fonçant vers la Francilienne.

22

Le complexe pénitentiaire de Fleury-Mérogis était d'abord une prison pour hommes. Mais il disposait également d'un petit établissement pour femmes. On y dénombrait 3 689 détenus pour 2 856 places théoriques. Cinq divisions (de D1 à D5) comportaient chacune environ 750 prisonniers, prévenus ou condamnés, longues ou courtes peines. Les bâtiments formaient des « tripales », donnant sur des cours de promenade ou des terrains de sport. Le tout encerclé par un mur de béton long de trois cents mètres abritant des ateliers de travail. Une vraie forteresse ponctuée de miradors où des gardiens armés de fusil veillaient au grain – et surtout, à l'ivraie !

Chaque bloc recevait des détenus selon leur provenance géographique. Encore fallait-il réunir les fumeurs et les non-fumeurs, ceux qui pratiquaient une certaine religion et les autres... Un monde en dehors du monde, en somme. Les règles de l'extérieur n'y étaient que rarement respectées. Et, malgré une rénovation destinée à prendre fin en 2017 lorsque le bloc D5 serait achevé, Fleury-Mérogis demeurait un univers à part. La prison resterait toujours la prison, s'accordaient à dire les prisonniers, les gardiens et les flics.

Après avoir débriefé Torpe sur cette prison presque célèbre, Shrapnel déposa son arme à l'entrée, imité par son collègue. Un gardien taciturne, un peu trop gros pour un fonctionnaire apte au service, les précéda.

Dans les couloirs, les gardiens devaient crier pour se faire entendre car un brouhaha continu montait de toute la centrale.

Devant les mines renfrognées des deux flics, le gardien eut un sourire entendu :

– De la première heure du matin à la dernière du soir, c'est le bordel, expliqua-t-il. Un mélange de rap, de cris et d'insultes. Et puis, les discussions hurlées entre les prisonniers depuis des cellules éloignées. C'est pas un boulot, croyez-moi !

En 1981, les quartiers d'isolement (QI) avaient remplacé les quartiers de haute sécurité (QHS). Le QI permettait au chef d'un établissement pénitentiaire d'écarter les détenus gênants sans qu'il y ait faute disciplinaire. Mais ces quartiers spéciaux servaient surtout à protéger les prisonniers exposés aux agressions de leurs codétenus : délinquants sexuels, policiers ou détenus un peu trop « célèbres » y étaient relégués.

– Le détenu de Brosque se trouve à l'isolement, récita le gardien comme s'il leur faisait visiter un site historique. Vous pensez, pédophile, homme politique et millionnaire ! Dans les autres divisions, il n'aurait pas tenu une heure...

– Chez nous, les millionnaires s'en sortent toujours, glissa Torpe en souriant, à l'oreille de Shrapnel.

– Les Français, eux, aiment à croire que les aristocrates finissent à la lanterne, répondit celui-ci. Mais bien souvent, chez nous aussi, les millionnaires s'en sortent bien mieux que les traîne-misères.

Après avoir jeté un œil par le judas, le maton fit claquer la serrure d'une cellule.

– De Brosque, ces messieurs de la police veulent vous parler.

– *Monsieur* de Brosque, si ce n'est pas trop vous demander ! hurla d'une voix aiguë et excédée le ventripotent détenu, ex-représentant du peuple français.

Mais lorsqu'il vit Shrapnel, Torpe et leur air pas commode, il baissa le regard et se recroquevilla sur son lit. De toute évidence, la détention et l'isolement ne lui convenaient guère.

La cellule faisait environ 10 m^2. Un lit, un cabinet de toilette-douche (depuis la récente rénovation des blocs), une télé fixée au mur en haut à gauche des quatre fenêtres qui formaient une croix vitrée et à barreaux, une table qui courait le long du mur, sous laquelle se trouvaient un petit réfrigérateur, des provisions et des bouteilles d'eau ça et là dans les coins. Le détenu se voyait octroyer une heure de promenade par jour, seul dans une courette de dix mètres sur trois.

– Bon, on ne va pas y aller par quatre chemins, commença Shrapnel en exhibant les deux sachets plastiques.

Il montra celui contenant la figurine trouvée dans le bois de Chigny.

– Ça, c'est ce qu'on a découvert près des cadavres de gamins dans un bois de l'est de la région parisienne.

Il jeta le deuxième sachet sur le lit à côté du détenu.

– Et ça, on l'a trouvé chez toi !

De Brosque jeta un œil hagard à la pièce à conviction.

– Ben, quoi ? C'est Malverde, un porte-bonheur mexicain !

– Drôle de porte-bonheur, coupa Torpe sans prévenir. C'est un porte-bonheur de narcos mexicains, oui !

De Brosque lui lança un regard inquiet :

– C'est qui, lui ?

– Lui, c'est l'agent spécial Torpe, du FBI. Parce que tu comprends, pépère, te voilà sous le coup d'une enquête internationale. Autant dire qu'il se pourrait bien que l'agent Torpe te ramène aux *States* et te colle à Alcatraz pour une quarantaine d'années. Là-bas, il n'y a pas de quartier d'isolement pour les *people* dans ton genre.

– Non, pas de faveur chez nous, précisa Torpe avec un sourire sadique. Tu vas passer tes journées et tes nuits dans les pattes de gangs qui n'aiment pas vraiment les dégueulasses comme toi.

– Ça m'étonnerait que je risque l'extradition !

– Tu veux parier, ducon ? grogna Shrapnel. Tes appuis haut placés ont trop peur d'être mouillés dans tes sales affaires pour t'assurer une retraite tranquille à Fleury ! En plus, en ce moment, les justices américaines et françaises filent le parfait amour... Et le président de la République est désormais le meilleur ami du président américain ? T'as pas vu les journaux récemment ?

Torpe se frotta les mains quelques secondes et :

– Mes chefs à New York n'auront aucune difficulté à obtenir ton extradition, tu peux y compter ! Nos deux présidents seront ravis de les satisfaire...

De Brosque n'était plus le fringant politicard qu'il avait été : la prison, l'évidente disparition de ses amis haut placés et la perspective de moisir dans une cellule durant de nombreuses années l'avaient profondément abattu. Les deux flics jouaient sur du velours.

– Allez, dis-nous où tu as eu ce porte-clés ! ordonna Shrapnel.

Le détenu souffla longuement, douloureusement.

Torpe s'assit à côté de lui, sur le lit. Il lui tapota affectueusement la cuisse :

– Et dis-nous ce que tu sais de Carlos Cárdenas, appelé aussi dans certains milieux El Camino.

Et Jean-Thierry de Brosque balança l'histoire sordide qui l'avait mené de la représentation politique distinguée à la crapulerie la plus vile, avec pour épilogue le meurtre sanglant d'enfants devant une caméra. Il précisa plusieurs fois qu'il était malade, la proie de pulsions écœurantes, qu'il fallait qu'on le soigne. Les deux flics feignaient la compréhension mais se retenaient de lui coller des baffes.

Dans le cadre de ses fonctions et mandats politiques, de Brosque s'était souvent rendu au Mexique. Au milieu des années 2000, il avait rencontré du côté de Ciudad Juarez des « hommes d'affaires ». L'un d'eux, Carlos Cárdenas, lui avait offert quelques cadeaux : un peu d'argent liquide, une voiture de sport et des séjours dans des stations balnéaires sur la côte Pacifique. Ça se faisait dans ce pays. Le porte-clés avec l'inscription « *Ciudad Juarez para la santa muerte* » comptait parmi ces cadeaux, une espèce de signature au bas d'un contrat tacite liant les deux hommes.

Car, dans les environs de Ciudad Juarez, Cárdenas lui avait aussi procuré quelques filles très, très jeunes. El Camino avait compris que toute déviance pouvait être exploitée : et les étranges penchants sexuels de l'homme politique français pouvaient évidemment lui servir un jour ou l'autre. Il avait raison : lorsqu'il dut fuir en France, Cárdenas contacta le président de l'association Les Amis du Mexique. De Brosque et quelques richissimes amis suisses férus, comme lui, de sexe interdit payèrent pour les films pédophiles et criminels du Mexicain.

– Oui, oui, je lui ai demandé des films avec des enfants...

– Des enfants aveugles, n'est-ce pas, saloperie ? hurla soudain Shrapnel.

– Oui, oui, des enfants aveugles... pleurnicha le détenu. Mais je suis malade, comprenez-moi, bon Dieu !

Shrapnel le saisit par le col et le colla contre le mur. Torpe fit un geste pour le retenir mais son dégoût l'emporta : le Français savait peut-être y faire avec ce genre de criminels.

– Quand et comment tu contactes El Camino ?

– Tous les deux mois ! Il me contacte. Moi, je ne sais pas comment le joindre.

– Il se planque où ?

– Je ne sais pas...

Shrapnel lança un direct dans l'estomac du prisonnier. Ses yeux se révulsèrent et pendant de longues secondes sa respiration fut un lointain souvenir. Sans doute crut-il mourir, là, dans sa cellule.

– Donne-nous quelque chose pour le retrouver où je m'arrange pour que l'agent Torpe te fasse transférer dans le bloc d'une prison ricaine pleine de suprématistes très au fait de ton pédigrée !

De Brosque recouvra un semblant de respiration. Il haletait comme un gibier pendant la curée.

– Un jour, il m'a dit qu'il y avait un endroit à visiter près de chez lui, un truc qui lui rappelait l'Amérique du Nord…

Shrapnel, qui le tenait toujours par le col de sa chemise, appuya son pouce sur la pomme d'Adam du pédophile. La pression raviva sa difficulté à respirer.

– Eurodisney, il a dit !

Shrapnel relâcha l'homme qui se roula en position fœtale sur le lit. Il chialait comme un gamin. Sans doute comme les gamins qu'il avait vus souffrir dans ses films.

– Venez Torpe, on se tire ! dit le commandant de la BRP. Ce type va me faire dégueuler.

Les deux flics sortirent. Lorsque le gardien referma la porte, de Brosque hurla :

– Je suis malade, bon Dieu ! Aidez-moi, aidez-moi !

Devant la prison, Torpe retint Shrapnel par le bras. Il affichait un sourire ironique.

– Au fait, commandant, la prison d'Alcatraz Island a été fermée en 1963.

Shrapnel le dévisagea, lui rendant son sourire.

– Je sais, agent Torpe, je sais. J'imagine que vous avez dû la fermer lorsque Clint Eastwood s'en est évadé. Ça faisait une mauvaise pub, hein ?

23

– Je suppose que tu le sais déjà, mais le fichier des personnes disparues recense les individus dont on a signalé l'absence et qui font l'objet d'une mesure de recherche ou de vérification de leur situation juridique, expliqua Lor. Cette base de données, à la disposition des services de police et de gendarmerie, des autorités judiciaires, militaires ou administratives, contient plus de 400 000 noms et 21 catégories regroupant les sujets concernés, classés selon le fondement juridique de leur recherche.

Feuerbach et Kennedy disposaient d'éléments assez précis pour affiner leurs recherches. Des critères sordides : mineur et aveugle. Rapidement, deux noms se détachèrent. Le premier concernait un enfant disparu deux ans auparavant – disparition évidemment trop ancienne pour correspondre aux crimes d'El Camino sur le territoire français. Le deuxième, une jeune fille de quinze ans disparue une semaine plus tôt.

– Priscilla Sauvée, ça pourrait être elle ! s'exclama Feuerbach en comprenant que le pire était peut-être déjà arrivé.

Les deux flics décidèrent de se rendre dans le centre de scolarisation pour jeunes déficients visuels, aux abords de la base nautique et de loisirs de Jablines-Annet, en Seine-et-Marne.

Sur le trajet, les deux jeunes femmes tentèrent bien de parler de la pluie et du beau temps. Mais chacune savait ce que l'autre voulait savoir.

Feuerbach ouvrit le feu :

– Julien est plutôt charmant, n'est-ce pas ?

Kennedy eut un large sourire :

– Charmeur, je dirais.

– Quelle est la nuance ?

– Il aurait été charmant si j'avais cédé à ses avances. Il est charmeur parce que je n'ai pas cédé.

Feuerbach s'étonna d'une telle confidence. Dans d'autres circonstances, elle n'aurait jamais résisté aux avances de son chef s'il lui en faisait. Mais sans en parler, ils convenaient à intervalles réguliers que ce n'était pas une bonne idée.

– Tu n'as pas couché avec Julien ? demanda-t-elle.

– Ça t'étonne ?

Le lieutenant ne répondit pas : évidemment que ça l'étonnait ! Mais elle soupçonna aussi l'agent spécial d'avoir ressenti quelque plaisir à repousser Shrapnel qui, il fallait le reconnaître, n'était pas le moins présomptueux des dragueurs.

– Et toi, que penses-tu de mon collègue, Sam ?

Feuerbach émit un petit rire.

– Comme flic ou comme amant ?

Cette fois, ce fut Kennedy qui lâcha un petit rire gêné :

elle n'avait aucune envie d'en savoir plus sur les compétences de son chef en matière de sexe !

– Il est très compétent, plus que la moyenne, glissa Feuerbach avec un sourire.

– OK, OK, restons-en là, s'il te plaît. On a une enquête à boucler et…

– Sur les deux plans, si tu veux savoir : c'est un excellent flic et un excellent amant !

L'Américaine se retourna ostensiblement, agitant la main en signe de dégoût. Les deux femmes riaient encore en apercevant l'établissement pour jeunes aveugles. Mais leur rire leur parut déplacé et elles retrouvèrent immédiatement leur sérieux. Leur sérieux et peut-être une forme d'inquiétude.

Le directeur du centre souffrait lui-même de cécité. Il semblait effondré et ne sut rien dire qui aurait pu orienter les recherches. Les gendarmes de la brigade de Lagny-sur-Marne l'avaient d'ailleurs interrogé à deux reprises depuis la disparition de Priscilla, une semaine auparavant. En vain, précisa-t-il.

L'homme semblait abattu. Imaginer qu'un prédateur sexuel put s'en prendre à ses pensionnaires dépassait son imagination et ses forces. D'ailleurs, tout le personnel d'encadrement et les pensionnaires avaient été choqués par la disparition de Priscilla Sauvée. Une étrange atmosphère de deuil planait sur le centre. Le temps pluvieux ajoutait encore à ce malaise. Les deux flics préférèrent ne pas insister.

Mais alors qu'elles regagnaient leur véhicule, un jeune garçon d'une quinzaine d'années les interpella dans la cour :

– Mesdames les policières, puis-je vous parler de quelque chose qui peut vous paraître bizarre ? demanda-t-il d'un ton presque pompeux.

Les deux flics s'approchèrent.

Il les entraîna sous un préau, juste à côté du parking des visiteurs.

– Là, on sera à l'abri. De la pluie, et des oreilles. Parce que vous savez, nous, les déficients visuels, comme on dit, nous avons souvent l'ouïe extrêmement performante. Ce n'est pas qu'un cliché : on entend mieux que vous. Par exemple, je sais que l'une d'entre vous est américaine, du nord des États-Unis. New York peut-être ?

– Tu es très fort, bravo, dit Kennedy. J'habite dans le New Jersey exactement. De la fenêtre de mon appartement, je vois les gratte-ciels de New York, au-delà de l'Hudson River.

– Oui, moi, je ne vois rien du tout et je ne verrai jamais. Mais j'ai une excellente oreille.

Le gamin souriait, fier de ses dons.

– Et tu as entendu quelque chose qui pourrait nous intéresser ?

– Eh bien, c'est-à-dire que je suis passionné par les voitures. Les belles voitures, hein ! J'ai même fait des stages dans des garages automobiles. Je veux être mécanicien plus tard.

Les deux femmes échangèrent un rapide regard : quelle chance y avait-il que ce jeune homme devienne mécanicien un jour ? Selon elles, aucune.

– Vous devez vous dire que la mécanique est un métier où il faut voir, expliqua le non-voyant. Vous seriez étonnées de connaître le nombre de réparations et surtout de réglages de précision qui se font à l'oreille. On dit qu'un bon mécanicien peut déceler le problème rien qu'en écoutant le moteur.

– Où veux-tu en venir ? interrogea Feuerbach qui commençait à se demander si le gamin n'avait pas un autre problème que la cécité.

Mais Kennedy le prenait au sérieux :

– Tu as entendu une voiture le jour où Priscilla a disparu ?

– Il se trouve qu'un de mes stages, je l'ai fait dans une concession Mercedes, pas très loin d'ici, à Saint-Thibault-des-Vignes. Et oui, le soir de la disparition de Priscilla, j'ai entendu une voiture que je n'avais jamais entendue à l'entrée du centre.

Il se gratta les cheveux, un peu ennuyé.

– C'est interdit mais moi, je fume. Des clopes, pas du cannabis, hein ! Le soir, je sors discrètement de ma chambre et je vais fumer une ou deux cigarettes dans le parc. Et ce soir-là, j'ai donc entendu une voiture que je n'avais jamais entendue avant.

Feuerbach n'en revenait pas.

– Tu es capable de dire ce que c'était comme voiture ?

– Une Mercedes. Je crois que c'était un GLK, ou peut-être un ML. À la réflexion, je pense que c'était un ML.

– Tu en es certain ? insista Kennedy.

– Certain, certain, c'est beaucoup dire… Mais, franchement, le moteur d'un SUV Mercedes ML, c'est vraiment agréable à écouter.

Les deux flics réfléchissaient à cent à l'heure : c'était une piste incroyable ! La première piste vraiment intéressante détenue par la BRP.

– Merci pour ces renseignements ! On doit y aller, maintenant, nota Feuerbach avec un bien inutile signe de la main.

Comme les deux jeunes femmes regagnaient leur véhicule, le jeune homme les interpella à nouveau :

– Hé, mesdames, vous n'auriez pas une cigarette ?

– Tu l'as dis toi-même : c'est interdit de fumer ! répondit Feuerbach.

– Ah ! Les femmes, tout un poème ! répliqua le gamin.

24

Pour le capitaine Mathieu Le Deuff, Internet n'avait rien d'une bibliothèque moderne mettant le savoir universel à la disposition libre et gratuite de tout un chacun. Bien au contraire, son travail à la BRP l'avait souvent mené face aux horreurs cachées sur la toile. Parfois, confronté à ces dérives de la cruauté et de l'appât du lucre, il en venait à penser qu'un ordinateur pouvait être plus dangereux qu'un fusil. Il restait, en tout cas, toujours persuadé qu'il ne fallait pas laisser les enfants et les êtres fragiles seuls face à un écran.

Pourtant, bien utilisé, Internet pouvait s'avérer d'une efficacité redoutable. Ça aussi, il en était conscient. Dans son boulot, la toile pouvait même sauver des vies. La recherche entreprise ce jour-là l'amena ainsi rapidement à lister trois boutiques plus ou moins spécialisées dans la vente de produits d'Amérique latine. Shrapnel lui avait demandé de tracer un périmètre de recherche de cinquante kilomètres autour du bois de Chigny. Il dut rapidement se rendre à l'évidence : la mode de l'art précolombien et de la nourriture exotique transforma sa quête en un labeur surhumain. Dès que l'on passait le périphérique, les magasins proposant des produits qui sentaient bon le soleil mexicain dépassaient la centaine.

Alors, il rétrécit son champ d'action. C'était presque un coup de poker : mais il choisit de le limiter à vingt kilomètres autour de l'endroit où il était allé reconnaître les deux cadavres torturés et mutilés. Ça revenait à considérer que le ou les meurtriers avaient déposé le corps de leurs victimes pratiquement sur le pas de leur porte. Trois boutiques retinrent pourtant son intention.

Par la porte de son bureau au 3, rue de Lutèce, il aperçut l'agent spécial Valbuena passer dans le couloir.

– Valbuena ! interpella-t-il.

L'Américain passa la tête dans l'entrebâillement de la porte.

– Ça va mieux ?

Valbuena fronça les sourcils.

– Votre indigestion, ça va ? précisa Le Deuff.

– Ah ! Oui, oui. Je ne dois pas être un grand fan de votre nourriture. Dommage parce que c'était très bon, ce qu'on a mangé chez Alphonse.

Ce disant, il pénétra dans le bureau :

– Qu'est-ce que vous faites ?

Le Deuff leva les yeux de son ordinateur.

– Je recherche des boutiques qui vendraient des figurines de Malverde.

Valbuena resta debout devant lui, ses lèvres pliées en un rictus nerveux.

– Vous avez un problème, agent spécial ? fit Le Deuff.

– Non, non, répondit l'autre. Mais vous croyez que ça va vous mener à quelque chose ?

– Disons que nous partons de l'hypothèse que le criminel a perdu ce « porte-bonheur » sur les lieux où nous avons retrouvé ses dernières victimes et qu'il cherchera forcément (si ce n'est déjà fait) à s'en procurer un autre. Vous voyez ?

Valbuena semblait dubitatif.

– Je crois que vous perdez votre temps…

– On verra ça. Je vais tout de même aller faire le tour de trois boutiques qui pourraient vendre ce genre de gri-gri. Je ne vous propose pas de m'accompagner, je crois que l'agent Torpe veut vous voir au plus vite. Vous ferez bien de le contacter.

– Oui, oui. Je vais faire ça.

Valbuena disparut dans le couloir.

– On se voit ce soir à 20 heures ! Réunion ici même…

Aucune réponse.

Étrange gars, songea Le Deuff l'espace d'une seconde.

Il se mit en route en fin de matinée. Dans le lecteur CD de sa Renault Mégane, il glissa le *Concert pour une voix* de Saint-Preux. La musique adoucit les mœurs, dit-on. Pour Mathieu, elle aiguisait sa concentration.

La première boutique, *La Cucaracha*, n'était que l'imitation d'une marque de fast-food censée développer un concept aseptisé de nourriture tex-mex. Puisque ça fonctionnait aux États-Unis, avaient dû songer ses propriétaires, ça fonctionnerait forcément en France. L'entreprise s'apprêtait visiblement à mettre la clé sous la porte.

La deuxième enseigne était un bazar qui vendait tout et n'importe quoi. Le Deuff s'aperçut que les produits étaient tous fabriqués en Chine ou en Asie du Sud-Est.

Son instinct lui dit que ce n'était pas dans ce genre d'endroits qu'on pouvait acheter un Malverde. Sans doute fallait-il qu'il ait été fabriqué au Mexique, si possible par des artisans du Sinaloa dont était originaire la légende du bandit, pour que son pouvoir superstitieux soit effectif.

Puis, dans une zone industrielle où soufflait un vent glacé à décorner les bœufs, en bordure d'Ozoir-la-Ferrière, le flic de la BRP gara sa voiture devant un entrepôt. Au dessus de la porte coulissante, une petite pancarte indiquait « *Sol del Chiapas* ».

Un homme, à peine abrité du vent par une petite pergola en tôle ondulée, fumait un joint d'herbe. En voyant arriver Le Deuff, il aspira une profonde bouffée et écrasa la cigarette sous son pied.

Le flic sortit sa plaque, l'homme pâlit.

– Vous êtes vendeur ici ?

– Le vendeur et le patron, c'est moi.

– Vous vendez ce genre de chose ? interrogea Le Deuff en montrant une photo de la figurine de Malverde.

Il hocha la tête, les yeux embués par l'herbe.

– Et vous en avez vendue récemment ?

– Il y a quelques jours, une belle plante est venue m'en acheter un. Vous êtes bien renseigné, dites donc !

Le Deuff s'écarta du bâtiment et leva les yeux vers les toits. Il pointa ses doigts vers une caméra de surveillance.

– Vous avez les bandes de la caméra ?

L'autre secoua la tête.

– Pas moi, non. C'est une société de surveillance qui gère la sécurité de la zone. Eux, ils les auront sûrement…

Le patron de *Sol del Chiapas* inclina alors la tête pour regarder au-dessus de l'épaule de Le Deuff. Son visage pâlit mais ce n'était pas à cause de la drogue : une frayeur immense déformait ses traits.

– Il a un flingue, ce con…

Le flic porta instinctivement la main à son étui de ceinture, saisit la crosse de son Sig-Sauer mais une seconde trop tard. Comme il allait se retourner, un coup de feu claqua.

Il vit le crâne de son interlocuteur exploser contre la porte d'entrée de l'entrepôt.

Il se jeta à terre.

Une deuxième détonation.

Il sentit une douleur inouïe lui transpercer l'épaule.

Une troisième détonation.

Son crâne fut touché par une pointe d'aiguille chauffée à blanc. La douleur fut terrible.

Et toute perception disparut.

25

Abattement.

Colère.

Et vengeance.

Ces sentiments traversaient, l'un après l'autre ou même concomitamment, l'esprit de chaque flic présent dans le bureau du commandant Julien Shrapnel, de la Brigade de répression du proxénétisme.

Il était 20 heures.

Le capitaine Mathieu Le Deuff était allongé sur une table d'opération de La Salpêtrière. Un neurochirurgien tentait de lui sauver la vie depuis trois heures.

Le commissaire principal Volochenko faisait triste mine. Qu'on tire sur ses hommes, ça dépassait son entendement. Shrapnel, à la rigueur, ça ne l'aurait plus étonné... Même les plus vils truands pouvaient avoir des raisons de lui nuire ! Mais Le Deuff, un flic aussi bien noté, consciencieux et réfléchi, ça n'avait pas de sens.

Alice Dechartres, elle, s'inquiétait justement pour Shrapnel. Elle le savait capable de tout mettre en œuvre pour faire payer l'homme qui avait abattu son collègue et ami. Un épisode de la tumultueuse carrière du chef du groupe Cabaret lui revint en mémoire. Des années auparavant, le commandant Julien Shrapnel n'avait pas hésité à traverser quatre frontières illégalement pour aller chercher un tueur à gages réfugié dans la banlieue de Dnipropetrovsk. L'homme avait exécuté froidement un père qui venait de sauver sa propre fille d'une bande de proxénètes liés à la mafia russe. Le tueur s'était enfui et les autorités de Kiev refusaient désormais son extradition car il bénéficiait de la double nationalité ukraino-russe. Des gars de la BAC de Strasbourg avaient pourtant découvert le type, pieds et poings liés, dans une rue au petit matin sans qu'on puisse jamais prouver le kidnapping. Mais la commissaire savait que son subordonné avait fait son job. Le tueur à gages avait écopé de dix-sept ans de prison. L'Inspection générale de la police nationale n'avait pas réussi à prouver l'implication de Shrapnel, l'affaire en était restée là.

– Il va s'en sortir, dit Lor. Pour ses gamins, sa famille qu'il aime plus que tout.

– Je ne vois pas le rapport, murmura Shrapnel, affalé dans le siège, derrière son bureau.

– Il ne les laissera pas tomber : il va s'accrocher !

– Des conneries, tout ça, lieutenant ! Deux balles de calibre 40, dont une dans la tronche, laisse-moi te dire que ses mioches et sa bourgeoise, Le Deuff, il n'est pas près de les reconnaître !

À ce moment, l'agent spécial Valbuena pénétra dans le bureau.

– Mais où étais-tu ? lui lança Torpe, furieux.

– Mais je l'ai dit : j'étais malade. Je suis resté à l'hôtel toute la journée…

– On a appelé plusieurs fois l'hôtel, objecta l'agent Kennedy. Impossible de te joindre.

– Ben, je dormais. J'étais complètement KO. La bouffe m'a rendu malade.

Torpe et Kennedy dévisagèrent leur collègue : décidément, Valbuena n'était pas à la hauteur en ce moment. Mais ils se turent.

La nuit était calme sur les toits de Paris. Rien ne laissait imaginer que des enfants se trouvaient entre les griffes d'un dingue, criminel, pédophile et complètement incontrôlable.

– Bon, il serait tout de même bon de faire un point sur l'enquête, remarqua soudain Shrapnel. Si on trouve El Camino, on trouvera aussi l'ordure qui a tiré sur Le Deuff !

Il se leva et s'approcha d'un tableau fixé au mur. Les captures d'écran d'une vidéo de télésurveillance révélaient le visage d'une belle blonde portant des lunettes noires Dolce & Gabana.

– Agent Torpe, pouvez-vous nous parler de cette personne ? demanda Shrapnel.

– C'est Alicia Stanford. De son vrai nom, Rita María Guillermoprieto. On pense qu'elle est issue d'un milieu très défavorisé, son père devait être ouvrier agricole dans le Sonora. Elle est arrivée à Ciudad Juarez avant l'âge de quinze ans pour faire commerce de son corps.

Il fit un signe à l'agent Kennedy afin qu'elle lui confie son ordinateur portable. Il continua à lire le dossier Stanford/Guillermoprieto constitué par les biographes du FBI :

– Elle a rencontré Carlos Cárdenas alors qu'il n'avait pas 21 ans. Selon nos sources, ils ont tourné un film porno ensemble qu'on a retrouvé dix ans plus tard. Déjà, dans ses films à l'époque, El Camino finissait par tabasser ses partenaires. On pense que déjà, certaines mouraient. Mais à Ciudad Juarez, tant de filles disparaissaient...

– Qu'un monstre comme ça puisse exister, c'est incroyable, lâcha le commissaire Volochenko.

Pendant quelques secondes, tous les flics le regardèrent. Tous se demandèrent si le jeune divisionnaire issu des grandes écoles de la République française avait déjà vu un *monstre*.

– Apparemment, la jeune Guillermoprieto était une maîtresse exceptionnelle. Si exceptionnelle qu'El Camino ne put plus s'en séparer. Ensemble, ils se sont hissés au plus haut niveau du trafic de drogue du Chihuahua. Ils en devinrent les *capos*, les chefs. Mais leur réputation continuait à se propager : les rumeurs disaient qu'ils multipliaient les *snuff movies*, des centaines de filles et de garçons mineurs auraient été assassinés.

– Donc elle a suivi El Camino en France ?

Torpe eut une grimace marqué par la lassitude : les deux amants ne pouvaient se quitter, c'était presque pathologique.

– Ça pourrait être elle qui a tiré sur le capitaine Le Deuff ? demanda Dechartres.

– Oui, bien sûr, elle en est capable, répondit Torpe. Mais El Camino aussi. Et puis...

– Et puis quoi, agent Torpe ? grogna Shrapnel. Qu'est-ce que vous nous cachez d'intéressant ?

Les deux hommes échangèrent un regard où le défi le disputait à la curiosité.

– C'est-à-dire que... Bon, au FBI, on pense que quelqu'un aide El Camino. En interne.

– En interne ? Ça veut dire que quelqu'un de chez vous rencarde les deux dingues qui découpent de pauvres gosses après les avoir violés ?

Les trois agents du FBI restèrent silencieux. Depuis plusieurs mois, El Camino avait toujours un coup d'avance sur eux. Il ne fallait pas être devin pour comprendre qu'une taupe le renseignait.

– J'ai comme l'impression, commissaire, glissa Shrapnel à l'adresse de Volochenko, que votre brillante idée de collaboration entre la BRP et le FBI est devenu un foutu bordel.

– Je n'étais pas au courant, plaida l'autre. Le colonel Sacco de l'ambassade des États-Unis aurait dû nous prévenir… D'ailleurs, où est le colonel ?

Torpe et Kennedy haussèrent les épaules.

– J'ai l'impression que la police française s'est encore fait avoir dans toutes les largeurs, affirma Shrapnel.

– Julien, ça suffit ! ordonna Dechartres. Ce qui est fait est fait ! On n'a plus le temps de se chercher des noises !

Shrapnel contempla cette femme qui, depuis quarante ans, avait gravi tous les échelons de la police nationale. Elle avait vu des choses horribles, croisé des criminels hors normes mais elle avait surtout réussi à survivre dans un milieu professionnel masculin, violent et où les egos surdimensionnés de certains gradés juraient avec les douleurs personnelles des hommes de terrain. De cette expérience, elle avait puisé un charisme exceptionnel, que même Shrapnel respectait.

– Maintenant, vous allez sur le terrain, reprit-elle lentement en fixant de son regard perçant le chef du groupe Cabaret. On dispose de photos récentes d'El Camino et de Stanford. Le gamin aveugle du centre d'éducation de

Jablines nous a parlé d'un SUV Mercedes. Et on a peu ou prou défini un périmètre : en gros, la partie nord-est de la Seine-et-Marne.

Shrapnel glissa son Sig-Sauer dans son étui de ceinture, sans un mot. Puis, il prit une profonde inspiration en enfilant son blouson :

– On va les coincer, commissaire. Pour tous ces gamins. Et pour Le Deuff aussi…

– Non, dit Dechartres. Je vous le répète, ce qui est fait est fait. Ces gamins sont morts, Le Deuff gît sur une table d'opération, vous n'y pouvez rien. Votre vengeance de western, vous la laissez au vestiaire ! Ce que vous pouvez faire cependant, commandant, c'est sauver cette pauvre gosse aveugle s'il en est encore temps !

Le commandant de la BRP ouvrit la porte de son bureau, les autres flics s'étaient levés à leur tour.

Dechartres, elle, était restée assise, fixant le ciel sombre au travers de la vitre sale :

– Et je veux que vous la sauviez, commandant. Vous comprenez ? Je veux que vous la sauviez, quel qu'en soit le prix.

Shrapnel et ses collègues sortirent dans le couloir. Ils avaient tous compris que le prix risquait d'être très élevé.

26

Depuis le début de la journée, El Camino tournait comme un lion en cage dans la villa aux abords du golf de Bussy-Saint-Georges. L'idée que cette jeune fille aveugle l'attendait, effrayée et abattue, derrière les barreaux de sa cage lui procurait des assauts pulsionnels difficilement maîtrisables.

Alicia Stanford observait son amant. Elle, c'était un sentiment grandissant d'inquiétude qu'elle ne parvenait plus à museler. El Camino était-il en passe de devenir complètement fou ? Et surtout, son comportement de plus en plus irrationnel risquait-il de les faire repérer ?

– Notre flic m'a averti que nos amis du Sonora étaient arrivés à Marseille. Peut-être devrait-on prendre contact avec eux ?

– Oui, oui, c'est ça, prends donc contact avec ces *hijos de puta* ! lâcha El Camino en sniffant une énième trace de cocaïne sur la table basse du salon.

– Ces films ne sont qu'un pis-aller, *amore*, tenta Stanford. Si tu parviens à reprendre le business, le vrai business, celui pour lequel tu as des compétences innées, nous pourrons sans aucun doute retrouver notre position.

El Camino suait étrangement. Une pellicule luisante recouvrait son front et tachait sa chemise au niveau de ses aisselles. Il se servit maladroitement un petit shot de tequila qu'il avala d'un trait.

– Cette téquila est à gerber ! Le pays me manque, je crois.

Stanford s'approcha de lui et posa une main douce sur son épaule :

– Justement, prenons contact avec les gens du Sonora ! Nous étions alliés avec eux, rappelle-toi !

El Camino repoussa violemment sa maîtresse.

– Et toi tu te rappelles qu'ils n'ont pas bougé le petit doigt quand on se faisait massacrer à Ciudad Juarez ? Personne ne nous a aidés et nous avons dû fuir comme des chiens galeux. S'ils avaient réellement été nos alliés, ils nous auraient aidés !

Son regard se troubla. Il constitua un petit tas de poudre blanche et sniffa à nouveau.

– Et les petits ? Tu y penses à ces pauvres petits dans leur cage ? La fille, elle doit être tellement effrayée !

Disant cela, El Camino n'éprouvait évidemment aucune empathie. Comme tous les serial killers, il en était émotionnellement incapable. Non, c'était une excitation sans borne qui l'animait. Et pour la première fois de sa vie, Stanford en eut des frissons qui lui parcoururent la nuque.

– Je peux essayer de les contacter, moi, si tu veux, insista-t-elle d'une voix qui se voulait tendre.

– Oui, fais donc ça ! Toi, les compromissions avec des *hijos de puta*, ça ne te dérange pas. Entre *putas*, on s'entend toujours, hein ?

Stanford se leva. Elle comprenait que la colère n'aurait aucune influence sur son amant, qu'elle devait prendre les choses en main. Elle s'efforça de rester calme, froide, clinique même. Un peu plus tard dans la soirée, lorsque les environs de la ferme seraient à nouveau sûrs, ils iraient régler le compte de la petite aveugle. Ensuite, elle forcerait El Camino à reprendre le business. Avec un peu de diplomatie et de fermeté, elle savait que son amant pouvait convaincre ses *amis* du Sonora de son utilité.

El Camino alluma la télé à écran large et jeta la télécommande au sol.

– Ah ! Ah ! Ah ! rugit l'homme. Ce gros porc s'est suicidé. Tant mieux pour lui. Rien à foutre !

Stanford qui était sortie du salon, revint se placer debout, derrière le canapé.

Une chaîne française d'informations en continu titrait sur le suicide du député parisien Jean-Thierry de Brosque, ancien ministre et secrétaire d'État, président de l'association des Amis du Mexique. L'homme inculpé dans une affaire de détournement de fonds s'était pendu dans sa cellule de la maison d'arrêt de Fleury-Mérogis. Les journalistes dépêchés sur place rappelaient que le nom du député se retrouvait également au centre d'une enquête sur des réseaux pornographiques et pédophiles menée par la brigade de répression du proxénétisme.

– Tu vois ? Plus la peine de t'inquiéter : il n'achètera jamais ton film avec la petite aveugle.

– Rien à foutre de ce gros porc ! explosa El Camino. D'abord, ses amis suisses, le voudront, eux, ce film. Et puis, tu ne t'imagines pas combien peut valoir une telle œuvre d'art. Et puis, et puis…

– Et puis quoi encore, *amore* ?

– La petite doit être tellement effrayée…

Il avait employé un ton presque grotesque, sa voix avait chevroté et un sourire béat éclairait sa face suante. Alicia Stanford comprit que cette gamine devait rapidement disparaître avant que son amant ne perde définitivement la raison.

Elle déposa tout de même un baiser sur son front.

– Je vais faire quelques courses, dit-elle en prenant son sac dans lequel elle glissa son pistolet Beretta 92.

Puis elle s'installa au volant de sa Mercedes ML.

27

Alicia Stanford prit la direction de la ferme en réfléchissant à l'avenir. Les gens du Sonora qui s'étaient mis en affaires avec des dealers des quartiers nord de Marseille pouvaient-ils être des interlocuteurs pertinents ? Elle avait entendu dire qu'eux aussi avaient eu maille à partir avec les jeunes fous qui avaient volé sa place à El Camino. Ils avaient perdu des hommes, froidement exécutés, mais avaient eux accepté de payer un tribut aux intrus pour ne pas s'engager dans une guerre sans merci au Mexique. Alors, on pouvait estimer qu'ils admettraient de travailler avec leur ancien allié. Tout le monde y trouverait son compte, se convainquit-elle.

Le gyrophare deux tons et la sirène qui l'accompagnait la sortirent brusquement de ses pensées.

Elle venait de croiser une voiture de police.

Dans son rétroviseur, elle vit que le véhicule faisait déjà demi-tour dans la rue, juste devant le lycée Maurice-Rondeau. Sans doute les flics du coin disposait-il de la description de son véhicule. Comment n'y avait-elle pas pensé ? Elle accéléra. La Mercedes donna sa pleine puissance et distança un moment la Scénic poussive.

Elle remonta le boulevard de Lagny, sortit de la ville et, dans un mouvement réflexe, s'engagea sur l'autoroute A4 en direction de l'est. Si elle avait pris l'autre entrée, vers Paris, les forces de l'ordre auraient bloqué les sorties en quelques minutes. En direction de l'est, elle avait peut-être une chance.

Cependant, les flics connaissaient leur boulot : déjà, ils regagnaient du terrain sur l'autoroute. La circulation était quasiment inexistante en cette heure du milieu de l'après-midi. Stanford laissa passer la première sortie en accélérant encore : 190 km/h ! Mais les flics avaient réussi à lui coller au train, les fumiers ! Elle saisit son pistolet dans son sac à main et fit glisser la vitre de sa portière. L'air glacé lui saisit le visage.

La Mercedes dépassa la sortie suivante, non loin de Serris.

Puis, elle décéléra doucement, parvenant à faire croire à ses poursuivants qu'elle ne supportait pas la pression d'une telle course-poursuite. Et, à la sortie Euro-Disneyland, elle rétrograda violemment en troisième, sans appuyer sur la pédale de frein : le moteur hurla, la voiture dévia de sa trajectoire. Quelques mètres derrière, le flic qui conduisait, trompé par l'absence de lumière sur les phares arrière, ne put que donner un coup de volant pour éviter de s'encastrer dans le coffre du SUV. La Scénic dépassa la Mercedes et, par la fenêtre ouverte, Alicia Stanford tira six balles de 9 mm parabellum. Elle vit deux des fonctionnaires atteints en pleine tête et le conducteur touché à la poitrine. Le véhicule de police fit une embardée impressionnante et dans un crissement de pneus, percuta la glissière de sécurité au milieu de la voie. Le choc fut terrible.

Stanford parvint in extremis à sortir de l'autoroute et disparut dans les petites routes boueuses qui parfois longeaient les grandes avenues modernes à deux fois trois voies, autour du parc d'attractions. Elle conduisait comme dans un rêve, certaine de disposer de moins d'une vingtaine de minutes avant que les routes des environs soient hérissées de barrages de flics. Aux États-Unis, elle n'aurait eu aucune chance. Dans des conditions identiques, en quelques minutes, des hélicoptères de toutes les télés locales décollaient et faisaient, d'une certaine manière, le boulot des flics en repérant les fugitifs. Elle croyait savoir que cette étrange collaboration entre forces de l'ordre et médias n'étaient pas encore de mise en France. Dès lors, son objectif était précisément défini : elle devait atteindre la maison du golf de Bussy-Saint-Georges, rentrer la voiture dans le garage et s'enfermer à double tour. Alors, El Camino et elle pourraient échafauder un plan pour se sortir de ce mauvais pas.

L'étau se resserrait, elle en avait conscience. Elle accéléra encore.

28

La voie de gauche de l'autoroute de l'Est, à la hauteur de la sortie Euro-Disney avait été neutralisée.

Des véhicules de pompiers et des voitures de flics étaient stationnés non loin de la carcasse de la Scénic. Le bilan était lourd : trois flics tués, un quatrième grièvement blessé. Ça allait faire la une des journaux pendant plusieurs jours. Le pouvoir politique allait demander des résultats, des coupables, sinon quelques têtes allaient tomber pour incompétence. Le coup classique : des hauts fonctionnaires fusibles remettraient leur démission pour ne pas que les vrais responsables du manque de moyens en hommes, en formation et en compétence légale des forces de l'ordre, n'aient à répondre de la réduction générale des crédits.

Présents sur place, Shrapnel, Feuerbach, Torpe, Kennedy et Valbuena se foutaient bien des retombées politiques de ce carnage. Trempés par la pluie froide, une colère leur nouait les tripes. Mais ils ne pouvaient pourtant s'empêcher de ressentir une excitation un peu malvenue face aux preuves du drame qui s'était joué sur l'A4. Une excitation engendrée par la certitude qu'El Camino et sa maîtresse étaient désormais aux abois.

Les rares automobilistes qui avaient assisté à la fusillade parlèrent d'une véritable mise à mort. Une femme blonde, au volant d'une grosse Mercedes, avait ouvert le feu, froidement, sur les flics et s'était enfuie. Si les femmes se mettent à tirer dans la rue, où c'est qu'on va, hein ? fit remarquer l'un des témoins, un bon père de famille au chômage.

– C'est Stanford, n'est-ce pas ? fit Torpe.

– Bien évidemment. Elle et son taré ne sont pas loin, dit Shrapnel en fixant la voiture accidentée.

– Ils peuvent être loin maintenant, rectifia Torpe. En une heure, on peut en parcourir des miles.

Shrapnel se retourna vers la campagne environnante. Il secoua légèrement la tête de droite à gauche :

– Non. Lorsque ces pauvres gars se sont fait flinguer, l'alerte a tout de suite été donnée. Les routes principales et secondaires ont été bloquées vingt minutes après dans un rayon de quinze kilomètres. Pas toutes, peut-être, mais les principaux axes. Il y a très peu de chances pour que Stanford ait pu continuer à rouler longtemps

Il sembla perdu dans ses pensées quelques secondes :

– Très peu de chances, c'est vrai, concéda l'agent Torpe. Mais c'est quand même au moins une chance. Enfin, on ne peut faire que ça, miser sur la chance…

– Et deux hélicoptères de la gendarmerie ont survolé le périmètre dans le quart d'heure qui a suivi, ajouta Feuerbach.

– Donc, Stanford, si c'est d'elle qu'il s'agit, n'a pas pu rouler plus d'un quart d'heure, dit Kennedy.

– C'est notre hypothèse, oui, agent Kennedy.

Shrapnel abandonna ses collègues et se dirigea vers les gradés de la gendarmerie et de la police. Le préfet était aussi présent. Le commandant de la BRP demanda à ce que tous les effectifs disponibles patrouillent avec la description de la voiture, la Mercedes ML, celle d'Alicia Stanford et d'El Camino.

– On va employer la bonne vieille méthode, confia-t-il aux huiles. Le terrain, le terrain et encore le terrain.

Et c'est ce qui fut fait.

Le maillage du territoire s'étendant du nord au sud entre Thorigny-sur-Marne et Ozoir-la-Ferrière, et de l'est à l'ouest entre Lognes et Coulommiers fut millimétré. Les forces de l'ordre étaient motivées : leurs frères d'armes avaient été abattus comme des chiens ! La région semblait sous le coup d'un état de siège. Des flics, des gendarmes patrouillaient. Et puis, évidemment la cohorte des journalistes arrivés de Paris, des curieux et des amateurs de sensations fortes, rodaient aussi dans leur sillage.

Des alertes enlèvements, dites « *Alertes Ambert* », étaient régulièrement lancées à la radio, à la télé mais aussi sur les réseaux sociaux. Cette dernière option, grâce à sa *viralité* comme disaient les spécialistes du multimédia, étaient celle sur laquelle les autorités comptaient le plus. Devant le scepticisme de Shrapnel quant à la collaboration d'internautes qu'il estimait incapables de ressentir plus d'empathie que le serial killer qu'il pourchassait, le commissaire Dechartres avait répondu :

– Internet a permis à El Camino de commettre son commerce criminel, peut-être Internet nous permettra-t-il de mettre un terme au calvaire de cette enfant. Et des autres, s'il y en a d'autres...

Tout était possible. Peut-être.

Alors, même Shrapnel et ses hommes s'y collèrent. Kennedy et Shrapnel dans une voiture, Feuerbach et Torpe dans une autre : pourquoi changer des équipes qui gagnent ? ironisa le commandant de la BRP. Ils roulaient un peu au hasard, s'arrêtant lorsqu'ils croisaient une Mercedes (même si le modèle ne correspondait pas à l'avis de recherche) garée devant une maison ou sur le parking d'un supermarché, interrogeant ici un commerçant, là un adolescent acnéique, qui n'avaient jamais rien vu. Parfois, ils captaient sur leur radio des messages envoyés par une patrouille susceptible de détenir une piste. L'attente durait parfois un quart d'heure ou vingt minutes mais toujours, la piste tournait court.

Et le ciel, d'un gris plombé, vomissait un crachin poisseux.

Évidemment, on était loin de la flamboyance avec laquelle les héros des séries télévisées et des thrillers à succès menaient leurs enquêtes. Mais les flics lancés sur la piste des amants diaboliques savaient que c'était comme ça que, dans la réalité, on avait le plus de chance d'arriver à ses fins.

– Vous devez trouver ça... comment dites-vous ? *Boring*, n'est-ce pas ? fit Shrapnel en remontant les berges de la Marne, non loin de Chalifert.

– Vous croyez que le FBI emploie des super-héros qui se servent de leurs super-pouvoirs pour débusquer les criminels, commandant ?

Shrapnel haussa les épaules.

– Parce que nous aussi, le plus souvent, on fait confiance à notre instinct. Et parfois à la chance.

Ils roulèrent quelques kilomètres en silence. La nuit était tombée, les rues commençaient à se vider. Les fenêtres allumées sur les façades des immeubles sonnaient le glas de cette journée froide. Peut-être les familles s'étaient-elles réunies autour du repas, à l'abri, heureuses, loin d'imaginer que des enfants puissent être violés et assassinés devant une caméra pour le plaisir de vieux monsieurs riches.

– Vous croyez que la petite aveugle est encore en vie ?

– Vous parliez de chance, agent spécial. Je crois que notre chance en ce moment, c'est qu'El Camino et Stanford doivent être terrés quelque part. Si la petite ne se trouve pas avec eux, nous avons une chance de la retrouver vivante.

– Et si elle est avec eux ?

– Elle est morte.

Le Français stoppa sa voiture et sortit son portable qui venait de vibrer. C'était le commissaire Dechartres : les recherches étaient suspendues jusqu'au lendemain matin, six heures.

– Je vous aurais bien invité à prendre un verre, mais demain risque d'être une journée particulièrement difficile.

Kennedy songea un instant qu'elle ne pourrait pas dormir en sachant qu'une gamine, aveugle, risquait d'un instant à l'autre d'être taillée en pièces par ses bourreaux. Alors un verre ou deux, ou douze, avec le flic français, pourquoi pas ? Elle jeta un coup d'œil vers le conducteur et comprit que celui-ci avait parlé sans y penser. Son visage affichait un masque soucieux, lui aussi ne pouvait songer à autre chose qu'à la pauvre gosse.

Elle ne répondit pas.

Shrapnel n'y prêta même pas attention.

29

L'homme devait avoir un peu plus de trente ans. Il s'appelait Rafik Chekouri. Ses parents étaient arrivés en France au début de la guerre civile qui ravagea le Liban, en 1974. Lui avait toujours vécu dans ces quartiers. Il y avait grandi, il y avait gagné sa vie, il en était devenu l'un des caïds. Son business, c'étaient la drogue, les flingues et quelques putes. Pendant quinze ans, les gamins l'avaient salué lorsqu'il passait près des immeubles au volant de son cabriolet. On le surnommait *Chek*. Une semaine plus tôt, les minots se battaient encore pour surveiller sa BMW Z4 rouge quant il montait culbuter l'une de ses maîtresses dans une tour du quartier. Des maîtresses, il en avait autant qu'il voulait : ici le fric, ça paie les belles caisses, la notoriété et les jolies gonzesses, disait-il.

Mais, un mois auparavant, les Mexicains avaient débarqué. Les caïds des cités des quartiers nord de Marseille qui s'étaient alliés pour l'occasion, avaient cru pouvoir traiter d'égal à égal avec eux. Mais dès les premiers jours, les narcos du Sonora avaient pris en main les affaires. Ils se foutaient complètement de l'avis ou des conseils des locaux. Ils s'étaient installés dans une belle villa loin des quartiers mais avaient demandé un appartement au dernier étage d'un immeuble, dans la cité. Chekouri avait alors pensé que ce n'était pas une bonne chose d'héberger des loups dans le poulailler.

– Vous recevrez 15 % des bénéfices mais vous fermez vos gueules, précisa rapidement l'un des *capos* aux caïds marseillais.

L'un de ceux-là n'accepta pas de fermer sa gueule.

– Et comment va-t-on être sûrs que nos 15 %, représentent bien 15 % de votre business si on ne peut pas y jeter un coup d'œil ?

– La confiance, *hombre*, la confiance, tu as une idée de ce que cela signifie pour nous ?

– Moi, la seule confiance que j'ai, c'est dans mon flingue.

Et le caïd dégaina un Walther PPK sous la gorge du Mexicain.

– *Pezzo di merda*! s'exclama le Marseillais qui devait confondre l'italien et l'espagnol.

On le retrouva décapité dans le local à poubelle d'une tour. Selon les gosses du quartier, il s'était sans doute fait étrangler par un *bolito*.

– Qu'est-ce que c'est que ce truc, le *bolito* ? demanda quelques jours plus tard Chekouri à deux gosses qui admirait la calandre rutilante de son roadster.

Les gamins se marrèrent.

– C'est une sorte de nœud coulant actionné par un petit moteur, expliqua l'un d'eux en imitant un bruit mécanique.

Il s'auto-étrangla des deux mains en tirant la langue.

– Ouais, carrément, continua l'autre : on le met autour du cou d'un mec et il peut plus l'enlever. Le moteur se met en route, le truc se sert autour du cou. Le fil est en acier, hein ! Alors, le truc, il sert tellement que les artères, là (il montra ses deux carotides), elles cèdent et tu pisses tout ton sang avant de claquer.

Le premier reprit la parole, d'un air sérieux :

– Le moteur a une puissance de malade et le fil en acier, eh ben, il finit par te décapiter. Pffff…

Chekouri monta dans sa BMW en rigolant : une légende urbaine, une autre !

Mais ce soir, il courait comme un dératé sans savoir où se réfugier. Cette cité sur laquelle il avait régné si longtemps n'était plus la sienne. C'était celle des Mexicains qui le pourchassaient.

Les types avaient débarqué chez lui, tard dans la soirée.

– Faut qu'on te parle, avait dit l'un d'eux.

Il en descendit trois. Un sur le pas de sa porte, les deux autres dans les escaliers au moment de s'enfuir.

Des habitants de la cité avaient crié mais personne n'avait ouvert sa porte. À quoi bon ? Risquer de recevoir une balle perdue ? Et puis, personne n'avait prévenu les flics non plus. Les flics ne venaient jamais dans la cité : ils la qualifiaient de zone de « non-droit » et estimaient que c'était aux politiques d'agir.

Le barillet de son revolver était vide. Alors Chek fuyait. Il fuyait mais savait que les jeux étaient faits : tôt ou tard, les narcos allaient l'attraper et l'exécuter.

Tout ça parce qu'il avait refusé de se mettre au service du business mexicain. Mais lui s'en foutait que les Mexicains fassent leurs affaires à Marseille. La croissance dans le trafic, Chekouri n'y avait jamais cru. Il voulait simplement maintenir son train de vie et se la couler peinard. Aucune envie de jouer les nouveaux Tony Montana. Montana avait fini le nez dans la coco et une balle dans la cafetière, ça, Chek ne l'avait pas oublié. Sauf que les Mexicains édictèrent les règles : vous êtes avec nous ou contre nous.

Deux jours auparavant, les journaux révélèrent l'arrestation au Mexique de Carlos Gusman, dit *El Chapo*. Dix jours plus tôt, les flics mexicains avaient déjà arrêté son principal lieutenant Ismaël *El Mayo* Zambada et son « *chef de la sécurité* » Jesus Peña Gonzalez. On disait que le Mexique avait mis 2,3 millions d'euros sur la tête du Chapo et que les *States* en offraient 3,6 millions. De telles primes forçaient le respect. Sûr que le Chapo s'était fait balancer. Mais ça voulait dire aussi que les narcos du Sinaloa étaient mal barrés. Très mal barrés. L'occasion de se la jouer indépendant pour Chekouri.

Sauf que, comme Chek n'était pas allé longtemps à l'école, la géographie n'avait jamais été son fort. Il avait confondu l'organisation du Sinaloa et celle du Sonora. Et en profita pour faire savoir ouvertement aux Mexicains qu'il ne souhaitait pas s'impliquer davantage dans la nouvelle organisation des quartiers nord de Marseille. Chek est un homme libre, avait-il crânement affirmé pendant vingt-quatre heures.

Quel con je fais ! se répétait-il depuis.

Parce que les narcos du Sonora qui tenaient désormais le business à Marseille se foutaient de l'arrestation du Chapo. Et n'avaient pas du tout apprécié les rodomontades du Marseillais : *avec nous ou contre nous*.

Quel con je fais, songea Chekouri en se faufilant dans l'obscurité d'un escalier. Peut-être aurait-il pu travailler avec les Mexicains, sans en faire trop, et s'en sortir à bon compte quand même. Sa fierté l'avait toujours poussé à faire des conneries. Jamais il n'avait réfléchi avant de la laisser s'exprimer : c'était pour ça que les gamins du quartier l'aimaient bien et le trouvaient flamboyant. C'était aussi pour ça qu'il n'était jamais devenu un grand caïd…

Il resta dans le noir de longues minutes en essayant de retrouver son souffle. Ses mains tremblaient, sa nuque exhalait une sueur aigre, presque brûlante. La sueur de la peur.

Des hommes passèrent en courant non loin de lui. Ça gueulait en espagnol. En français aussi mais les mots français étaient des supplications.

Un coup de feu claqua, une silhouette s'écroula.

Chekouri passa la tête à l'extérieur. Putain de ta mère ! Slimane Ben Tobal venait de se faire descendre. Slimane, son second, son plus vieux copain, ils étaient à la maternelle ensemble… Chekouri sentit la rage prendre le dessus sur sa peur. Il lui fallait une arme et il se taillerait une sortie à coups de flingue. Puis, il se mettrait au vert loin de la cité. Avec quelques hommes, il était certain de revenir dans la cité et de venger Ben Tobal.

Des pas claquèrent sur le bitume. Il recula dans l'obscurité et retint sa respiration. Sur l'allée, devant l'immeuble, les deux gosses qui lui avaient parlé du *bolito* s'avancèrent. Ils s'arrêtèrent devant le corps de Ben Tobal et l'observèrent sans un mot. Ils en avaient déjà vu des morts mais celui-là avait reçu une balle de gros calibre dans la bouche. Les tueurs l'avaient obligé à croquer le canon de l'arme qui lui avait fait sauter le crâne. Un résultat impressionnant.

– Hé, les minots ! lança le fugitif.

Les deux gamins se retournèrent.

– Approchez !

Pas très rassurés, ils s'avancèrent vers l'escalier plongé dans l'obscurité. Puis ils reconnurent le caïd et se détendirent, retrouvant leur attitude de branleurs des quartiers nord.

– Il me faut un flingue. Dans ma BM, sous le tapis de sol, dans le coffre, il y a un automatique. Vous me le ramenez discretos et je vous file 2 000 euros chacun.

Les gosses ricanèrent. Comme s'il n'y avait pas des sicaires armés qui fouillaient la cité. Comme s'il n'y avait pas de cadavre, le crâne explosé, à quelques mètres d'eux. Comme si Rafik Chekouri n'était plus Rafik Chekouri.

– Qu'est-ce qui nous dit que tu vas nous filer l'argent un fois qu'on t'aura rapporté ton gun ? demanda l'un des ados, l'air bravache.

Chekouri n'essaya pas de parlementer, ni même de tester son reste d'autorité. Il sortit son portefeuille et tendit une liasse de billets.

– Tiens, il y a 5 000 euros. Maintenant, allez me chercher mon flingue et vite !

– Bouge pas, Chek, on revient !

– Hé, les gars, fit-il en leur lançant le porte-clés électronique de sa voiture, vous comptez fracturer ma Z4 ou quoi ?

– Ah ouais, bien sûr, Chek, approuva le plus vieux en réceptionnant le porte-clés au vol.

Tout foutait le camp, sourit étrangement Chekouri : ces gosses seraient pires que lui ou que Ben Tobal, aucun sens du respect. Ils ne pensaient qu'au fric, ils n'avaient peur de rien. Eux n'avaient pas eu la patience de voir la fin du film : ils croyaient que Tony Montana était toujours *Scarface*, le roi du business.

L'attente dans l'ombre parut durer des heures. Combien de ses collègues s'étaient fait prendre ? Et combien l'avaient trahi ? Cette dernière question le secoua parce que, évidemment, il avait été balancé. La preuve : personne ne venait à son secours. Ben Tobal était seul lors de son exécution. Mais cinq minutes s'étaient seulement écoulées lorsque les deux gosses apparurent dans la faible lumière d'un lampadaire.

– Rafik, c'est nous. Tu peux sortir !

Rafik ? On l'appelle Chek dans la cité. Tous les minots l'appellent Chek. Chekouri quitta sa cachette sous les escaliers, un peu inquiet. Il sortit lentement la tête de la cage d'escalier.

Quatre flingues de gros calibre étaient pointés sur son visage.

Les gosses se marraient toujours :

– C'est Rafik Chekouri, il se cachait comme une mousmée, le *Chek* ! ironisa l'un d'eux.

Bande de petits salauds... L'ex-caïd de la cité ferma les yeux et serra les dents :

– Pitié, ne me tuez pas !

C'était seulement l'histoire d'une seconde, la mort.

Un des chefs des narcos de Sonora le saisit alors par le col de sa veste Hugo Boss et approcha sa sale gueule de la sienne :

– Ne chie pas tout de suite dans ton froc, *hijo de putana* ! On a des grands projets pour toi…

Les Mexicains hurlèrent de rire.

Les gosses aussi.

30

Dans la cage, les deux garçons blottis l'un contre l'autre, derrière elle, ne bougeaient presque plus. De temps en temps, l'un d'eux lâchait un sanglot ou un petit gémissement. Une odeur d'urine emplissait l'atmosphère. Comme elle, ils étaient bâillonnés, mains et pieds liés par un chatterton trop serré. La jeune fille tentait d'écouter le moindre bruit issu de l'extérieur. Seul le temps s'écoulait. Elle ne savait plus si c'était le jour ou la nuit ni depuis combien d'heures, de jours, elle se trouvait là, prisonnière de ces gens qui avaient massacré les deux jeunes filles.

Juste avant que la femme et l'homme les abandonnent, elle avait entendu les deux garçons : deux miaulements avaient traversé leur bâillon. Ils étaient fous de terreur. Depuis, elle tentait de se persuader que sa disparition avait été découverte au centre des jeunes aveugles de Jablines-Annet. Les policiers de toute la région devaient être à sa recherche. Et ses parents remuaient ciel et terre à présent, c'était certain ! Il fallait garder confiance en ces adultes qui la protégeaient.

À un moment – mais elle ne savait plus si c'était il y

a une heure ou la veille – elle avait entendu le bruit d'un moteur de voiture, ou de plusieurs voitures, à l'extérieur. Puis des voix. Leurs geôliers revenaient-ils ? Cette fois, c'étaient elle et les deux garçons qui allaient être rudoyés, violés même, et, elle en était désormais persuadée, assassinés à coups de couteau ensuite. Et puis, elle avait vaguement distingué des rires aussi. La jeune aveugle les percevait mieux que ses deux compagnons d'infortune, la cécité provoquant parfois une ouïe plus performante que celle des voyants. Plus loin, des coups de feu avaient bientôt été tirés. Des coups de fusil de chasse, peut-être. Sans doute des chasseurs, avait compris l'adolescente.

Elle avait bien tenté de frapper le sol de la cage, de se jeter contre les barreaux, de hurler derrière son bâillon mais ça n'avait rien donné : la cage n'avait pas bougé d'un pouce et les discussions et les rires étaient trop éloignés pour que ses gémissements étouffés attirent l'attention de ces gens.

Puis au bout d'un moment – mais elle avait eu l'impression de s'endormir entre temps – les voix s'était tues. Les véhicules avaient redémarré et le silence avait repris possession du monde qui l'entourait.

La soif commença à se faire sentir.

La faim, passait encore. Mais la soif, c'était presque insoutenable. De temps en temps, elle posait sa joue contre l'acier froid des barreaux. La première seconde, l'illusion fonctionnait mais rien n'y faisait : sa bouche était desséchée. La soif la tourmentait peut-être davantage que l'indicible terreur éprouvée quand l'homme et la femme s'en étaient pris aux deux jeunes filles. Elle se souvenait du plaisir qu'elle ressentait à boire un grand verre d'eau, la nuit, lorsqu'elle se réveillait en sursaut d'un mauvais cauchemar. Le liquide qui coulait produisait même un léger son qu'elle *entendait* par la gorge.

Combien de temps pouvait-on tenir sans boire ? La question ne trouvait pas de réponse absolue dans sa tête de trop jeune collégienne. Elle se souvenait seulement d'avoir lu quelque part que l'homme survivait selon une règle de trois : trente jours sans manger, trois jours sans boire et trois minutes sans respirer. Elle croyait également se rappeler qu'un docteur expliquait que mourir de soif, ça commençait d'abord par de violents maux de tête, des crampes terribles ensuite, et enfin des troubles de la conscience qui entraînaient finalement un coma. Elle espérait désormais une seule chose : ne pas souffrir. Peut-être s'endormir et que cet enfer prenne fin.

Au bout d'un temps impossible à définir, elle se rendit compte que les garçons étaient complètement silencieux. Elle s'approcha d'eux en rampant et poussa la masse obscure de leurs corps d'un coup d'épaule. Aucune réponse. Elle poussa plusieurs fois avec sa tête une hanche et un avant-bras. Aucun signe de vie.

Ils s'étaient endormis profondément, pensa la jeune fille, tant mieux pour eux. Ces quelques mouvements l'avaient épuisée. Elle eut l'impression que sa gorge et sa langue étaient en bois. Sans salive, chaque respiration devenait une lutte.

Elle réussit cependant à reprendre sa place face aux barreaux de la cage.

Et elle fixa un point imaginaire dans le noir absolu de son avenir.

31

Bien sûr Malko Linge lui, avait mené sa chasse à l'homme au Pérou. C'était un des épisodes préférés de Shrapnel, le n° 79. Le Pérou, c'était évidemment plus exotique que la Seine-et-Marne. Mais le commandant de la BRP aimait penser à Son Altesse Sérénissime lorsqu'il savait que la journée qui l'attendait serait décisive. Chacun ses gimmicks rassurants…

Et décisive, la journée allait l'être – Shrapnel l'avait senti au plus profond de son ventre. Cruelle aussi, d'une manière ou d'une autre : soit il retrouvait la jeune aveugle vivante, soit El Camino et sa maîtresse allaient payer l'addition. Salée.

Un pâle soleil d'hiver pointait à l'horizon. La température avoisinait le zéro mais au moins il n'y aurait pas de pluie ce jour-là. Cette pluie qui mouillait jusqu'au os depuis que lui et ses collègues s'étaient lancés dans cette poursuite impitoyable.

En sortant de chez lui, il ressentit aussitôt l'excitation du chasseur. Mais celui qui n'a qu'une cartouche et affronte une bête extraordinaire.

Deux voitures l'attendaient dans la rue : dans la première se trouvaient Torpe et Feuerbach. À voir leurs mines chiffonnées, Shrapnel comprit que sa subordonnée et l'agent spécial avaient remis ça. Sacré Américain, se dit le flic.

Il se pencha sur la portière et adressa un sourire idiot à Feuerbach.

– On ne change pas une équipe qui gagne, grinça-t-il.

– Tu es un adepte du *running gag*, Julien, tout le monde le sait, répliqua le lieutenant en employant le même ton cynique. Pas besoin de nous faire le coup à chaque fois.

– *What's new*, agent Torpe ?

L'Américain n'avait pas l'air enclin à la rigolade :

– Peut-être que ça peut vous intéresser : la DEA a averti le FBI que des narcos de Sonora se sont emplantés chez vous, en France. Marseille, apparemment. Et El Camino a été en affaire avec des types du Sonora, il y a quelques années de cela.

– Ça pourrait être là que Cárdenas va essayer de se planquer ? demanda Feuerbach.

– Possible, possible... En attendant, on retourne en Seine-et-Marne.

Il jeta un œil à sa montre.

– Il est bientôt six heures, les recherches vont reprendre là-bas. On s'y met sérieusement. Je ne veux pas qu'El Camino se tire à Marseille. *No way* !

Il rejoignit la vieille CX break dans laquelle l'attendaient Kennedy et Valbuena, assis sur la banquette arrière.

– Prenez le volant, Stacy ! dit-il en ouvrant la portière passager.

La jeune femme enjamba le levier de vitesse et Shrapnel prit sa place.

– Ce n'est pas une automatique ? s'étonna-t-elle en se glissant derrière le volant.

– Une automatique ? Vous me prenez pour Magnum ou quoi ?

Elle démarra et cala brutalement en passant la première.

– Hé ! Ho ! Doucement, c'est une voiture payée par le contribuable français.

Il montra d'un geste vague le véhicule conduit par Torpe qui s'éloignait devant eux dans la rue.

– Votre chef, lui, il maîtrise parfaitement la technologie automobile européenne. Celle qui roule au diesel et à la boîte de vitesse, celle qui pollue la planète et coûte des ronds au contribuable. Remarquez, vos grosses bagnoles américaines ne sont pas franchement plus écologiques...

Kennedy redémarra. Cette fois, elle fit crisser les pneus et s'élança.

– Voilà qui est beaucoup mieux.

Shrapnel rechercha un numéro parmi les contacts de son smartphone.

– Salut Samuel, déclara-t-il en s'appuyant contre l'accoudoir de la portière.

Il regarda sa montre :

– Ouais, six heures. Et alors ? À la BRI de Marseille, vous faites des grasses mat' ?

Silence.

– C'est ça, allume-toi une cigarette et fais-toi chauffer un caoua ! Mais il faut que tu m'aides sur un coup. C'est important, vraiment !

Silence.

– Les Mexicains qui sont arrivés dans les quartiers nord. Tu peux m'en dire deux mots ?

Silence. Mais, cette fois, beaucoup plus long. Shrapnel hochait de temps en temps de la tête.

– Il se peut qu'un ex-narco de Ciudad Juarez en cheville avec les Mexicains qui ont débarqué chez toi, essaye de rappliquer. On le piste pour une affaire de pédophilie. Ce mec s'amuse à violer des gosses et à les décapiter devant une caméra.

Silence.

– Exactement, des *snuff movies* !

Silence.

– Non, c'est pas des conneries ! Le mec en question et sa nana sont des cinglés de première.

Silence.

– Du Sonora ? Je ne connais pas ce bled. Remarque, la semaine dernière, j'étais aux *States*, c'est pas si loin.

Silence.

– Du changement chez les narcos ? Intéressant ça...

Silence.

– Je te remercie, Samuel. On se rappelle.

– Vous croyez qu'El Camino va essayer de se cacher à Marseille ? interrogea Valbuena sans bouger du fond de son siège.

– C'est une possibilité envisageable...

Kennedy conduisait vite et bien. Torpe la suivait désormais à une centaine de mètres. Ils ne tardèrent pas à quitter Paris via la porte de Bercy.

– Magnum... C'est Thomas Magnum dont vous parliez tout à l'heure ? sourit-elle sans quitter la route des yeux. Le moustachu des années quatre-vingt, le type aux chemises à fleurs interprété par Tom Selleck ? Désolée, commandant, j'étais encore au jardin d'enfants quand cette série s'est terminée !

– Vous avez de la chance, jeune fille. Je crois que le seul intérêt de cette série était le comédien qui doublait Selleck en français. C'est dire si vous n'auriez pas été fan...

La chance.

Parlons-en de la chance.

Les flics expérimentés le savaient : souvent, on ne pouvait compter que sur elle pour faire avancer les affaires les plus pourries. L'enquête bouclée, on évoquait le professionnalisme et le dévouement des enquêteurs. Pas par arrogance mais simplement parce que si le grand public venait à comprendre l'importance du facteur chance dans le métier de flic, l'inquiétude et l'hystérie l'emporteraient. Mais c'était ainsi.

Lorsqu'ils sortirent de l'autoroute A4 à la hauteur de Bussy-Saint-Georges, le téléphone de Shrapnel vibra. Le commissaire Dechatres à l'appareil :

– Julien, la société qui gère les déchets ménagers sur la communauté de communes de Marne et Gondoire a appelé la gendarmerie de Lagny-sur-Marne.

– Les éboueurs voulaient vous vendre leur calendrier, madame ?

– Très drôle. Certains de ses employés ont remarqué quelque chose qui pourrait nous intéresser. Ce n'est peut-être qu'un cliché un peu xénophobe mais il se trouve qu'ils ramassent depuis quelque temps des emballages de produits mexicains. Type bouteilles de téquila, pack de bières et autres nourritures pimentées, vous voyez ?

– Je vois. Donnez-moi l'adresse !

– 13, rue du Golf à Bussy-Saint-Georges...

Elle s'arrêta net, comprenant qu'elle en avait trop dit.

– On est à Bussy, justement ! s'exclama Shrapnel.

– Julien, n'y allez pas seul, vous m'entendez : nous envoyons une équipe du Raid. Ils seront sur place dans une heure à peine...

Shrapnel souffla dans le micro de son smartphone.

– Qu'avez-vous dit, commissaire ? Ah ! La liaison est mauvaise, on dirait.

– Julien, cessez immédiatement vos conneries ! s'emporta Dechartres. C'est un ordre, n'y allez pas seul !

Shrapnel souffla de plus belle dans le téléphone. Kennedy souriait en le regardant outrepasser les ordres de sa hiérarchie : jamais un agent du FBI n'aurait osé se comporter ainsi. La police française était bien mal respectée par ses fonctionnaires. Et après, ceux-ci se plaignaient que les jeunes gens ne les respectent pas.

– Julien, c'est un ordre...

Shrapnel mit fin à la conversation.

Il tapota sur le clavier du téléphone :

– Lor ! cria-t-il dans le combiné. On a logé El Camino : collez-nous au train ! On va se le faire...

Court silence.

– Lieutenant, je suis ton supérieur, je décide, tu obéis. On n'a pas le temps d'attendre les gusses du Raid.

Et il raccrocha.

– Logé ? demanda l'agent spécial avec une grimace perplexe.

– Oui, oui, logé : on sait où il se cache.

– Vous en êtes certain ?

– Oh que oui j'en suis certain. La chance, Stacy, la chance est de notre côté. Du côté de la justice. Ça n'arrive pas si souvent.

32

Impossible de savoir combien de temps elle avait pu dormir.

Sa bouche était de plomb, ses muscles gourds. Elle tourna la tête vers l'endroit où les deux garçons étaient blottis. Mue par une volonté surhumaine, elle se laissa tomber, rampa vers eux. Ces quelques mouvements épuisèrent toutes ses forces. Mais de la tête, elle parvint tout de même à pousser l'un des corps qu'elle ne pouvait même pas identifier. Elle eut un mouvement douloureux de recul : la peau qui touchait son front était glacée, plus froide encore que le fer des barreaux de la cage.

Ils étaient morts.

Et je vais mourir, songea-t-elle.

Elle roula alors sur le côté droit, dans le coin opposé de la cage. Pour mettre le plus de distance possible entre elle et ces deux corps sans vie.

S'endormir sans souffrance, s'il vous plaît.

Et soudain, là, sur le sol en ciment grossier, elle sentit un liquide sur sa joue. Trop de liquide pour que ça soit ses larmes. D'ailleurs, elle était trop déshydratée pour avoir pleuré. Non, une petite flaque d'eau jonchait le sol ! La condensation sur les murs avait-elle ruisselé ?

Oh ! Si elle pouvait repousser un peu le bâillon, passer sa langue râpeuse dans l'interstice, elle pourrait aspirer l'eau. C'était ça ou la mort. Cette évidence envahit l'esprit chancelant de la gamine. Ses toutes dernières forces, elle décida de les employer à frotter ce maudit bâillon contre le crépi douloureux du béton. Tâche surhumaine pour une gamine de quinze ans qui croupit sans eau, sans nourriture depuis trois jours dans une cage.

Mais le bâillon de scotch se déplaça. Sa joue émaciée par les privations était en sang, la chair était brûlée, mais le bâillon se déplaçait.

Oui, oui, elle y était presque.

Presque.

33

Shrapnel gara sa CX break au bout de la rue du Golf.

Il sortit sur la route comme un diable de sa boîte.

La voiture conduite par Torpe stoppa juste derrière, Feuerbach descendit.

– Julien, qu'est-ce que tu comptes faire ?

Le commandant du groupe Cabaret ouvrit le haillon arrière et enfila un gilet pare-balles en kevlar. Il en tendit un à Feuerbach et jeta les deux autres à Torpe et à Kennedy qui observaient les flics français.

– Vous n'êtes pas obligés de nous accompagner, leur dit-il.

Il sembla réfléchir quelques secondes :

– Mais je crois que vous savez vous y prendre au FBI avec des mecs comme El Camino.

Torpe enfila le battle-dress, Kennedy l'imita. Ils vérifièrent leurs armes, dans des mouvements réflexes et professionnels.

– Désolé, agent Valbuena, je n'ai pas d'autre Kevlar. Vous resterez en couverture, à l'extérieur. Si un de nos suspects essaye de se tirer, vous le neutralisez. *Usted ve aquel que quiero decir ?*

– *Si, si*, répondit Valbuena.

– Julien, ce type est un cinglé : tu peux être certain qu'il va nous recevoir comme... un cinglé, justement. Le Raid doit être en route. Si tu veux, on les empêche de sortir. Mais s'il te plaît, attendons le Raid !

Shrapnel semblait en proie à une inquiétude nerveuse inhabituelle. Il ouvrit une petite valise en plastique sombre qui se trouvait au fond de la malle arrière et saisit le pistolet-mitrailleur.

Feuerbach ouvrit de grands yeux.

– Qu'est-ce que tu fais avec ça, Julien ?

Shrapnel envoya l'arme à Torpe qui l'attrapa au vol.

– Heckler & Koch MP7A1, chargeur vingt coups. Vous savez vous en servir, agent Torpe ?

L'autre hocha la tête et chambra une balle.

– Je ne peux pas m'empêcher de penser à la gosse, confia-t-il à Feuerbach en lui adressant son regard le plus dur. Elle va mourir si on ne fait rien immédiatement...

– Je n'aime pas te voir comme ça, Julien.

– Moi non plus, je n'aime pas me voir comme ça, lieutenant. Mais on n'a pas d'autre choix.

Il fit un signe de tête aux Américains et se dirigea en trottinant vers la maison. Feuerbach retira sa veste et enfila à son tour le gilet pare-balles. Elle dégaina son Sig-Sauer et l'arma. Le Deuff aurait pu empêcher Julien de jouer au cow-boy, se dit-elle en suivant ses compagnons. Mais Le Deuff se trouvait entre la vie et la mort à La Salpêtrière et cette idée l'exaspérait. Au point de baisser la tête et de pointer son pistolet vers la maison où se terrait El Camino et sa compagne.

– Il me le faut vivant, murmura Shrapnel à l'intention de ses collègues.

Il fit signe à Torpe et à Kennedy de contourner la villa.

D'un regard, il s'assura que Feuerbach était sur le coup – elle l'était – et s'avança à pas feutrés jusqu'à la porte d'entrée.

Le ciel commençait à s'éclaircir mais c'était encore la nuit. Un bus passa dans la rue, il était presque vide, seuls trois employés somnolaient contre la vitre. Personne dans la rue, les volets des maisons voisines étaient encore baissés.

Shrapnel passa lentement un œil devant la fenêtre qui donnait sur le salon.

Un type, torse nu, gisait sur le canapé de cuir. Devant lui, des cadavres de bouteilles d'alcool et un minuscule monticule de poudre blanche.

– El Camino... murmura-t-il à Feuerbach.

De l'autre côté du salon, Shrapnel aperçut Torpe qui venait de voir, lui aussi, le Mexicain à travers la baie vitrée qui donnait sur le jardin. Les deux flics échangèrent un regard. Tout pouvait se dérouler tranquille.

Sauf que...

Sauf que si l'ancien narco se saoulait la gueule comme la dernière des cloches jusqu'à constituer une cible sans défense, Alicia Stanford, elle, restait constamment sur le qui-vive depuis qu'elle avait compris que son amant n'était plus fiable. Elle avait en quelque sorte pris les rênes de l'entreprise El Camino. Au premier étage, elle ne dormait que d'un œil, sur un lit à la hauteur de la fenêtre donnant sur la rue. L'arrivée des voitures de Shrapnel et de ses hommes – même s'ils avaient pris soin de se garer à deux cents mètres de la villa – l'avait réveillée. Elle avait suivi la progression des intrus et s'était préparée à l'assaut.

Elle attendait donc l'entrée des flics, derrière la porte, son Beretta 92 levé à hauteur d'homme.

Mais elle n'avait pas vu que Torpe, Kennedy et Valbuena avaient contourné la maison par le jardin. Et Torpe et Kennedy la prirent, eux aussi, en ligne de mire au travers de la baie vitrée.

Sauf que...

Sauf que le jeu était faussé depuis longtemps.

Et tout alla très vite. Trop vite.

Ainsi, lorsque Shrapnel, qui venait de forcer la serrure de la porte d'entrée, pénétra dans le corridor, Stanford fit feu à deux reprises au jugé. Les balles de 9 mm Parabellum passèrent à deux doigts de la tête du chef du groupe Cabaret et vinrent se ficher dans la poitrine de Lor Feuerbach. La jeune femme fut projetée plusieurs mètres en arrière. Alors, Shrapnel appuya une seule fois sur la détente et toucha au but : Stanford fut touchée en plein tête. Tuée sur le coup.

Si Stanford tira au jugé, c'est parce qu'elle fut déconcentrée par deux autres coups de feu, tirés depuis le jardin.

En effet, le jeu était faussé car Valbuena n'était pas seulement un agent spécial du FBI.

Il renseignait, depuis sa fuite aux États-Unis, le couple diabolique.

El Camino lui versait tous les mois 20 000 dollars sur le compte d'une banque genevoise, rétribution de ses bons et loyaux services.

Alors, comme Torpe et Kennedy prenaient pour cible Alicia Stanford, Valbuena recula et visa ses deux collègues. Il fit feu en même temps que Stanford. Finalement, croyant la protéger, il avait empêché sa complice de toucher au but. Elle en était morte.

Valbuena, lui, toucha à deux reprises Sam Torpe dans le dos. Mais il fut gêné par la chute de son corps sur Kennedy. Celle-ci vida le chargeur de son Glock à l'aveugle, dans un mouvement conditionné parfait. Trois balles pénétrèrent la cage thoracique de Valbuena qui n'était pas protégé par un gilet pare-balles. L'une des balles traversa le cœur de part en part, mettant un terme définitif à l'existence du traître.

El Camino se dressa au milieu du salon, encore bourré et défoncé, ne comprenant rien de ce qui venait de se passer.

– *No soy el Diablo ! No soy el Diablo !* hurlait-il, proche de la démence.

Shrapnel bondit par-dessus le corps de Stanford et asséna un coup de la crosse de son Sig-Sauer d'une violence rare sur la nuque du Mexicain.

Alors, il fit face au désastre.

34

– Vous avez des pertes, commandant ? hurla Kennedy qui secourait son chef.

– Le lieutenant Feuerbach est touchée ! répondit-il en bondissant vers l'entrée de la maison.

Mais Lor Feuerbach, une main sur la poitrine, l'autre serrant son semi-automatique, se tenait appuyée dans l'encadrement de la porte. Quelques larmes avaient tracé de fines marques sur ses joues maquillées de boue.

– Putain de kevlar… gémit-elle.

Quand Shrapnel s'approcha d'elle, la jeune flic se dit qu'elle n'avait jamais vu autant de tendresse dans les yeux de son supérieur. Il inspecta le gilet pare-balles : il avait tenu bon !

– Putain de kevlar, répéta-t-il en caressant la joue salie.

Puis il se précipita sur la terrasse.

Valbuena gisait dans son sang. Il avait reçu son compte.

– Dès l'aéroport à New York, je ne l'ai pas senti celui-là…

Le gilet pare-balles de Torpe avait aussi résisté à l'impact des balles. Mais une d'elles avait pénétré l'épaule, causant une profonde blessure. Kennedy fit tampon avec un chiffon trouvé dans la cuisine. L'hémorragie stoppée, l'état de l'agent spécial ne semblait pas critique.

Finalement, le désastre n'en était pas complètement un. Shrapnel reprit son souffle en souriant à Torpe :

– Je crois qu'on va devoir remettre à plus tard notre explication d'homme à homme, hein, agent spécial ?

Torpe eut une grimace douloureuse :

– Je n'ai pas besoin de mes deux bras pour vous mettre une déculottée, commandant...

Et puis, l'idée qu'une gamine aveugle agonisait quelque part percuta Shrapnel. Il se leva et retourna dans le salon : El Camino émergeait des limbes où l'avait envoyé croupir la crosse du Sig-Sauer.

– Où elle est ? hurla le flic en saisissant le Mexicain à la gorge.

Il serrait de ses deux mains comme si, en pressant sur la pomme d'Adam, il allait extirper des réponses à sa proie. Mais l'autre ne pouvait même plus respirer.

– Tu vas me dire où est cette pauvre gosse, sale fils de pute !

– *Si*, réussit à cracher El Camino.

Shrapnel le relâcha quelques secondes.

– *Si, si*, je vais te le dire mais seulement si tu me laisses partir.

Le flic lui envoya un puissant direct sur l'arcade sourcilière. Du sang gicla et les dents d'El Camino grincèrent.

– Je vais tellement te refaire la gueule que tu n'oseras plus jamais te reluquer dans un miroir.

– Peut-être mais la gosse, elle n'a rien bu, rien mangé depuis quatre jours...

Shrapnel retint son bras.

Les autres flics l'observaient : ils savaient que la violence était le seul moyen de faire parler le psychopathe.

Les renforts n'allaient plus tarder à arriver. Au loin, on pouvait entendre les sirènes qui annonçaient l'arrivée du Raid, des pompiers et de la foule des journalistes. Déjà, des curieux s'avançaient devant la maison, certains tentaient de comprendre la situation.

Shrapnel souleva El Camino.

– Lor, tu restes en contact. On va te dire où se trouve la gosse et tu iras la chercher.

– Attends, attends, Julien ! tenta Feuerbach. Qu'est-ce que... Tu ne peux pas le laisser partir ! Ils vont te casser si tu fais ça. Volochenko ne laissera pas passer cette fois...

– Je t'ordonne d'attendre les gars du Raid et de veiller sur ton copain Torpe. Moi et Kennedy, on s'occupe de ce salopard.

Feuerbach s'avança vers son commandant, elle chancelait :

– Julien, merde, je t'en prie..., murmura-t-elle encore.

Mais elle n'y pouvait plus rien.

– Kennedy, avec moi ! gueula Shrapnel en sortant son prisonnier de la maison comme s'il s'agissait d'un pantin.

– *Hijo de puta* ! lança celui-ci.

Torpe, comprenant que son principal suspect était en train de se faire la malle, essaya de se lever.

– Commandant, vous n'avez pas le droit...

Mais la douleur brûlait tout son corps, c'était intolérable : il crut un instant que de la lave coulait depuis son épaule dans les muscles de son dos. Il retomba lourdement sur la terrasse en gémissant.

– Il faut l'empêcher de faire ça, Lor…

Feuerbach vint vers lui, résignée :

– Le con… dit-elle en rengainant son pistolet.

35

El Camino était couché sur la banquette arrière de la CX break de la préfecture de police de Paris. Menotté dans le dos, l'air hagard, il n'avait pas fière allure. Une lueur de peur scintillait même au fond de ses yeux noirs. Il avait le visage cramoisi, le visage du condamné avant l'échafaud.

Kennedy, assise à côté du conducteur, lui enfonçait le canon de son Glock dans la joue.

Shrapnel conduisait. Il conduisait vite, très vite. Il voulait rapidement sortir de Bussy-Saint-Georges et de ses environs. Ses collègues ne l'auraient pas laissé embarquer son prisonnier, il le savait.

– Maintenant, salopard, je vais te dire une chose : tu me dis où est la gamine et je te mets en sureté.

– Tu vas me foutre en prison, oui ! Tu me prends pour un *gringo* pour croire en tes conneries ?

Kennedy lui abattit le canon de son arme sur le coin de la tronche. Il hurla.

– *Chinga tu puta madre* ! lâcha-t-il en se tortillant de douleur.

– Tu vas nous parler sinon je te remets à nos amis du FBI et ils s'arrangeront pour te coller dans une prison avec des adeptes du Ku Klux Klan, n'est-ce pas agent spécial ?

Kennedy enfonça à nouveau son canon dans la joue sanguinolente du prisonnier.

– Je connais quelques *suprématistes* à Rikers qui s'amuseront volontiers avec toi quand ils apprendront ce que tu as fait à des enfants blancs...

El Camino respirait fort, trop fort pour un type comme lui. Son monde d'argent, de violence et de mort s'était retourné contre lui.

Shrapnel fonçait sur la départementale 374 à la hauteur de Melun.

– Je te fais passer à Marseille, dans les quartiers nord, reprit Shrapnel. Tu as des copains là-bas, il paraît.

– Non, ce sont des mecs du Sonora, pas de chez moi.

– On m'a dit que vous étiez alliés pourtant.

– Qui me garantit que tu vas vraiment m'amener à Marseille ?

– Dans quelques kilomètres, je rejoins l'autoroute A6, dans six heures on peut être dans les quartiers nord. Je te donne ma parole.

Kennedy fronça imperceptiblement les sourcils : elle avait du mal à envisager que Shrapnel tienne sa promesse.

El Camino, lui, ne semblait pas complètement obtus : peut-être que ce flic tenait plus à retrouver l'aveugle que de le mettre en taule. Peut-être que ça lui permettrait de booster sa carrière, c'était envisageable. D'ailleurs, le Mexicain se dit qu'il n'avait pas vraiment d'autres cartes à jouer. Il tenta sa chance :

– Elle est dans une ferme juste à la sortie de Bussy-Saint-Georges, sur la route de Pontcarré-Villeneuve-Saint-Denis. Un lieu-dit qui s'appelle le Beffroi, je crois.

Shrapnel freina, vira violemment dans un chemin de terre creux entre deux haies d'arbres. Il sortit de la voiture.

Il appela immédiatement Feuerbach. Il vit que Dechartres et Volochenko l'avaient appelé chacun une dizaine de fois. Ça le fit sourire, tristement.

Il revint s'asseoir dans la voiture. Les vitres étaient embuées.

– Voilà : Feuerbach se rend sur place, dit-il en fixant le volant. L'agent Torpe est hors de danger, il est bon pour quelques semaines de repos, le fainéant.

– Qu'est-ce qu'on fait si la petite est..., murmura Kennedy.

El Camino tenta de se relever :

– Hé ! Pas de ça, flic : tu m'as dit que tu m'emmenais à Mars...

Kennedy lui colla un nouveau coup de pistolet sur le crâne.

– *Voy a matarte, puta*..., bredouilla-t-il en retenant ses larmes.

Shrapnel resta silencieux.

Et le silence sembla s'éterniser.

Au bout de quarante minutes, le téléphone vibra enfin.

Shrapnel sortit à nouveau de la voiture. Cette fois, il s'éloigna sur le chemin.

Il resta quelques secondes au téléphone et, après avoir raccroché, de longues minutes, le regard perdu au loin.

Kennedy et El Camino l'observaient.

Rien n'était plus normal.

Le flic revint s'asseoir derrière le volant :

– C'est bon, on l'a trouvée, déclara-t-il. Tout va bien.

– On fait quoi maintenant ?

– On fait ce qu'on a dit, grogna-t-il.

Et, d'un mouvement rapide, il retira le Glock de la main de Kennedy :

– Mais vous, vous descendez ici, agent spécial.

Kennedy le dévisagea sans pouvoir dire un mot. Il passa son bras au-dessus elle et ouvrit la portière :

– Descendez, ça vous évitera pas mal de problèmes !

La jeune femme n'essaya même pas de protester, elle quitta l'habitacle et se retrouva les pieds dans la boue, au milieu de nulle part.

La voiture démarra et fit une brusque marche arrière. Dans un crissement de pneus, elle remonta sur la départementale et s'éloigna rapidement.

– Elle est morte, elle est morte… répéta Stacy Kennedy, la gorge nouée.

36

Le flic s'arrêta à l'entrée de Marseille. Sur le bord de la petite route, il discuta avec un autre type – un flic lui aussi à n'en pas douter. Les deux hommes eurent un échange vif. Mais le flic de Paris remonta en voiture :

– On y va, se contenta-t-il de dire.

Et il rejoignit effectivement les quartiers Nord.

El Camino n'en revenait pas. Au pied d'un immeuble, il descendit de la vieille Citroën CX break et le flic démarra, sans un mot, sans un regard.

Alors, il s'approcha d'un des gamins qui l'observaient depuis les escaliers menant au hall d'entrée d'une grande barre HLM. Il affirma vouloir parler aux Mexicains, que c'était important, qu'il était El Camino. Le gosse eut un sourire narquois mais se leva tranquillement et disparut au fond d'un passage qui traversait l'immeuble.

Cinq minutes plus tard, trois hommes arrivèrent. Des Mexicains. Mais El Camino ne les avait jamais vus dans le Sonora quand il était en business avec les narcos de l'État. Les types lui sourirent amicalement. C'était bon de parler espagnol avec l'accent du pays. Ils lui dirent qu'ils allaient l'emmener chez le *capo*. El Camino déclara qu'il avait de grandes choses à proposer, son ambition était toujours intacte. Les autres rigolèrent, lui tapèrent dans le dos et ils gagnèrent tous le dernier étage d'un immeuble.

Ce fut ses derniers instants d'espoir.

Après, il vécut l'enfer.

Vaguement, il comprit que les jeunes narcos qui l'avaient évincé, là-bas à Ciudad Juarez avaient conquis de nouveaux États et que le Sonora faisait désormais partie de leur territoire. Il comprit aussi que le flic, Shrapnel, l'avait envoyé sciemment à la potence.

Bien sûr, la gamine aveugle était morte dans sa cage…

El hijo de puta…

D'abord, trois jeunes sicaires le cognèrent méthodiquement devant le *capo*. Celui-ci se marrait à gorge déployée en buvant de minuscules verres de mezcal et en fumant de longues cigarettes de tabac brun. Au bout d'un quart d'heure d'un tabassage en règle, il leva la main comme un empereur romain au cirque. Les trois hommes de mains du cartel soulevèrent le corps meurtri d'El Camino et le déposèrent dans l'ascenseur.

La descente jusqu'au sous-sol parut interminable. Son corps n'était que douleur et son esprit n'avait plus la force de croire en une issue possible.

– *Por favor*, supplia machinalement El Camino.

Ensuite, on le traîna dans un couloir sombre qui puait l'essence. Des mobylettes désossées gisaient dans une des caves, des gamins très jeunes semblaient affairés à récupérer des pièces sur les moteurs.

L'un des sicaires ouvrit ensuite une autre cave. Trois gros verrous donnaient à l'entrée l'aspect d'une porte de prison. Et de fait, un homme était attaché à un anneau accroché au mur. Il avait reçu beaucoup de coups, son visage était boursouflé, il avait uriné sur lui.

– Salut Chek ! lança le sicaire dans un large sourire. Ça y est, tu vas pouvoir nous servir. Tu as vu, on ne t'a pas menti, on avait de grands projets pour toi.

Les deux autres Mexicains jetèrent El Camino au sol. Que ça se passe vite, songea celui-ci sans y croire. Car, pour l'avoir infligée tant de fois, il savait que la mort n'advenait pas vite chez les narcos. Pour accéder à la paix éternelle, il fallait d'abord connaître l'enfer.

Le jeune Arabe ensanglanté secoua la tête, ses yeux vitreux trahissaient une terreur infinie. L'un des Mexicains le maintint par les épaules, son collègue dégaina alors un étrange instrument.

El Camino connaissait trop bien cet appareil. Combien de fois l'avait-il utilisé sur des ennemis ou même sur des employés indélicats ou trop peu zélés. Il s'en était aussi servi parfois juste pour rigoler lors de fêtes avec des amis, entre cocaïne, putes et téquila. Un orchestre de *narcocorridos* jouait des chansons à sa gloire et ses hommes avaient ramené un pauvre ivrogne pour que leur boss s'amuse. C'était la bonne vie.

– Oh, non ! Pas le *bolito* ! Pas le *bolito* ! se mit à hurler le jeune homme.

Et puis l'instant d'après, il se tut. Personne ne l'aiderait plus, il le savait.

On lui passa le fil d'acier autour du cou.

– Regarde bien, El Camino ! souligna le Mexicain en maintenant le prisonnier à genoux. C'est comme ça que tu vas mourir. Et après, on ramènera ta tête au pays. On la déposera sur la place centrale de Ciudad Juarez.

El Camino fixa Rafik Chekouri d'un regard vide comme s'il essayait de s'abstraire de la réalité, d'être déjà ailleurs. Mais il ne pouvait accélérer le temps, il devait supporter l'attente comme l'on boit la ciguë : jusqu'à la lie.

Derrière lui, il entendit des gosses murmurer. Ceux-là avaient abandonné leur atelier bricolage et s'étaient amassés dans l'entrebâillement de la porte. L'un d'eux adressa un petit salut surréaliste de la main à Chekouri. Quelques jours plus tôt, l'adolescent surveillait la BMW de Chek en échange de quelques dizaines d'euros. Les Mexicains les aperçurent, ils les laissèrent assister à la mise à mort de l'ancien caïd.

Ils apprendraient ainsi une des règles élémentaires du crime : la raison du plus fort est toujours la meilleure.

– C'est une légende urbaine, une putain de légende urbaine, psalmodia Chek.

Un petit bruit de moteur se fit entendre : le *bolito* s'était mis en marche.

Le nœud coulant se resserra, Rafik Chekouri tenta de sortir sa langue de sa bouche, ses yeux exorbités crachèrent de grosses larmes. Il chuta au sol en hurlant comme un pauvre diable, se contorsionna pendant trois ou quatre minutes dans la poussière, quatre minutes longues comme un été sous le soleil de Ciudad Juarez. Bientôt, la peau du cou céda, le sang coula de son corps. Il ne cria plus, il émit des borborygmes incompréhensibles. Et soudain, une artère carotide s'ouvrit sous la pression du fil d'acier : un geyser noirâtre gicla. El Camino reçut du sang dans les yeux, incapable de voir la scène finale. Mais il savait comment le spectacle se terminait : la tête de Rafik Chekouri finit par rouler à terre, séparée de son corps pour l'éternité.

– Tu n'es pas content de retourner au pays ? demanda l'un des Mexicains.

Il se marrait comme jamais en dégainant un autre *bolito*.

Ses deux collègues mirent El Camino à genoux et on lui passa le fil d'acier autour du cou.

Puis le sicaire sortit un Iphone dernière génération : il braqua le téléphone sur le condamné.

– On va filmer ça. Sûr qu'on va pouvoir vendre le film et se faire un bon paquet de thunes...

Et le petit moteur se mit à ronronner.

37

Dans un couloir de La Salpêtrière, un homme vêtu d'un trois-quarts sombre, petit, assez jeune, le visage dur, les yeux emplis de colère, attendait, adossé au mur. Un peu plus loin, une femme, la soixantaine distinguée, encore belle pour son âge, assise sur un siège de skaï beige semblait, elle, beaucoup plus préoccupée par l'état d'un malade couché sur un lit de réveil, qu'elle apercevait derrière une vitre.

L'homme était le commissaire principal Volochenko, la femme la commissaire principale Dechartres, le malade le capitaine Le Deuff.

Au bout d'une dizaine de minutes, un chirurgien à l'air acariâtre sortit de la chambre, accompagné de deux médecins, deux femmes à lunettes. Il venait d'ausculter Le Deuff.

– Je crois qu'il est sorti d'affaire, dit le mandarin sans sourciller.

Dechartres se leva, Volochenko lança un regard mauvais.

– Il devra observer un long repos. Mais il a eu beaucoup

de chance et aucune lésion n'a endommagé son cerveau. Dans quelques semaines, il sera d'aplomb.

– Merci docteur, fit Dechartres.

– Service public ! dit le chirurgien.

Les toubibs s'éloignèrent.

Au fond du couloir, ils croisèrent deux hommes et deux femmes.

C'étaient le commandant Julien Shrapnel et le lieutenant Lor Feuerbach, ainsi que les agents spéciaux Sam Torpe et Stacy Kennedy.

– Commandant, vous allez me le payer, je vous le promets, asséna Volochenko un ton trop haut en voyant arriver son subordonné.

Deux infirmières sortirent leur tête d'une chambre, une grimace réprobatrice sur le visage. Qui était cet importun qui se croyait chez lui, dans un hôpital, au service des grands traumatisés ?

– Que vais-je vous payer, commissaire ? demanda Shrapnel en jouant les bons communiants.

– Ce matin, les stups de Marseille ont retrouvé le corps de Carlos Cárdenas dans une décharge à ordure non loin de la ville…

L'autre le regarda fixement :

– C'est très bien ça : c'est sa place, une décharge à ordure.

– Il a été décapité, fulmina Volochenko. Vous l'avez emmené à Marseille, sachant bien que là-bas ses ennemis du Sonora le tueraient immédiatement.

Dechartres se trouvait derrière son alter ego administratif. Son regard était moins dur que celui de Volochenko mais elle ne pouvait intervenir. Ça aurait été désavouer le jeune commissaire, ça ne se faisait pas.

– Et comment j'aurais pu savoir tout ça ? Je ne suis pas à la DCRI ou aux stups, moi ! Je suis aux mœurs et aux mœurs, on s'occupe des julots casse-croûte et des filles de petite vertu, c'est bien connu.

– Nous savons que le capitaine Samuel Gargasson, l'un de vos anciens subalternes, est actuellement en poste aux stups à Marseille !

Shrapnel sourit largement :

– Ah ! Vous avez des nouvelles de Samuel, commissaire ? Comment va-t-il, cet énergumène ? Vous ai-je déjà raconté qu'un jour, il a attrapé un petit mac de Montreuil soupçonné d'avoir mis une raclée à l'une de ses gagneuses ? En l'interrogeant, le jeune Gargasson s'est aperçu que le mac en question était un de ses cousins issus de germain. Il ne l'avait même pas reconnu. Qu'est-ce qu'on a ri ! Mais qu'est-ce qu'on a ri !

Feuerbach se mordit la lèvre devant la caricature du flic de la Mondaine.

Les agents du FBI, eux, n'en revenaient pas de l'insubordination de Shrapnel. Sans doute celui-ci était-il un peu fou au sens pathologique du terme... Torpe grimaçait en essayant de remettre l'attelle destinée à immobiliser son épaule.

– Foutez-vous bien de ma gueule, commandant ! gronda Volochenko, rouge de colère. Mais sachez que les bœuf-carottes veulent vous parler. Complicité d'homicide, ça vous dit quelque chose ?

– Oh ! Les gros mots !

– Ne comptez pas sur moi pour vous couvrir si ça tourne au vinaigre pour votre matricule !

– Bon, vous avez fini, commissaire ? demanda Shrapnel d'une voix cinglante. Parce que je vous signale que l'un de mes hommes s'est pris une balle dans la carafe et qu'il est entre la vie et la mort.

– Il est hors de danger, précisa Dechartres.

Shrapnel lui adressa un vrai sourire, cette fois, charmeur, comme à son habitude.

Et comme il allait entrer dans la chambre de Le Deuff, Volochenko le retint par le bras. Mais pas violemment :

– Commandant, dit-il d'une voix soudainement calme, on aurait pu lui mettre perpète à Cárdenas. Perpète incompressible même. Là, il aurait payé. Vraiment payé.

Le jeune commissaire semblait sincèrement déçu, presque triste.

– Maintenant, avec ce que vous avez fait, il ne souffre plus, lui. C'est à nous, aux parents des gosses surtout, de vivre avec tout ça, à présent.

Shrapnel regarda Vladimir Volochenko comme s'il ne l'avait jamais réellement regardé.

Les flics autour d'eux restèrent muets. C'était vrai : ils allaient devoir vivre avec ces images d'horreur. Ça promettait des putains de nuits à cauchemars.

– Je vous le répète, commissaire, je n'ai rien fait. Rien.

Julien dégagea son bras et poussa la porte de la chambre.

– Mathieu ! lança-t-il, hilare. Ton bon Dieu n'a pas voulu de toi, on dirait.

Achevé d'imprimer par GGP Media GmbH, Pößneck
en septembre 2014
pour le compte de France Loisirs,
Paris

N° d'éditeur: 78307
Dépôt légal : octobre 2014

Imprimé en Allemagne